小說
深度安靜

林秀赫——著

悅知文化

We'll be counting stars, yeah we'll be counting stars.

我們來數星星，來數星星吧。

OneRepublic - Counting Stars

目次

內行星篇

外行星篇

內行星篇

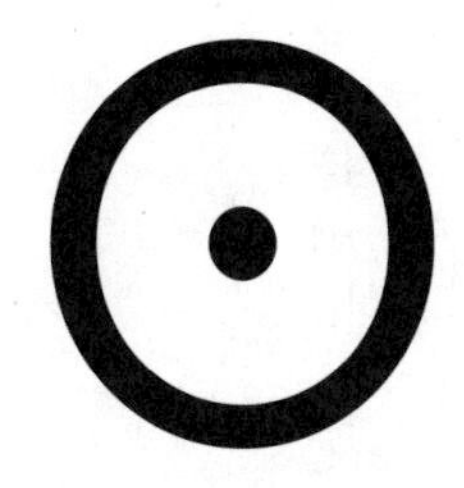

太陽王

Le Roi Soleil

愛最大的敵人是尊嚴。
放棄愛一個人，最終的底線往往是
你的尊嚴還能不能接受對方的挑戰。

第一太陽

我吹著太陽風，吹來的離子令人神清氣爽。我一直是這樣吧，最初的記憶，也是最後的記憶，我思考的並不是這個世界裡的某個東西。我時而混沌失去意識，時而產生無上智慧，怦怦的心跳聲維持著秩序感。

我龐大的質量扭曲了空間，波和粒子沿著測地線前進。我感覺不到自己的重量，我是重量本身，史瓦西半徑的中心。在我的外圍逐漸有盤狀體生成行星系統，粒子和虛粒子尋找彼此。我聽不到任何聲音，宇宙中均勻分布一種稀釋的稠狀物質，太一生水，我漂浮在充滿負能量電子的狄拉克之海。無數個創世紀在此進行，反物質和物質在四周相遇、碰撞，那一瞬間轉換為光，釋放出強大而不可思議的能量，隨之湮滅。

遼闊的黑色宇宙中有十顆太陽。這些恆星是我的本命星，包括褐矮星、白矮星、黑矮星、中子星、磁星、超新星、夸克星與玻色子星等。當我存在，它們就已經存在。我按顏色為它們命名，依次是：紅太陽、橙太陽、黃太陽、綠太陽、藍太陽、靛太陽、紫太陽、白太陽、黑太陽、光太陽。這些命名沒有特別的寓意，只是作為一種概念上的連結符號。

我，盤古，蛋形的球體，那顆砸到牛頓的蘋果，宇宙的漫遊者。懸空之後很快進行分裂，不斷摺疊就像摺紙，不會保持不變只會倍數增加，絕不減少，無止盡地自我複製。我不斷旋轉，而且伸展，壯闊的螺旋星系。我是開天闢地的巨人，脫離了記憶、環境、身分和血緣，一個沒有歷史的我。我不用問我在哪裡，我的位置就是這世界唯一的位置，一切座標的軸心。

開始是道，道即是神，神又是一，一生二之後三生萬物，道成就了我的肉身，宇宙被設計成一種帶有人類血肉的象限。我在分裂、在發光，全身布滿蟲洞、黑洞與白洞，這一端吸收物質，另一端就噴射物質，由我的身體連結多重的宇宙。巨大的時空隧道貫穿了我，無數細長帶著高能量的宇宙弦，在暗物質覆蓋的背景下，交織出我的輪廓。

在這個碎形的維度裡，完美的東西，不只存在於思維。我就是那條終極的定律，世界由我創造，由我說明，由我體驗，我的想像充斥古往今來所有的真實。我對身體的全然掌握感到順暢快活，在整體中、在完形裡，好比我們無法分辨一個城市是正在建設還是正在破壞，一個活著的人不會被身上存在的死亡細胞所困擾。我就像一位游刃有餘的勞動者，感受關於扳手的知識是如何實際作用於扳手的操作。

我在所有可能中最好的那個可能。我如何來到這裡？又會如何離開？我將勇敢向多維進發，忘懷過去與未來。我呼喚自己，在一個永恆回歸之中。萬物皆在己，時間只有現在，空間只有這裡，一切都是當下的再現。

有意識的自由不是一個真正的自由，我懷疑現在思維中的線性陳述可否稱為語言，這種型態的敘事具有嚴重的口吃。我開始自言自語、自問自答，包括建構宏大理論和背誦最不為人知的奈米歷史。我發現，我是狄德羅百科全書的終極版。我擁有這世上全部的知識，可是我不知道我是誰。是輪迴的大清洗、大爆炸，古往今來所有物質與能量全部集中的一個點上。我是奇點，引力完全塌縮，廣義相對論在此失效只有混沌能起作用。

自我中不會有他者，理性保證了自我的存在。我是純粹意志，是最大範圍的理性，當下立即合法的神話。我包容了自己沒有邊界，宇宙論就是我的起源。

第二太陽

遠方，少了一顆紅太陽。我的變化不再混沌，身體仍在複製，臉上有四對鰓弓，肢芽逐漸形成手腳。腳上有蹼，脊椎像條拉鍊，緊接脊椎而下的是一條強而有力的尾巴。我是蠑螈、人魚、火蜥蜴，是大荒北經中其瞑乃晦、其視乃明的燭龍，還是卡夫卡《變形記》中的旅遊業務員格里高爾？

我對自己所處的歷史實況一無所知。我看到自己的欠缺。我在變形但無法創造，**我肯定不是上帝，我乃是上帝用原子組成的！**我感到沮喪，自我放逐，飲馬星河，但有個聲音把我召回，彷彿在說，我是魔羯座，是蘇美人所信仰的半羊半魚的恩基，我是文明源始而非物種源始。

這是上帝的聲音。祂大音希聲大象無形，是聽也是聾，是見也是盲。祂全身是比希格斯玻色子更基本的神的粒子，是萬物的家長。請寬恕我先前的狂妄，我曾以為上帝如果不存在就由我創造祂出來，我祈求這愚行被原諒。我面向宇宙背誦四吠陀、新舊約、大藏與古蘭，成為一位上帝的子民，所有神的信徒。

我問祂，「人類是祢的創造還是祢的發明？祢和我誰才是歷史？」當一個意念不斷革新上一個意念，如此注定有終點，不斷革新的精神終究會走向反精神，也就是精神的失效日——末日。乃有斯堪地諸神的黃昏、佛教的六道輪迴、瑪雅的五個太陽紀、古希臘的金銀銅鐵四個時代。精神將和肉體絞纏繚繞在一塊，永遠淬煉、永遠進化下去嗎？

上帝沒有回答我，卻不斷傳來一些我無法辨析的美妙聲音，也許我引入進步主義來闡釋文明的方式令祂滿意。祂要我自己思想，祂只讓我揣摩，從未真正和我對話。然而，我能感覺到自己正在快速地增長，我擺脫了動物界，從半羊半魚的恩基進化為外星人子。我頭顱巨大、沒有眼瞼，以念力甩動尾巴，而視神經、聽神經、腦神經都達到前所未有的擴張。祂，一個偉大的外星人產下了另一個外星人，半個月以來上帝給我的就是體驗。

神就照著自己的形象造人，乃是照著祂的形象造男造女。

這是《創世記》第一章第二十七節。無庸置疑我是聖人亞當，是善的源頭，在我身上沒有絲毫的罪惡。黑暗中，我向祂反覆詰問：如果宇宙不斷膨脹，為何物體本身沒有膨脹？又為何在封閉的系統中能量還是會耗散？一個有意識的機器人是殭屍，還是一個無意識的活人是殭屍？所有動物中，為何蝙蝠的胸膛和人的胸膛結構最為相像？為什麼任何重複都無法百分之百準確地重複？為什麼自然界只有完美的等差，沒有完美的平等？為什麼有時做一件事是正確的，有時做同樣的一件事卻又是不正確的？為何生存的理由往往也是死亡的理由？

這些問題涉及所有學門，每個問題，祂都透過改變我身體的方式回答我。祂讓我知道必須從我的裡面認識祂，我不可能站在身體之外理解祂。我是祂展現真理的藝術品，我努力做到不表達我自己。祂把道理寫在我的身上，以割圓術為我塑型，以十二平均律為我調音，我的每個部位都是完美且獨具意義。

我被懸掛在宇宙中不斷變形。我已無面目，卻又像在形成面目。如是我聞，如果上帝是達爾文，我就是逼祂提出進化論的華萊士；上帝是牛頓，我就是搶先祂發表微積分的萊布尼茲；上帝是愛因斯坦，我就是在相對論之外建構量子力學的普朗克；上帝是福爾摩斯，我就是賣弄愚蠢供祂線索的華生。我跟從，我學習，我如此期許自己，期許自己是個自由人、思辯家、理性的黨員，上帝永遠的長子。

第三太陽

橙太陽跟著消失了。我的尾巴縮短，長出眼瞼，逐漸能閉闔雙眼。聽力更好了，皮膚產生觸感，手腳線條清楚，但蹼還在。偉大的聲音依舊持續，而且逐漸明朗，神聖不可解的內容也變得更加世俗近乎是女人的思維。

我在什麼的內部？一個裝滿水的容器內部？我變得更大，偶爾碰到邊界，柔軟的肉瓶子。我是魚肚裡的約拿？愛斯基摩人傳說中被鯨魚吞下肚的烏鴉？希臘神話中被克羅諾斯吞掉的子女？還是被大野狼吃掉的三隻小豬、七隻小羊、小紅帽、小紅帽的奶奶，或是那堆堅硬的石頭！也許我只是某隻動物腸子內某一段的某一隻寄生蟲罷了；也許我還是個新品種，因為我是人形的。

這是一次曲折而又令人費解的宗教革命。我不在意上帝的性別，如果祂有性別的話，但我無法理解接下來的事情。說話的女人自稱「手作達人」，也許這聲音傳達了耶和華親手造人的事蹟，或者說女媧造人更為精確。但我能確定，上帝不見了，取而代之的是一個女人的聲音。她是回答上帝之「是」的瑪利亞嗎？她坦誠自己喜歡縫布娃娃，想以手作的環保精神減緩地球暖化。

這個女人的聲音又來了。她的心願是能有自己的手作品牌，驕傲地向我陳述昨晚凌晨四點〇八分如何使用鋁線、麻繩、鑰匙圈、剪刀、鉗子、保力龍球、五色不織布完成了一個天使娃娃。這天使不叫加百列、米迦勒，而是一個類似卡通人物的可愛名字。說話女人的不傳奧義是碎形幾何圖案的手作花布小碎花，每個小碎花都是由更小的小碎花所組成。

我想上帝讓她出現，要教導的是：一八六六年，當所有科學領域幾乎都蓬勃發展之時，遺傳學還是片黑暗大陸，但這門學科卻被一位奧地利神父以「手作」的方式撬開大門。孟德爾，手作遺傳學之父，親手為花授粉，進行八年的豌豆雜交實驗。在他的花園裡，每朵花的花瓣都有他的指紋。

同時，開始有一些奇特的影像偶爾閃過我的腦海，盡是些女性的瑣碎日常。這些畫面都持續不久，多是一些跳躍、閃回的片段。畫面中總有她的手腳和身體，但沒有見過她的臉，推測是從她的角度拍攝出去。她看到什麼，畫面就有什麼，彷彿我親眼所見一般。然而畫面時常模糊，訊號極為不良。不過能看見這些畫面還是很新鮮，就好像首批迎接電視發明的世代，每天節目即將播出的時候，大夥就守在電視機前先行慶祝一番。

她應該就是和我說話的「那個她」吧。她走到超商挑選架上的飲料，選了一瓶鮮乳，拿給店員微波加熱。等待時，偷看右下方七十五度角櫃臺旁的雜誌，留意起封面的文字。又比如她在家上廁所不會關門，一直注視正前方打開的衣櫃，思考待會出門要穿哪一件。她出門到哪都在走路。她似乎有黑色齊肩的頭髮，修長健壯的小腿，而且沒有穿高跟鞋的品味。

只是這位說話的女性似乎懷孕了，以她自述三十九歲來說已經是位高齡產婦。她害喜得相當嚴重。害喜是由於懷孕初期體內的雌激素與絨毛膜快速增加，刺激了中樞神經系統，使得母體的消化道機能受到影響。以此類推，可見她擁有一具雌性人類的正常身體。現在畫面出現她在洗澡，拿起肥皂塗抹身子，豐滿的左乳正下方有一顆痣。她對著自己些微突出的腹部，開始說話，我不知道她一個人在浴室內是在和誰說話，但我逐漸聽到了一些聲音，這是我第一次感到不寒而慄。

我懷疑自己是人類，一個很小很小的人類。我的尾巴已完全消失，先前我的手還沒長好，現在已有指紋，能握緊拳頭。我使出所有力氣，我必須驗證一個可怕的臆測，伸手在腹部前用力一握，抓到一條連結我的臍帶。

我在子宮內，我的體積甚至沒有我想像的來得大，三個月的胎兒只有七點五公分。那麼，現在我是幾個月了？

第四太陽

黃太陽也隱沒不再亮起。我曾以為自己在宇宙的中心或者邊緣，我確實是在邊緣，在銀河系邊陲半人馬與英仙臂間次旋臂上的太陽系第三行星，東經一百二十一度、北緯二十三點五度，一座名叫「臺灣」的島。

我的內臟全部就位，開始長出胎毛和頭髮。嘴巴可以緩慢蠕動，打哈欠、伸懶腰、皺眉頭，羊水喝到打嗝。我已習慣了肉體的溫室，未來還得習慣東亞人種的身體。我能聽到她說話，以及她腦中思索的聲音，但還聽不到外界其他聲音；偶爾也能看到她所看到的，還有她感覺到的。

她回想起我的由來。原本醫生判定是子宮內惡性肌瘤，開刀前醫院例行性驗孕，才發現是胚胎，上麻藥之前緊急停止手術。她突然得到一筆誤診的賠償金還有一個孩子，上天賜予的孩子，她和那個男人最後一次親密接觸時發生的奇蹟。

高齡產婦流產的機率是一般女性的兩倍，胎毒、糖尿、高血壓、胎盤早期剝離等懷孕合併症也比年輕女性高。她毫不畏懼，更何況是和那個人的孩子。她把養了五年的比熊犬、一缸的珠鱗都送人，以避免任何病菌傳染的可能。每天沉浸在古典樂中製作手工藝品，聽久了也聽出偏好。她最喜歡巴哈，尤其喜愛〈布蘭登堡協奏曲〉第三號第一樂章，能讓她全然忘記時間的存在；但大部分時候仍播放嬰幼兒專家一致推薦的莫札特。

上個禮拜她從巷口便利商店的雜誌架知道了「本西斯丁胎教法」，對提高我的基本素質有了更大的野心。她想塑造我，然而我早在觀察她。我不改理性本色，客觀分析她一個月來漫無章法的語料，試圖建構她的家族史。我還不知道她的名字，這是研究她最大的障礙，人類思考和說話的時候似乎不會刻意提到自己的名字，何況我的感官還未完全長好，只能斷斷續續地捕捉訊息。

她是宜蘭礁溪人，身為家中長女，來臺北工作之前都要到田裡幫忙。金黃色的蝴蝶、稻穗、金棗和油菜花，以及清晨自太平洋升起的金色太陽，是她思維中經常出現的故鄉畫面。當她知道自己懷孕後，馬上在醫院撥電話回礁溪，其實只是想聽家人的聲音，沒有說出懷孕的事。

她住在距離捷運士林站一號出口七百公尺位於幸福街的一間套房，沒有對外窗。對大樓來說是一個房間內的房間，對我來說是一個房間外的房間。由於現代化空間應用的不規則性所形成的耗散城市令她適應不良，某日她在中山北路七段看見綠色的蝸牛沿著綠色的草莖滑行，這是她放棄內湖科技園區的技術員工作，轉而在家從事手作的一個契機。

她曾猶豫是否要換間套房。能住在一個陽光充足、通風涼爽的環境，顯然對孕婦更好。可是她只有一個人，一個人卻有很多的東西。她擔心搬家的過程會動了胎氣。她想如果孩子是在這條有著幸福名字的街道出生，似乎也沒什麼不好的。總之這陣子她整個人都洋溢在懷孕的喜氣當中。

她大部分時間都蝸居在家，就在那張工作桌前。她的房間，只有她工作和生活的聲音。她在網站上販賣她的作品，用臺便宜的鬧鐘過簡單規律的生活，是M型社會中勉強度日的單身女子。每日夢想開一家手作專賣店。

她不愛說話，善良且沉悶，會看著天空傻笑，偶爾也會閃過很可怕的念頭，隨即又在心中制裁自己。她怕鬼也怕神明，信仰在一神和多神之間游移。愛情是她思維中最多邏輯辯證的區塊。她盡量不去想那個男人，卻又細數他的好。我是挽回他的籌碼之一，那個男人還不知道我的存在。

她來內湖園區工作的第一年，在像是迷宮般的地方認識了他。那是座有著許多電扶梯的商務大樓，她沒想到外觀方正的建築物，卻有如此複雜的內部結構。資料顯示，從以前她就沒來由的喜歡搭電扶梯。她單純覺得，自己心跳的頻率和電扶梯的行進，兩者是相同的速度，所以腳下運轉的機器，對她而言，每每在心窩處有說不出的溫暖。但就我所知，電扶梯不過是現代都市文明的典型象徵，頗有進化論的基調，緩慢冷硬地咬合前進，帶著一種無法逆向的殘酷。

他們就在電扶梯上認識。當時她緩緩向上，而他緩緩向下。兩人眼神短暫交會之後，又逐漸分離。她經常回想起這一幕。我不清楚他們之間的吸引力有多大，但兩個擁抱的成年人之間，引力大約只有一張兩毫米見方紙屑的重量，彼此間的效應事實上是極小的。也由於在她心裡，那個男人的臉孔最為清晰，我才可能在子宮內清楚看見我的父親。

第五太陽

光滑堅硬的鋼針刺破我的宇宙，刺破了綠太陽抽取染色體。這是我第一次看見外面世界的物質。她按照醫院的懷孕手冊，例行羊膜穿刺，檢查胎兒是否有基因缺陷。她也從超音波看見了我。現在我的骨骼開始定型，會用力抓東西，能轉身活潑地游泳，全身粉紅色的皮膚，每口羊水皆能分別酸甜苦辣。

透過她和醫生的對話，我被告知了性別。這些昂貴且冰冷的儀器都不約而同地判定我是女性，這與我之前的認知迥異。我始終認為，我有男性的活力、正義與強硬，善以雄辯控訴命運，擁有一副陽剛，具創造力、自我調節力的男性思維系統。不過，也許這種思考的特點與我生理上的真實性別並無關連。當我知道自己是一名人類的胎兒後，曾想像自己在未來是一個有著海邊小屋的男人，和我的大狗在沙灘上漫步沉思。我想我得重新定位自己，身為女人，會有怎樣的人生。

倒是她反而鬆了一口氣，慶幸我是女孩子，更有貼近她的認同感。往後，她買的童書開始分性別，男孩的故事全被丟棄了。她希望我漂亮長大，更要長大漂亮。我已經知道她周邊的很多事，但我還是不太清楚她的長相。她是怎樣的女人？她長怎樣我就長怎樣嗎？我也是她的仿真？偶爾她會照鏡子，影像卻總是模糊。

她比從前更頻繁地和我說話，詳細向我報告許多我早已經知道的事情：這世界的知識，還有她生活中的大小事，一切早在她的思維中跑過一遍，重複說不啻疲勞轟炸。按她的胎教策略，前四個月聽音樂讀童書，五到十個月玩學習卡片。她甚至看著數字還要把數字唸出來，認為這樣可以加強我的數理能力。

晚上她獨自唱歌給我聽。唱完以後，再打電話給那個男人，希望他能多陪她說話，說什麼都好，她說不說話都只是在等他開口，算是間接讓寶寶聽見爸爸聲音的方法。關於我的存在她隱藏得很好，仍在迷霧中佈局。在我身上有二分之一的組件來自於那個男人，我的性別正是他所決定，男人終究在最初就決定了女不女人的問題，也因此男人挑剔女人好像也有了點道理。

雖然醫生對她說過三十五歲以後懷孕的機率降低很多，但醫學不過是醫生的常識罷了，她是這樣想的。當那個男人發現她似乎不容易懷孕之後，更喜歡和她做愛，而她也是如此。當她為此煩惱時，與其說是煩惱，不如說又被巨大的慾望襲擊，她就更加離不開那個男人。

活著是種習慣，活著是保存。垃圾場最多的就是容器，她一直被他當作容器。那個男人在電話裡，始終冷漠地打圓場，不給她承諾和保證，不使用投入情緒的詞語。她仍然在經歷欺騙和被欺騙，無法逃脫自我安慰。欺騙，只是遠離意義；欺騙，只是說服自己未被欺騙的一種狀態。她記得在這之前最大的痛苦，是在中學的畢業話劇扮演一具戲份吃重的屍體，同學要求她不能笑、不能動，還要憋住呼吸。經過多次痛苦的練習之後，她終於能在眾人面前完全地死去。

當我感覺到她正在自殺的時候，我的第一個念頭是，自殺真的是一種不侵害他人的行為嗎？再用邊沁的「幸福計算法」來衡量自殺這件事，那麼自殺的幸福強度是多少？失敗的機率是多少？伴隨而來的痛苦又是多少？當然這並不是說，統計結果顯示自殺比較划算，我們就可以毫無顧慮去執行；也不是說，統計出來自殺完全不划算，我們就可以毅然決然活下去。統計只是給了一個類似命理師的回答，而不是一個真正的回答。只是我總覺得很多事情還是量化來看待比較好。

奧地利精神科教授維克多．弗蘭克，在納粹集中營每天勸導隨時可能會被送進毒氣室的猶太人不要自殺。我想勸她別自殺，但她製作橡皮圖章的雕刻丸刀已經插入手心，正猶豫要不要插入手腕動脈。一個如此愚蠢的女人是我的母親，我實在不想這麼稱呼她。如果「愛」是生命為了其他目的而旁出的副產品，比如為了延續基因，那麼「為愛尋短」就是一件最糟糕的對於生命價值的錯誤判斷。她應該要設想如何讓自己的基因透過與配偶的結合持續繁衍下去，堅貞的愛情反而可能招致斷絕基因傳遞的可怕後果。

終於她想到這樣傷害自己，肚裡的胎兒會不會也感覺到痛？她停止了自殘，拔起丸刀，貼上OK繃，開始摺我的童裝。現在我清醒時眼睛會張開，睡覺時眼睛會閉上，胎兒眼珠都是藍色的，她不知道吧。

第六太陽

藍太陽同樣在月初消失。自從這名女人取代上帝之後，自從清楚聽見她的聲音之後，包括她體內消化的聲音、骨頭碰撞的聲音，時不時從外面傳進來但不甚清楚的聲音，使我思辯起我的語言。我未來的母語是一種混雜北方官話、閩南話、客家話、西班牙語、荷蘭語、南島語、日語、英語的現代漢語。自我即語言，一個人沒有語言之後，將進入空無的狀態。我的意識，即是由我的母語所建構，然而一個人道德與否，卻又與建構他的語言無關。

那個男人一直避不見面。她決定到對方位在仁愛路與建國南路交會處的豪華住宅，說清楚我的事。我不明白讓她如此冒進的心理機制是怎麼運作的。她不請自來。那個男人難免訝異，但聲線依舊冷淡，猶豫要不要讓管理員放她上來。她知道對方曾多次提醒過她「不要到他家」，因為這樣會「非常麻煩」。

差不多三十分鐘之後，她被允許上樓，密閉的金色電梯載她直達他的樓層。這是一棟沒有電扶梯的大廈，她知道絕大多數的住宅大廈都是沒有電扶梯的，畢竟很少人走動。如果電扶梯在大樓內部不斷空轉，卻沒有人使用，她反而覺得那就像一條巨大的輸送帶，運送沒有人看得到，但又非常沉重的東西。這個發現，讓她感到不安起來，將雙手輕放在凸起的腹部上。

那個男人獨自在家，一見她挺著肚子就明白了，似乎是馬上開口要她拿掉。她說好不容易有了孩子。那個男人靠過來，我清楚看到一個巨大的人形陰影逼近，如同一架即將迫降的重型戰機。他壓住她肩膀，低聲問：「為什麼不早點處理掉？為什麼留下一個麻煩？男的？女的？一定是我的嗎？還有誰知道懷孕的事？妳說不說！」

「女兒。」她回答完，又是一陣沉默。頓時她感到肩頭有千萬斤重，對方一連串威嚇盤問，就像對她進行思想審查，血淋淋地要將她的腦袋抽絲剝繭。她想起剛認識時，兩人走在園區看見一個人趴在地上乞討，他當時就對她說：「真有心要當乞丐，就應該在Google Maps標出要飯的位置。」

道德的根源是直覺，道德是太過原始的理性，高度理性對倫理學來說就是罪惡。動物有道德行為，但動物沒有語言。理性隨著語言的流動同樣具流動性，超速和塞車都是城市必然出現的流體現象。那個說愛她的男人還是打了她。

我一陣暈眩，像從比薩斜塔丟下一罐可口可樂，我在那罐可樂裡頭，很多泡泡衝撞我。那男人的吼叫聲酷似地獄的攪屍機，層層穿透她的肚皮，震盪羊水。我不懂，只是為了證明直流電的安全高於交流電，就有必要發明電椅嗎？一定要投下原子彈，才能證明相對論？她怕對方踢中我，為了保住我，假裝趴在地上大喊再也不敢了，好藏起肚子。我知道她已經忍耐好幾個月的高血壓、心悸和便秘，身體水腫，求饒的姿勢並不比挨打舒服。那個男人會這麼狠毒，也許是因為他缺乏想像力，不知道被毆打的對象正在經歷什麼樣的痛苦。

我的腦幹已開始發育，能感受到她的喜怒哀樂。她嘴巴上說不敢再來找他了，即使六個多月也會去拿掉，傻笑著不給他添麻煩。但我感覺到她的心已死得像在街頭日夜被碾的鼠屍，終將被碾得憑空消失一樣乾淨。她連哄帶騙才終於逃出他家。一個人顫抖歪斜地靠在金色的電梯內，單手緊握扶手，雙腿間還是流出了血，害怕我連同血一起流出。

每個人身上都帶有毀滅自己的東西，是我，假如我死了會讓她毀滅。她犯的錯誤不是隨意的，也稱不上失敗，是在逐步建構自我的過程中有意義的抉擇。人類為了發展語言而在演化上降低喉頭的高度，使得人類很容易被食物噎到，成為最常窒息而死的動物之一。所謂的道德發言，也只是發出一些略帶情感的聲音，身體結構的演化，真實且殘忍得多了。

從醫院回來後，她一個人關起門來好一陣子。她不和我說話，安安靜靜的。她腦中的思維像在磁碟重組，緩慢、吃力，耗費她許多能量。在她重組的幾日，很少進食，連帶也減少了排泄，她像是一個近乎停擺只會流淚的機器人。

當她哭的時候，有時我會看見另一個男人的臉孔浮現，但就像突然被抽離燈光似的，影子很快就倏忽不見。如果說我的父親編號是「第一男人」，那麼這個「第二男人」是誰？我從未讀取過這個人的資料，和她之間是什麼關係？她知道他存在於她的心裡嗎？是真有個第二男人，或只是個阿尼姆斯的原型？難道我還不能探觸到她最底層的思維？由於第二男人的出現實在太像個幽靈了，我想即使她想要去回溯他，也是很困難的一件事。

愛最大的敵人是尊嚴。放棄愛一個人，最終的底線往往是你的尊嚴還能不能接受對方的挑戰。她也已經來到這個臨界點。撫摸著肚皮，思考如果我已經稱不上是愛的結晶，那麼她還可能愛我嗎？怨恨一個人會綑綁所有的記憶。她搖搖頭，決定違抗她的尊嚴，我感受到一股強烈的愛我的情緒將我溫暖地包圍。只因為我，她想繼續愛那個男人。

一九七九年尼加拉瓜政變，一群被政府隔離的聾啞兒童用雙手獨自發展出一套人類最新的語言。我想告訴她，創造新的語言和文化是每個人的天賦。兒童是意義生成系統的積極建立者，而非被動接受者。母語不單單是被給予還是一種創造，所有的母語都是孩子獨自建立起來的。不管她給我什麼環境，我都能豎立起自己的生存原則，絕對不要向人低頭。

然而，就在這個時候，她的憤怒又再度高張起來，臍帶的養分突然逆流回去，供氧暫時停止，子宮內的環境急轉直下。她呼吸急促，異常悲愴，情緒擺盪不定，連同她的啜泣，窘迫到令我無法呼吸，我才驚覺這裡的一切全部受制於她！如果這個女人要我死，我隨時都得死。

第七太陽

我不知道自己昏睡了多久，當我再度醒來，靛太陽已不知不覺間消失。這時我已經能分辨白天和黑夜，身長三十五公分，重一千一百公克，長出睫毛，聽覺更加發達。她依舊按時產檢，力行各種胎教守則，是位認真懷孕的母親，毫不鬆懈。

手作的利潤有限，大部分來自天然的手工肥皂、沐浴乳，及洗髮乳，一個人勉強能夠溫飽。她賣過最好價位的手作商品是條一坪大的針織地毯，完成的那個禮拜，手指頭痛到無法拿筷子。甚至她還做了不少免費贈品，只是為了推廣手作。

她認為在連鎖服飾店，我們永遠挑不到自己的尺寸。S、M、L、XL，那都是機器的尺寸，不是人的尺寸，衣服還是要量身訂做才是，才能把自己的尺寸召喚出來。她覺得這點很重要，相當地重要。如果人可以為一個理念而犧牲生命的話，她覺得在她來說就是這一個了，沒錯，就是這個。

她覺得為我做幾件衣服也是應該的，於是做了許多非賣品，都是給未來的我，像是小手套、草莓帽、兒童圍巾、純棉尿布、保暖小披肩、讓我掛在胸前的小錢包。她還精心布置了我的房間，事實上她只有一個房間，意思是，她布置她的房間像我未來的房間。她還手工製作了時間軸上必須更往後推移的物品：我的手機套、化妝包、絲襪、眼鏡盒、環保布衛生棉，都是遙遠未來的我才有辦法使用。

原本她以為不會有孩子了。辭去工作前，每天上下班所搭乘的文湖線捷運車廂內，她戴著耳機，用公司尾牙送的智慧型手機上網聽音樂、看新聞、關注朋友近況、決定網購下單。如果說這些都是一種閱讀的話，她每天勤奮地吸收大量的知識，日子沒有一刻鬆懈。

可是有一晚她走進捷運車廂，從托特包拿出手機的時候，她發現車廂裡一個人都沒有。她在月臺確實就感覺到異樣了，想到現在十點多，不過也真的太空曠了些。她照樣低頭看起影片，突然她覺得排斥，這些影片沒有一個是與她有關的，她總是在看別人的影片。她改看新聞，不管好消息、壞消息，一樣與她本人無關。走在臺北街頭，也從未被麥克風攔下來採訪過。她覺得自己將悠遊卡掛在胸口，十足像個鑰匙兒童。拿起手機，想打電話給那個男人，但不知道為什麼卻收不到訊號。

她坐在那個唯一有人的位子上，感覺整個宇宙在自己體內空曠起來，寂寞具體得像是一群黑色的血球在她的體內循環。她覺得這輛列車在被製造出來之後，就是要在這一刻將她獨自關在裡頭。雖然很快就會到下一站，很快就會開門，進來一些人，再次壓縮、再次填補她周圍的空間，但她終究已經被一種不知名的東西給深深地侵犯了。就在沒有人看到，沒有人知道的移動中。

生活中的物質，處於一種亞穩定的狀態，經歷一段時間之後就會衰變成奇異物質。也許她那晚正是經歷了那樣的奇異時刻。從那一刻起，她覺得不管如何，自己都一定要創造出些什麼才行。手作能滿足她創造的衝動，將手邊的素材隨意組合起來，已類似一種心理治療。

可是，機率是潛藏在數學裡的惡魔。就像不會為了降低載人太空梭失事的機率而先自行擊落一架無人太空梭，任何付出、交換或犧牲都無法讓不幸的機率為零。我的存在不可能一直符合她的期待，過程中還是可能流產、早夭、生病、走失、長得醜陋、發生意外，或者和她個性不合，弄得母女交惡。最後使她再也提不起勁手作，因為她最滿意的創造是如此令她失望。

她決定獨自為我命名，不和任何人商量。她說的「獨自」事實上包含我在內，我參與了自己的命名。但究竟是要從父姓還是從母性？姑且還愛不愛對方，她覺得自己的姓氏實在好聽多了。幾天後，她決定為我冠上她的姓氏。她想既然對方不認女兒，硬要女兒從父性，反而有咒對方死的意思。

所有人類都是命名者。愛斯基摩人能分辨二十幾種雪並給予名稱；努爾人對於牛有一百多種稱法；華人對各類蟲魚鳥獸都有豐富的造字。她不厭其煩，唸著幾個我的名字，仍無法滿意，決定先擱置這議題，一個禮拜下來產生過近百個我的名字。

第八太陽

紫太陽熄滅了，熄滅前有燦爛的花火。我幾乎佔滿整個子宮，羊水量增加到最多。聽覺、視覺發育完成，眼球開始練習對焦，腦杓向骨盆下方移動。本月她賣出一批手作銀飾，有較多的資本帶我去旅行。

由於房間沒有窗戶，為了我著想，她每天固定時間到附近的公園散步，最好還要曬到陽光。有時她會走得遠一點，像是搭公車到陽明山，或是搭捷運到大湖公園。她一直想到戶外走走，讓胎兒做森林浴。大自然使她舒緩，我跟著她移動，感受她脈搏的按摩。她的子宮，確實是一個很好的場所，像是居住在加拿大溫哥華島聞名遐邇的布查德花園般舒服。

當她身處自然的時候，也是我的感官以及精神，全面活躍的時候。我明白自己現在的處境可以做怎樣的研究了：我想解決情感起源這個問題，在一個極短的十個月時間內建立一個龐大的倫理學體系。我在尋找一個不依賴於法律、宗教、文化、哲學的道德標準，是一種科學的道德標準，不過並不是要在人的身上尋找利己基因或是利他基因。

色諾芬說過「奴隸是我們工作上的好伴侶」，亞里斯多德至少有十四名奴隸，他的老師柏拉圖也不忘在遺囑中向五名奴隸交代後事。儘管這些古希臘哲學家在這點上與我們今天的道德觀念相互抵觸，但他們算是惡人嗎？我想，每件事物都只是用繩子綁在一起，而不是真的連結在一起。

隨著全球化，各式各樣的道德會逐漸統一，成為唯一的「最終道德」。個人的道德、具有地方特色的道德，都將在全球化的過程中紛紛滅絕，當到達這個程度的時候，或許就是全體人類真正最接近上帝的時候吧。然而單一的道德觀念，真的是在引領我們的德行前往一個正確的方向嗎？佛陀的佛性、基督的神性、榮格所說的個體化，都是認識心中那個真實的自我，使自己臻於完善的一種覺醒。但當我們失去了個人特色，而成為一個全體的人，或說與神合一了，這樣還會有那個可以覺悟的自我存在嗎？還會有覺悟者嗎？

就在我思考道德的未來性的時候，她一個人來到臺北火車站，坐上區間車前往北海岸。透過和我分享情緒，迫使我連帶感傷。她想到自己有兩個心臟、兩顆腦、兩副身體，這樣跟寶寶也算是雙胞胎囉？她對自己能想到這點感到詫異和開心。我們已經交換了太多資訊，我懷疑她是否也能偷讀我的思緒，像我能偷讀她的一樣。她是否能掌握子宮內的想法？或者我是她藏而不用的身分、是她另一個隱藏的人格？

我尋思自己，能否回到那個純然理性的自我。我必須把一部分的自己留在比她所謂的一個人更孤寂的宇宙中，那才是我的自然。我的太陽還有三顆，我沒有把握到她分娩前還會剩下幾顆。那些太陽和我的理性有關，太陽越少我就越濫情，理性也隨之遞減。我甚至懷疑起自己。顯然我所擁有的，不是一種全知全能的知識，而只是部分。雖然我知道的似乎夠多了，不過我完全不知道關於自己的事，也不完全清楚她周遭的情形。我更像一本被編纂好的百科全書，在我的扉頁之外，還有一個更逼真而不是以語言來運作的世界。

那麼，我的知識從何而來？我想絕對不是來自於她。更像是我曾經挑選過的，也就是我閱讀過的。難道真有所謂的輪迴，由前世的我，所閱讀累積來的嗎？可是顯然一個人在有生之年不可能閱讀完我所知的內容。是不斷累積數世的菩提嗎？還是誕生的同時，這些知識也一起被灌注、烙印，成為我的一部分？這個問題至今沒有答案。

她帶著睡意，坐在區間車的長椅上。想起世界上還有很多地方從沒去過，曾經計畫去的那些地方看起來也不可能抵達了，包括和那個男人的蜜月旅行，雖然兩人並不可能結婚，但確實有過這方面的討論。

她拿出手機，進入地圖模式。她一直看著被北海道、庫頁島、千島群島和堪察加半島所圍壟的一個巨大缺口，她不知道那裡是哪裡，可是卻一直看著，不停地看著直到睡著。這是我第一次感受到她強烈的求知慾，和極力想探索整個宇宙的企圖心。我試著告訴她，現在的時間點剛好，宇宙正是為了讓我們瞭解它，而讓我們在這個時間點意識到它，不然我們不會知道何謂宇宙。宇宙早設計好一個觀察者的存在，任何時候想瞭解它都不會太晚。

當火車進入隧道的時候，有那麼一瞬間，第二男人的臉孔再次浮現。畫質非常淡，就像是用最微弱的燈光所照出來的影子。她的睡眠進入快速動眼期，思緒飛快地搜尋，她這次似乎真的下定決心要把第二男人從潛意識裡給拉出來了。但就在她的手快要觸及到他之前，出隧道的時候，一粒微小的光子，再次將他打碎。

火車過了暖暖、瑞芳，她沒下車，放棄原本預定的九份金瓜石之旅。火車繼續開過候硐、三貂嶺、牡丹、雙溪、貢寮、福隆。到了大里，她下車，一個人站在布滿鵝卵石的海岸望著大海。她不用找什麼，她已經看到。她撫摸自己圓滾滾的肚子，流下圓滾滾的眼淚。她對我說，看得到龜山島的地方就是故鄉。

第九太陽

白太陽也燃燒殆盡，瞬間熄滅火光。我的發育幾乎完成了，外面的聲音已經能豎耳傾聽。皮下脂肪增加，變得白胖。空間擁擠，因而活動略顯遲鈍。表情已經很豐富，我可以笑、可以生氣皺眉頭。感官系統完成，光線太亮也會撇過頭去，肚子餓就吸吮手指。此刻早產也能活了吧。

她身體更加地不舒服，腹部非常澎大，子宮向上擴張到最高點，壓迫胃和肺和心臟。胸口悶痛，腹部抽痛，小腿抽筋。容易疲憊、頻尿，她無法再外出踏青，轉而專心在家工作，打算研發一款棉布製的俄羅斯娃娃，先打點好奶粉錢。

那次她到大里，看完海就回臺北。她沒有嫁，但她的身形已經改變。一旦家人看見她隆起的肚子，她不知道怎麼解釋，沒有勇氣同火車再往南到礁溪。回臺北後，那個男人的妻子在這個月造訪，帶來昂貴的嬰兒用品。她想，她的住址是他說出去的嗎？他太太多久前就已經知道這件事？難道上次去他家，他太太也在場？長久以來她所背負的第三者身分，在兩人見面的這一刻，真正真實了起來。

「看妳的樣子，七、八個月了吧？Baby取名字了嗎？」

對方的聲音在房間內迴盪。她答不出來，還沒為我取好名字，這件事她真的不是很在行。她第一次感覺到房間的空氣沒有在流動，凝固成她身上的一團，以及對方身上的一團，這兩團空氣沒有辦法交集。

「還沒取名字？也好，妳也別急。我正在讀小學的兒子，不是很愛唸書，但很活潑、很健康。本來我還想生個女兒，只是六年前的一場車禍，使我的子宮受到重創。」那女人說完，雙手抵在自己的下腹部。

她突然有希望對方死在那場意外的念頭，為此稍感遺憾，不過她馬上意識到，這是因為自己沒有勇氣面對這個人，才想像了一個最方便、原始，排除壓力的辦法。自己並不是真的希望對方不幸。

「是我先生開的車，不過我不怪他，真的。我想今天如果換成是妳遇到這種事，妳也不會怪他對吧。」她充滿自信地說。

這就是那個男人無法離開太太的原因嗎？她想。她竟同情起對方來。同情心只是一種確切把自我與他人切割的消極想像罷了。

「妳跟我先生的事，我不跟妳計較。我也不懂法律。今天來，是因為我們家很想要有個女兒，我們會當Baby是自己的小孩。」又補充說，「也確實是我家的小孩。」

什麼叫我家的小孩！她在心中吶喊，來自心靈的聲音連羊水也晃動。

「一個女人家帶孩子不辛苦嗎？我可以給孩子最好的教育、最好的成長環境。像妳這種房子，」對方已經察覺這裡沒有任何窗戶，她看向門縫說，「適合孩子住在這裡嗎？」

「我的女兒不可能讓給外人。」

「我是外人，她父親不是。」

她心想，那個男人打了我，還逼我墮胎，怎麼現在又想要小孩了？她不懂，究竟這是他的意思，還是他太太的意思？對方穿著樸素，卻無一不是知名的牌子，是在刻意向她宣示經濟實力嗎？她想到每季的時裝秀都聲稱推出最新款，可是明年又會有最新的最新款出來淘汰去年的最新款。她覺得所謂的最新款根本不存在，是騙人的，這女人說的都是騙人的！

「孩子的需求才是妳要考量的不是嗎？好好待產，我會安排臺北市最好的婦產科醫院。也會幫妳做好月子，才不會傷了身體。」對方刻意靠近她說話。

她下了逐客令。

對方回去後，她走進廁所，沒開燈就「啪」一聲把門關上。一個房間變成了兩個房間，她讓自己壓縮在更小的那一個。她懷疑自己被貶低為代理孕母。某種意義上來說，是這樣沒錯。如果那女人一輩子假冒孩子的母親，孩子一輩子也不會知道，他們也會一輩子像有血緣的母女一樣。更何況，父親是有血緣的，完全有資格和她爭孩子。「是誰的一輩子！說！是誰的！」她又突然在腦中大喊起來。

她想到，讓我在一個富裕的家庭長大，像巴哈、莫札特那樣彈鋼琴，總比跟在她身邊學習手工藝好，她越來越覺得自己是在做家庭代工的。她從廁所出來，站到桌子前，折起塑膠花流下眼淚。連為孩子取名字的權力也要讓渡出去了嗎？她趕緊拿出紙筆，寫下姓氏，急迫地想為我取名字。

我可以接受她所從事的勞動行為，她無需要為此覺得羞愧。即使克卜勒證明了行星是如何繞太陽旋轉，照常要靠不科學的占星術來維持生計。他的那句名言「占星學女兒不掙錢來，天文學母親就要餓死。」也許正符合我日後的家庭生活吧。她真的可以不用放棄我。

超出人類測量的能力，才是量子力學帶給人類最大的困惑，而不是量子力學的不確定性。對於生命的判斷也是。人是由心臟開始發展，在其他器官都還不知道在哪的時候，只要十六天，胎兒就有心臟跳動，接著有大腦，有脊椎，是懷胎十月真正的參與者。然而人類一直忘了這件事，以為「它」沒有心靈沒有自我意識，以為可以被塑造，以為可以轉讓、贈與、買賣、生殺。

「妳想過孩子的未來嗎？妳有讓孩子選擇嗎？」這是對方離開前，叮嚀她的一句話，幾個禮拜以來回音似的不斷在她腦中打轉，使我無法專心思考。現在的我，就像創作卻不能發表而把稿子塞滿抽屜的文豪。套用一句左派的箴言：哲學家有各種解釋世界的方式，但問題是在改變世界。

我想做的，是一種真正的實踐。我們每天做了很多事，可是卻很少是「真正的事」。什麼是「真正的事」？就是必然由我來執行才可能完成的事。我想遇到這種事的機會並不多吧，並不是每一個人都有這樣的機會，更重要的是當你遇到了「真正的事」，你能否立即把握住。我不想讓我的哲學天分像在解釋另一個宇宙所發生的事情。一想到此，我竟憤怒地睜開雙眼，我看見，還有兩顆太陽。

第十太陽

個體完全受限，使我無意中將黑太陽擊碎。空間的壓迫與懸置，幾乎讓我喘不過氣來，我和她已經到了難以承受彼此的地步。我的皮膚光滑沒有皺褶，指甲也覆蓋指尖，生理律動產生，清醒和睡眠每四十分鐘一個週期。我是文明前進的先鋒，每個新生兒都是，如果我落後於這個時代，我就不會還來到這個世上。

每過一個月，我就失去一顆太陽，現在我只剩最後的光太陽。后羿射日留下了最後一顆，留下了「一」，以證明他的存在和偉業。如果不留下最後的太陽，根本不會有人知道太陽；沒有人記得太陽，也就不會有人記得后羿。如果不存在最後一個數字，排在前面的所有數字便會失去存在的意義。所以數學家，一直想解決「無限」這個問題。

但就像馮．諾伊曼所說的：「人永遠無法理解數學，只能去習慣數學。」當一個人的時候，是一個數字；當七十億人的時候，同樣是一個數字。瑪雅人只有三個數字符號：一、五、〇，內在的數字哲學就是：開始、過程、結束。

現在她和我相處，都假設在分娩就等同分離的情境上。或許因為如此，現在她看每樣東西，都帶有一種強烈的生命質地。當她看著房間的一雙靴子，就像有人正穿著靴子。她眼中的手套、衣服，都像有人正在使用。一切的空缺，都像是即席離開。她打算在我的衣服繡上我的名字，可是名字還沒想出來，只好先繡上些幾何圖形。

她按每個月的習慣，固定到天母一家大型日系書店購買手作書籍。她發現坊間很多如何教育小孩子的書，卻鮮少告訴讀者如何孝順父母的書，這種關係顯然並不對等。算了，她說。過幾天就要到對方安排的醫院待產，她已經決定把孩子讓渡給別人，孝順與否也與自己無關了。她難過了起來。

當一個人把夢想寄望在子女身上的時候，代表這個人認為自己已經可以廢棄，除了養育以外已經做不到任何事了，所以把自己該做的事，交給了另一個像是自己又不是自己的人。她只希望我能平安健康地長大，沒有寄託我任何她的夢想，因為她已經沒有夢想。手作店，本月已在心中結束營業。

存在主義者說「他人即地獄」，永遠無法瞭解的他者成為我們痛苦的根源。這肯定是錯的，我們都曾經與母親一體過，亦即和他者一體過，甚至也曾是父親的一小部分。我們身體的血肉可以上溯到我們最古老的祖先，而我們的祖先也是其他物種的祖先，我們和其他的物種擁有同樣的血脈在太陽系的第三行星上繁衍。「他者」從不存在。我們不是無中生有，我們從大自然中聚合每樣物質成為我們；我們也不會消失，將與大地再次合而為一。

我在子宮裡真正體會過母親的喜怒哀樂，她的許多作為和想法也受限於我。有時我是一股被要求的神聖力量，當她脆弱的時候，就像現在，一連串的陣痛讓她站不起來。這痛苦不僅是命運的、也是肉體的羈絆。她明白到，一個不曾經歷分娩我的痛苦的女人，又怎麼可能珍惜我？她的子宮開始摺起來，我蜷曲身體，有所提防。她坐在地上倚靠書架，先是頻繁地假陣痛，羊水漏出，弄濕裙襬，肌肉收縮，子宮頸擴張，開始落紅、破水。

看來沒時間了，比醫生囑咐她的時間還早。我決定帶走最後一顆太陽，那是證明我在子宮內活過的唯一證據，也是唯一的理性留存。我倒立漂浮，伸手往前要握住最後的「一」。但太陽反而越來越大，我醒悟到原來最後的那顆太陽，竟然是分娩我的洞口！

一個陰道口！我感覺被擠壓、被排出，我們彼此都痛苦到快失去意識。這是出生？還是死亡？我發現我的記憶、知識、甚至十個月以來累積的情感，逐一地淨空。五個月以前的事我已經記不得了。子宮外的世界就是所謂的來世嗎？殺死前世算不算殺人？孟婆湯是陰道的分泌物吧？喝下以後同時成為我未來腸道裡的基本菌叢。我將成為一張白紙被寫入新的記憶。我正在失去我自己。六個月、七個月、八個月的記憶陸續空白殆盡。我又得從牙牙學語開始累積一切知識了，從吃沙子、吃糞便也不覺得噁心的嬰兒時期開始，可愛的我的童年即將開始。

我第一次有了悲觀的想法，人類就像是跟在辛勤的巨大鼴鼠後面，在黑暗中以為是靠自己的能力不斷前進的渺小生物。幸福的感受是複雜的，沒有一種幸福是簡單的。我想創造道德，創造倫理；為我個人而存在，為集體幸福而存在；在這當中選擇，在這當中自由。

我不想出去，現在我的意志全繫於我強韌的臍帶，臍帶一斷，就真的完了。我才知道，我被創造出來是為了要在未來的某一天讓我遺忘，在宇宙無止盡的時間當中，我十個月的存在連剎那也稱不上。詭辯來說，我根本從未存在，只是光進來而已，不斷進來。

我是誰，你自己。

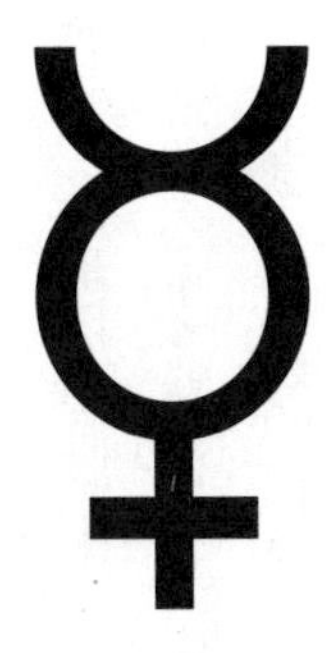

冰箱

The Refrigerator

耳鳴又復發了，就像是本應死盡的蟬再度復活。
或許不應該把耳鳴想像成蟬鳴。
與此同時，冰箱也有越來越大聲的趨勢。

五月的第三個禮拜三，聿珊開始耳鳴。

下午四點，她與晚班的同事交接後，步出公司大樓，沿著忠孝東路走十分鐘，進入捷運國父紀念館站。平常沒加班的日子，聿珊盡量在五點前搭捷運回家，再晚一些，人潮就會將車廂擠得水洩不通。

起初並無任何異樣。聿珊站在月台候車，凝視前方廣告考慮著待會的晚餐。麵包或飯盒？買回去，還是回家煮？隧道內的高壓氣流通過月台，揚起她的髮梢。列車駛進車站。只見車廂內滿滿的乘客對齊車門，照說這個時段不應該這麼多人。聿珊決定搭下一班，就在她後退禮讓的時候，腦中像有一臺不知名的機器被啟動，咿咿咿咿的聲音，持續由兩耳深處向外擴散。聿珊摀住雙耳，彷彿站在真空之中，恍惚間反而不自覺地快步向前擠進車廂。眾人瓜分氧氣，空氣持續窒息。站在動彈不得的車廂中，她耳內的情況變得更糟了。

直到車門再次打開，腦中那臺機器運行的低頻雜音，才暫告消退。聿珊拿出手機想搜尋「耳鳴」，可是無論她怎麼按，螢幕始終和隧道一樣漆黑。

聿珊在府中站下車。

出站後，她花了些時間才到家。以往這段路走得非常輕盈俐落，今天卻感到相當費力。轉開大門，室友們還沒回來。她進到房間，兜兜從小草窩裡探頭出來。聿珊摸摸牠的頭，兜兜最喜歡被摸頭了。

聿珊疲憊地從背包拿出手機充電，才發現媽媽、妹妹、三名室友，甚至剛才交班的女同事都打電話給她。她為此納悶，忽地叩叩叩傳來急切的敲門聲。一開門，室友小斑就拉著聿珊的手說：

「還好妳回來了，妳聽說了嗎？有變態在捷運上持刀殺人！」

「捷運？捷運！」聿珊也注意到小斑剪了短髮，整齊地露出兩隻耳朵，但當聿珊正想問是怎麼一回事時，家人又打來了。聿珊送走小斑，接起手機，並走到門外的冰箱拿了一瓶綠茶，再回房把門帶上。

那晚，她靠在門旁，就像在捷運車廂內那樣，屏氣凝神地站著。她第一次意識到新聞如此逼近現實。出事的應該就是下一班車吧？看著新聞畫面，聿珊不敢想像自己差點就遇上了危險。

電話中，母親問聿珊是否考慮回新竹工作。「這和住哪兒無關吧，」聿珊說，「妳只是找理由要我回去新竹，每個地方都會有危險呀。」這時「砰！」一聲，聿珊聽見玄關大門被甩上的聲音。

「就是說啊，哎呀沒想到捷運會發生這麼可怕的事。欸，你知道嗎？組長今晚請的這餐，超好吃的。不管啦，你下次帶我去。」走廊傳來另一名室友Tina的聲音。聿珊聽她邊掏鑰匙，邊講手機，研判她今晚沒帶男朋友回來。

耳鳴比較緩和了，聿珊想，或許只是暫時的現象吧。洗澡後她回到床上，一手拿棉花棒掏耳朵，另一手滑著手機，看到Tina已經貼出今晚的豪華海鮮丼飯，彷彿忘記一個小時前才在臉書貼出文章譴責凶手，並為罹難者默哀。

十一點，聿珊睡前餵了兜兜胡蘿蔔丁。這時走廊傳來細鞋跟的聲響，如啄木鳥輕叩地板。雅真回來了，她住在走廊盡頭那間最大的房間，幾乎是小斑房間的兩倍大。雖然雅真上班的地點離家最近，卻一向很晚下班。

總算，聿珊的室友們都安然到家了。

她們住在一棟老舊公寓的四樓，分別擁有自己的房間，共用一條走道以及不是很大的廚房。三年前，房東為了盡可能給房客更多私人領域，犧牲掉客廳，將老舊公寓重新打掉並隔間，進門後僅留一個小玄關，走道和廚房呈L形，廚房在容納流理臺、飲水機、洗衣機後，空間就滿了。於是房東特別買給她們的大冰箱，只好置於玄關，就在聿珊房門的右側。

聿珊的房間在入口處，正對大門，左側是Tina的房間，對面是小斑的房間，斜對角則是雅真住的大套房。四個女生差不多時間搬進來，年紀也相近，但由於工作忙碌，多半是早上出門前以及宵夜時段，彼此才會碰面串門子。

隔天聿珊一起床，耳朵又開始嗡嗡嗡嗡的空谷回音。她抱著一籃衣服到廚房，只見小斑等著微波的牛奶。她在中醫診所上班，是聿珊陪她去應徵的。

「早安。」小斑收起手機，搖頭說：「搭捷運遇上了這種恐怖的事，只怕一輩子都要帶著傷痕和恐懼了。」

「或許能重新振作起來吧。」聿珊蹲下身，也想到剛才在房間看的新聞。

「肯定不容易。」小斑一邊看聿珊，一邊把衣服丟進滾筒式洗衣機。「要是我傷得那麼重，可能就不想活了。」

「自殺不會太便宜壞人嗎？都不會想報復？」聿珊抬頭問。

「刀傷不但會留疤，還可能造成永久性的傷殘。都這樣子了，報復又有什麼用？如果社會是個有機體，那凶手就像是人身上的癌細胞，而這個癌細胞其實是身體經年累月的壞習慣培養出來的。」小斑不疾不徐說。

「什麼壞習慣？」Tina突然走過來插話。她準備要出門了，卻又想跟聿珊和小斑聊上幾句：「癌細胞也可能是遺傳造成的啊，又不一定跟後天的飲食習慣、生活習慣有關。」

「其實我跟聿珊不是在聊癌症，是在說昨天捷運的事啦……」小斑尷尬地說。

「喔？這樣啊。那個人超過分的，快接受法律制裁啦。為什麼要去傷害那些跟他無冤無仇的人！」Tina雙手抱在胸前，氣憤填膺。

「也不能這麼說。發生這種事，每個人都有責任，就像個同心圓，除了最中心那個犯罪的人以外，往外一圈是家庭教育，再往外是學校教育，最外一圈是社會對他的影響……」

小斑還沒說完，Tina就不悅地叫道：「什麼嘛，妳是說就連無辜的死者，都要為凶手負一點責任？」

就在此時，雅真開門出來，面無表情地說：「我先出門了。」或許這些爭論吵到她了。雅真帶上房門並轉動門把，確定鎖好後，就往玄關走去，沒有一絲多餘的動作。開打門，走出去，闔上。

「雅真妳今天早班嗎？等我一下。」Tina說完追了出去。

「看來這陣子Tina都會找人一起搭捷運了。」小斑對聿珊說。

「為什麼？」

「不為什麼，我就是知道。」小斑聳聳肩，又問：「聿珊，妳還敢搭捷運嗎？要不要待會一起坐公車？」

「也好。」

聿珊是一家國際快遞公司的線上客服人員。按規定AM 8:00到PM 4:00是早班時段，中間不休息，同事們輪流買午餐回來。作業一成不變，電話電話電話，偶爾也會接到騷擾的傢伙，或是講話很不客氣的顧客打來抱怨。這讓聿珊曾一度懷疑自己耳鳴會不會是一種職業病？

也是這份工作，她才會想養兜兜，畢竟兔子幾乎不發出聲音。

今早聿珊難得搭公車上班，但回程她就決定改搭捷運了。相較之下，汽機車的廢氣更讓她難以忍受。不過剛進捷運站，她就見到警察荷槍實彈在月台巡邏。當列車經過江子翠站，聿珊更不自覺地閉起眼睛，就那麼一下子。

一到家，她便接到小斑來電，詢問晚上要不要一起聚餐？雅真、Tina都可以。看來小斑已經主動和Tina和好了，她想。於是聿珊把剛提回來的晚餐擱在桌上，餵了兜兜飼料後，就出門會合。

三年前日本發生海嘯，林森北路的宇喜多壽司店就在迴轉吧臺上放了一個流動的捐款箱，吸引了很多上班族。這家店在Tina工作的證券公司附近，四個人第一次聚餐，就是為了到壽司店捐款打卡。

「那時候捐款箱在上面撲嚕撲嚕轉來轉去的，好有趣。」Tina想起上次聚會，開心地說。但沒多久，眾人話題不知怎了，就又轉到昨晚的捷運事件。

「一般人買房子都會避諱凶宅。實際上很多交通工具，客運、火車、二手車，都發生過事故，消費者卻不知道。」雅真在房產開發集團工作，因Tina好奇追問，她又說了幾句。「那一站的房價，肯定要跌幾年了。」

「我反而覺得，很快大家就忘了。」小斑呵口熱茶。

「只是我個人的看法。」雅真不多說。

Tina碰了聿珊手肘，瞇眼笑著問：「聿珊呢？妳怎麼看？」

進到嘈雜的壽司店後，聿珊的耳鳴好多了。或許是注意力被錯開了吧，但別去注意耳鳴，耳鳴就不存在了嗎？或許耳鳴真的讓聿珊心情很不好，她在小盤子抹上芥末，隨口就答話說：「如果凶手是因為成長的過程中受到某些挫折，對社會滿懷怨恨，而變得冷血起來，也不是不能理解這樣的事。」

雅真不發一語看了聿珊一眼。Tina更是一臉詫異，她放下筷子，起身拿手機指著聿珊和小斑說：「誰能理解啊？我真是不能理解耶，妳和小斑怎麼一整天都在替犯人開脫，好像犯人才是受害者一樣！」她啪一聲說完，就拉著雅真去結帳，剩下聿珊與小斑，迴轉壽司的火車頭也轉了回來。

那晚，Tina就把聿珊跟小斑的臉書封鎖了。

「這種事，果然先搶先贏。」小斑在聿珊房間，看完把手機丟到床上。「瞧見了吧。她那種叫幽靈，我們這種叫喪屍。」

「什麼意思？」

「幽靈靠尊嚴活著，活得高高在上；喪屍則是捨棄尊嚴，每天得過且過就好。你不知道嗎？前陣子網路傳的啊。」小斑邊說邊伸手輕撫兜兜。平時聿珊加班，都是託小斑幫忙餵兜兜。聿珊和小斑確實比較好，但聿珊並不想跟Tina還有雅真搞壞關係。

大家都同住一個屋簷下不是嗎？

忽然聿珊開始耳鳴，又是那臺機器的聲音。她見小斑正對著兜兜說話，沒注意小斑說什麼，反而專心聽著那聲音，似乎就在附近。

聿珊順著聲音開門。

「妳盯著冰箱幹嘛？」小斑抱著兜兜，走到聿珊後面。「也不穿鞋子？」

「妳不覺得冰箱的聲音有點大嗎？」聿珊轉身說。

「冰箱？」小斑抱著兜兜將耳朵貼近冰箱，兩秒後說：「熱熱的？還好吧，就運轉的聲音啊。」說完她把兜兜遞給聿珊。「我先回去睡囉。」

聿珊抱兜兜回房，很快也有了睡意。可是當聿珊平躺下來，立刻耳鳴；一起身，耳鳴就又消失。聿珊開始在意起冰箱，直覺它就是耳鳴的根源。冰箱與聿珊的床之間只是用木板隔開，不但不能阻絕聲音，還會引起共振。而聿珊枕頭的位置，就在冰箱正後方。以前聿珊從未注意到，馬上她把枕頭換到床的另一端，但即使如此，當她腳尖抵著牆壁，猶能感受到另一頭冰箱的震動。

週四再忍耐一天後，週五聿珊請假到大醫院掛耳鼻喉科。經過詳細檢查，沒發現任何異常，甚至還被醫生誇獎聽力比一般人好。

「耳咽管稍微阻塞，服藥多休息幾天就可以了。」醫生戴著頭鏡說。一開始，聿珊耳鳴確實有減少，甚至有過一兩個很好睡的夜晚。但不到一星期，入睡前耳鳴又發作了，感覺床墊也在抖動。聿珊半夜耳鳴醒來，打開燈，只見兜兜很有精神地望著她。

兜兜是隻獅子兔，理應兩耳都要豎起來才對，卻有一只下垂的左耳。獸醫說很可能混了垂耳兔的基因。冰箱的噪音持續環繞，像正在進行一場鬧哄哄的飛行。聿珊想，兔子聽覺是人類的二十倍，這樣兜兜能忍受嗎？但看牠還是靜靜的一點異樣也沒有，很乖很溫順地嚼著乾草。

週末早晨，聿珊起床去廚房倒水，注意到雅真不在家。雅真出門前，都會開啟那臺外觀像是體重機的自動吸塵器，在房間裡四處逡尋，這時倒又像臺碰碰車了。一開始聿珊很不習慣一間沒有人的房間不時發出聲音，久了也習慣了。

「我也會習慣耳鳴嗎？」聿珊想。

下午她到西門町一家兔子生活館，幫兜兜買日用品。就在中華路口，看見一名機車女騎士倒在地上，動也不動，幾名警察正在處理。不遠處的廣場，則有街頭藝人表演。平時這個路口人潮雖多，但佇足停留的少。現在許多人因為觀看車禍而停下腳步，街頭藝人抓緊機會，賣力表演，小丑像魔術師般變著戲法，似笑非笑的表情讓聿珊困惑。慢慢的，車禍現場的群眾確實有人被吸引了過去。小丑和躺在地上的傷者，相距二十幾公尺，但遠遠看過去就像在同個舞台上。

回家後，聿珊找小斑重新幫兜兜鋪了一個新家。

Tina開門出來，聿珊房門沒關，她沒往內瞧一眼就走了過去。以前Tina都會進來抱兜兜的，自從上次離開壽司店，她再也不跟小斑說話。而雅真本來就不愛與人互動，最近更因為常上夜班，也就更少見到人了。

傍晚小斑拉聿珊到頂樓看夕陽。

「喏，這位置。我們正踩在Tina的房間上。」小斑提醒聿珊。「要不要跳起來，用力踏它幾下。」說完拉著聿珊一陣亂踩。

聿珊忍不住笑了。一瞬間，蟬鳴叫響黃昏，她又開始耳鳴。今年夏天比以往晴朗，蟬鳴也比以往猛烈。這是不是耳鳴的原因？

夏天過後應該就會好轉吧，她想。

時序步入秋天，聿珊的耳鳴一度痊癒，尤其十月的時候。但到了十一月，耳鳴又復發了，就像是本應死盡的蟬再度復活。或許不應該把耳鳴想像成蟬鳴。與此同時，冰箱也有越來越大聲的趨勢。

聿珊終於受不了了。

她下班打開冰箱，仔細檢查裡頭究竟都放了什麼。上層的冷凍櫃，四人一起使用；下層的冷藏櫃，剛好一人一層。聿珊很少使用冰箱，她那層冷藏櫃，只放了幾瓶飲料。倒是小斑那層完全被塞滿，平時小班就常向她借空間，但除了食物，還堆了許多奇奇怪怪的東西，連奶粉罐也放了進來。Tina那層同樣很雜，多半是她和那貪吃的男朋友帶回來的甜點吧。最後是雅真那層，東西較少，卻盡是一些頂級的美容保養品，聿珊沒想到她在這上面花了這麼多錢。

「妳在做什麼？妳翻我東西？」

這時雅真剛好回來，聿珊竟沒注意到她一向明顯的高跟鞋聲。

「我沒有。」聿珊關上冰箱，「我只是想看看冰箱到底都放了什麼，不然怎麼那麼吵。」

雅真不接受聿珊的理由，質問的聲音越來越大。

其他室友聽聲音不對勁都走了出來。

「雅真已經不是第一次覺得有人動過她東西了，妳是不是覺得試用一點別人的保養品，不會被發現！」Tina指著聿珊說。而聿珊一面跟雅真解釋，一面把這幾個月來不斷耳鳴的情況向大家說明，希望能將冰箱移位子。

「聿珊妳整天耳鳴啊？」小斑關心地說，「看過醫生了嗎？」

「有去看耳鼻喉科了，但沒查出什麼原因。」

「那就改看身心科。」Tina說。

「既然聿珊這麼困擾，那不然移一移冰箱好了。」小斑說，「走道也不可能放，還是，把冰箱移到廚房？」

「移到廚房？我不要，廚房根本放不下吧。」Tina說。

「妳當然反對啊。冰箱移到廚房，就貼著妳跟雅真的房間不是嗎？」小斑說，「妳為什麼不能體諒聿珊一點。」

「靠，」Tina說，「那妳跟聿珊這麼好，為什麼不跟她換房間？」

「聿珊的房租比我多三千塊，怎麼跟我換？」小斑又說，「妳的房間和聿珊一樣大，妳們換才對。」

「誰跟妳們一起發神經。當初我就是租這間，住得好好的，我為什麼要換，莫名其妙。」Tina大聲反擊。

雅真走去廚房，再回到玄關對大家說：「廚房唯一能挪的只有洗衣機，但洗衣機得有排水孔，沒辦法移到玄關。」然後對聿珊說，「妳耳鳴應該不是冰箱的關係。剛才妳不是說，白天在公司也會耳鳴嗎？何況套房的冷氣不是更吵？妳應該繼續去看醫生，而不是把焦慮轉移到冰箱上。」

雅真說完就走回房間。Tina見狀，也回房去了。剩下小斑，她靠過來對聿珊說：「雅真說得有道理，妳要不要再去看醫生？」

這件事攤開後，隔了一個禮拜。

首先發現冰箱故障的是Tina。原本她要幫男朋友慶生，沒想到提早一天拿回來的生日蛋糕，就這樣壞了，連她放在冷藏庫的冰淇淋、雪糕，也都溶成餿水。小斑則是震驚到說不出話。平日她喜歡下廚，許多網購的美食、昂貴的中醫水煎藥包，以及趁有機店折扣搶購回來的冷凍魚蝦全部只能丟掉。雅真知道後，更提前下班趕回家，但好幾萬元的保養品仍無一倖免。她一反平日的理性，激動地說：「是智障嗎？最後開冰箱的人是誰？都沒發現冰箱有問題！」

「方聿珊，妳前幾天耳鳴不是才在怪冰箱！」Tina毫不客氣地問，「冰箱是不是妳故意弄壞的！」

「我？我很少用冰箱妳們也知道吧，這幾天我根本沒去動冰箱。」

「妳就是沒什麼重要的東西放冰箱，所以才事不關己！」Tina氣得瞪了聿珊一眼。「反正妳現在一定幸災樂禍。冰箱壞了，那耳鳴有好一點嗎？好一點嗎？好一點嗎？」Tina控制不住音量。

「搞什麼，那麼討厭這個冰箱，為什麼不搬走。」雅真說完，轉身又對小斑說，「還有妳，沒事就塞一堆東西，搞不好就是妳，冰箱才壞掉。」

雅真說完回房，重重甩上房門。Tina則狠踹了冰箱一腳也走了。

聿珊想安慰小斑，卻不知道如何開口。小斑依舊看著冰箱不說話，她的損失可能不下於雅真。

睡前，聿珊洗完澡從浴室出來。奇怪的是，她發現兜兜不像平常一樣蹲在籠子內。聿珊反覆在房間找了很久，都找不到兜兜。房門有上鎖，她也記得自己鎖門後才去洗澡。聿珊走出房間，翻了玄關的鞋櫃，再沿走道，又在廚房找了一陣子，都沒有看到兜兜。就在她準備回房間時，停下了腳步。

冰箱內似乎傳出碰撞聲。

她想聽清楚那聲音到底是不是從冰箱來的，但耳鳴突然變得嚴重。明明冰箱的插頭早已拔掉，但咿咿咿咿的運轉聲，幾乎要刺穿聿珊的耳膜。她一直站在冰箱前，遲遲沒有動作。往後，大家都很有默契地不再去打開冰箱。就這樣，任由裡面的東西壞掉，並且臭得一塌糊塗。

房間的禮物

A Present for the Room

如果我們想要真正的完整，必然得再經歷一次遺棄。
只是這次換我們主動，拋棄曾拋棄我們的家，
我們才有能力在未來建立自己的家。

我再也沒有一件屬於他的東西了。

黃銅。

「子桀！」

奧晴轉過頭來。

平常她聽到有人叫她的名字，並不會下意識地回頭。她似乎對這項反應免疫，但子桀的名字是個例外。在認識子桀之前更遙遠的童年，她就會為這個名字回頭了。應該說，當恍若聽見：自覺、知覺、指尖、枝節、之間等音近的詞彙時，彷彿意識到別人的叫喚，她會靜定下來，沉穩地張望聲音的來源。

和子桀交往後，為這個聲音回頭自然是理所當然，甚至讓人覺得有一點點命中注定的意味。分手至今，她仍保有這項習慣。也許我們為她多了點憂慮，對這麼多詞彙敏感，難道不會構成生活上的困擾嗎？其實不管是子桀或者其他諧音，生活中都很少遇到。

「遠不如聽見自己的名字頻繁。」

個性省事的她，甚至為這特別的習慣有所慶幸。

奧晴是營建公司的售屋小姐，建案結束到下一個建案之間，常有短暫的假期。上禮拜一個晴朗的下午，正當她的假期，開門簽收了一份包裹。

「小姐，請在這裡簽名。」

奧晴注意到，是和公司合作的那家物流貨運。她感冒了，拉下口罩，勉強說出一聲謝謝。回到房間，她直接拆開郵件，先看到底寄了什麼，再看是誰寄來的。

「通常看了裡面的東西，就可以省去第二個步驟。」

是一台復古電話。舊式的旋轉號碼盤上，有張便利貼：

能回憶的，實在太少。能給我一些妳的東西嗎？先寄上我的電話。　子桀

她急忙拾起地上拆開的包裹，仔細看寄件人的名字、地址、電話號碼，都和分手前相同，沒有改動。剛分開的時候，子桀始終避不見面。他認為結束愛情最好的方法是迴避，像身後隨時有個門，不喜歡時，打開門就走。

過了一段時間，其實沒隔很久，奧晴也覺得沒聯絡的必要了。

黃銅打造的外殼，手的溫度容易留下、也容易散去。她插上電話線，修長的手指拿起骨感的話筒，撥了他的號碼。她不懂子桀現在又開門來丟出東西做什麼，既然這

樣，為什麼當初要分手？她突然覺得，身上穿的任何衣服，都掩蓋不住那一個最真實的傷口。

「他想我嗎？想是這樣的吧。」

忽然她又沒了自信，將電話掛上。她知道這個號碼早停用了。

黑鏡。

不用面對顧客時，奧晴喜歡待在樣品屋，消磨這一類時光。

「就像洋娃娃，到處放在新蓋好的房間。」

對此她感到自在，甚至見獵心喜。也因為銷售成績亮眼，公司一有新的建案便安排她接待。在展場，她總有待不完的新房間、觸摸不完的新家具。

同事趁她進樣品屋的時候，聚集在展場的會客桌討論她的銷售技巧。

「奧晴的訣竅是：握著拳頭和客人說話。感覺誠懇，眼睛又盯著你看，讓你非得一直看她不行。人長得漂亮，看久了就喜歡，耳根子就軟了嘛。」

「尤其是男客人，容易有和她共組家庭的幻想，買房子就像是買給她的呢。」

「也不完全是學姊漂亮的緣故。可能和家庭的教養有關，畢竟是醫生家的千金，光是那份氣質，就足夠讓人信賴了。」

樣品屋與展場，其實只隔了一面合板牆。

奧晴站在一面新裝潢的黑色鏡子前，照不出自己。子桀突襲般寄來包裹，讓她亂了陣腳。收到包裹那天，拿著他的電話哭完，她翻箱倒櫃，想找一個與電話有類似質感的物品回寄給他。她覺得這是個機會。

「兩年沒聯絡，他不擔心我已經有男友、甚至結婚了嗎？」找膩了，她躺在地毯上，找到了一個夢。

沙灘上許多人拉住黑色的氣球，不讓氣球飄走。之後氣球墜落了，人們拖著地上的氣球。想走，卻又拖不走。

醒來後，她想到收在衣櫃的一件東西。

那時候他們還沒吻過。子桀偷拿她的黑色口紅塗滿嘴唇，作勢要親吻她。她反應很快，把桌燈轉了過來，結果使他吻上熾熱的燈泡。

以後每回開桌燈，在光線末稍都有個固定的投影。把燈往上照，放大模糊的唇印，就好似一朵烏雲在房間上空飄著。

她開始怕燈泡燒壞，很少使用桌燈。最後乾脆收起燈泡。

有天，子桀問桌燈去哪了。

「收到衣櫃裡了，沒燈泡放著也沒用啊。」

「燈泡這麼快就壞了？」

子桀打開衣櫃一看。除了衣服，只有一盞桌燈。

「是分手後、衣櫃裡的東西才多了起來。」

有次她急忙換衣服趕出門上班，為了取出最裡層的高領毛衣，她先將桌燈拿出來放在一旁的椅子上。穿衣服時，手去揮到了桌燈。燈泡破了，她才有機會仔細看這個陰影，終究只是片上了色的玻璃。

現在奧晴想搞清楚，為什麼樣品屋要裝上一面什麼都照不出來的黑色鏡子？她試著關上與展場連結的一道門，還有兩面窗戶。不再有光進來。她打開燈，終於看見鏡中的自己。

「因為我待在樣品屋比誰都還久。」

她認為這才是她的銷售祕訣。

除了要寄的桌燈，她也將自己的電話寄給對方，並附了回條：

房間多一台電話不是辦法。　奧晴

層雲。

星期天上午，奧晴收到子桀寄來的一箱手套。她仔細拆開包裹、每只手套也都掀開反面檢查。這次沒有字條。

房間地板上擺滿手套，一雙雙整齊排好。

而窗外一朵雲也沒有。

從婚禮、喪禮、醫療用、攀岩用、射箭用、雪地防寒用、工業防腐蝕用、騎自行車、賽車、守門員、拳擊手等等，不管是按照用途、大小、顏色、材質來分類，都是件傷腦筋的事。

「第一次見面是在高鐵。」奧晴進公司隔天。她因為外型亮眼，公司馬上要她本人到臺北的廣告商那拍攝新建案的宣傳照片。「不過這對我還算方便，」那天早上她走出家門，就到對面的高鐵新左營站搭車。

「接著子桀在高鐵臺南站上車。」

她不明白，為何一旁坐在靠窗位子的他，會戴著素白的手套。這讓她有點為難，偷偷將雙手壓在大腿下。

「我問他為什麼翻雜誌沒有聲音、啃麵包時紙袋也沒發出聲音，都是因為戴手套的關係嗎？」

子桀本來看著窗外，回頭從口袋拿出另一雙手套，覺得不對，又從另一個口袋拿出較小的手套。

「戴看看，我剛開始也不習慣。」

奧晴拒絕了，可是他們開始聊起許多的事。那次的天空也和今天一樣，從高雄坐到臺北，沒看到一朵雲。

以後她和子桀見面，對方幾乎都戴著手套。他生活中的任何事項，包括他的睡眠，雙手都像長了一層皮似的。一開始奧晴懷疑子桀的雙手曾燙傷，或是紅的、黑的胎記，也可能是疤痕、皮膚病？她把一個人的習慣，聯繫到不可告人的事上。

直到牽手的那個星期天，一樣是沒有雲的天氣，在他房間。

子桀像突然想讓雙手呼吸般，脫下手套，陽光從他的指間灑落，光被削成一條條的直線，這些直線又切割下方的影子。奧晴看到連飄移的灰塵，也在閃躲他無瑕的雙手。她迴避，轉過頭看窗外。

「他那時說，我碰妳的時候不會戴手套。」

子桀牽起她的手，發現無法十指扣合。她感覺他的手不斷在試探她的手指。

「所以妳從未戴過手套？」

「習慣了、就像你喜歡戴著。一天過一天。」

「妳不下廚嗎？」他突然問。子桀很快從放滿手套的抽屜，挑出一對微波爐手套，親自幫奧晴戴上。她確實生疏，分不清楚左右手。

「有比較薄的款式。下次買給妳，騎機車可以戴。」

奧晴終於從地板上找到當年那雙微波爐手套。她第一次戴的手套，沒想到現在還像新的，沒下廚的應該是他才對吧。

「他很珍惜這雙嗎？」

奧晴給自己戴上。罩著手套的雙手，感覺像靠在他胸膛，緊緊地被圍龍著。

在她盤點完畢時，卻發現一只孤伶伶的手套。這雙白手套鑲著金邊，手腕處還有蕾絲，雖然子桀不常戴，但她那時曾留下深刻的印象。

「是弄丟了，還是漏寄了？」她猜子桀是否想表達什麼。

「棒球手套對我來說不算手套喔。」他做出投球的動作說：「不管左撇子右撇子，打棒球都只會戴一邊，另一隻手就空在那。手套就是要一雙才對，不然戴上去會顯得很孤單。」

「就像腳上少了一只鞋的意思嗎？」那時奧晴略懂了一些。

她猜子桀因為寂寞，才燃起想重新聯絡的念頭。甚至過於寂寞，才向她要了她的東西。她的心痛有點柔軟，想多寄些東西給子桀。

奧晴決定，將子桀看過的她的鞋子，全寄給他。她想子桀也是下了同樣的決心，才寄來他的手套吧。

她是愛漂亮的女人，她的腳也是。奧晴每次買了雙新鞋子，都會先在家裡穿，穿到不喜歡了，才穿出去外面。

她想起那次高鐵，子桀下車前說的話：

「你的鞋子好像穿很久了，雖然看起來像新的。」

她要脾氣想戴上其他手套，卻戴不上。

晴海。

這禮拜，奧晴都穿新鞋子出門。

很多人選擇在週末，或是國定假日來看房子。那時展場像個遊樂園，安排藝人到場拉抬買氣，公司甚至要求員工串場，來個帶動唱、模仿秀等表演。

「於是不少同事就這樣進入演藝圈。」

因為個人業績長紅，奧晴甚至能選擇上班時間，這是主管特別給的權益。她不排在週末工作，包括週五晚上。

「除了避開人潮，經濟能力佳、購屋意願高的顧客，不會挑週末來看房子。」

但這期新建案的廣告在電視播出後，展場的人數是之前平面媒體宣傳時的好幾倍。在公司要求下，這個週末奧晴不得不加班幫忙，有一種是妳拍的廣告，妳就得負責收尾的感覺。

晚上十一點回到家，她一盞燈都沒開，穿著高跟鞋躺倒床上。她一直有穿新鞋子睡覺的習慣。

「滿滿都是子桀的味道，真實到、還有他的頭髮。」

前晚她已經鋪好子桀新寄來的枕頭套和床罩。她擔心子桀沒了這些要怎麼睡，他不是個很好入睡的人。很快也寄了自己的床包組過去。

子桀今晚也睡在有她味道的床上嗎？還是他之所以寄給奧晴，是已經有一套備用的了？他包裹沒留字條，什麼意思也不知道。

「完全沒有我的味道了。」

兩年前，這張床上有過奧晴各種的香味，還有她各種的形狀。

那天要回寄自己的枕頭套時，她抽出枕頭，白色的內裡布滿泛黃暈開的漣漪，重疊、且大小不一。有片幾乎佔半顆枕頭那麼大的面積。

奧晴想，是和他分手那天嗎？某一次子桀看見她哭，他說他不會哭，但他卻用眼淚的多寡衡量別人對他的愛，諷刺呢。

「正反面都哭過了。」

奧晴躺在床上，雙手舉起枕頭，直到手酸又放下。以前他還會把子桀的衣服鋪在枕頭上入睡，呼吸那氣味。和子桀交往時，她剛進公司，幾乎每個週末都要去展場的活動。但即始這樣，奧晴也不覺得累。

「今天維持了招牌姿勢，誠懇握拳不下一千次了吧。」

虎口酸疼，塗上的指甲油也塊狀剝落。她反覆舒展手指、拉筋，無意中壓到手機，微弱的人工藍光，使她注意到自己的手相。

「人生只是手掌中的規模嗎？」

她不甘心又握回了拳頭，想撒嬌。冷光復刻出奧晴臉上的陰影，從額頭的泡沫海向下，山根的巧海、人中的知海、兩頰的密海和酒海、下頷的寧靜海，直到她胸前大片陰影的豐饒海。

這些海，子桀都吻了，但他寧願要美麗的她離開。

「因為月球上的低地，從地球看過去像塊陰影，天文學家才用海來命名。譬如月球有個地方，就叫做晴海。」

但子桀也說過有些海的名字很陰暗。她脫下衣服，埋首，翻過身。

床頭手機的冷光仍舊照著她，從高跟鞋上來，腳踝的疫沼、膝窩的恐湖、腰間的危難海、兩片肩胛凹下處的風暴海，直到她頸後髮間微露的潮濕海。

她埋在枕頭裡哭不出聲。

那天在家門口，子桀雙手按住她肩膀。

「奧晴，辭掉工作，搬離這棟房子，我們放棄現在擁有的一切，到一個很遠的地方重新開始！」

月亮不斷被錘擊的夜間，枕頭像一盤水。她想睡了，或也溺了。從前親密的耳語，感覺軟成了一灘，逐漸從耳中流走。

銀河。

從家裡搭捷運到新建案的展場，包括走路在內，只消二十分鐘。

她緊抓著拉環。數不盡的環被拉著，她怕這些塑膠環突然生鏽，在握住時成為粉末。有一點強作天使的感覺，沒抓緊的話一切都會墜毀。

「好像是想復合的意思。」

這禮拜子桀寄來一疊畫框。奧晴按記憶裡子桀房間的位置掛上，驚動了床和衣櫃。將房間內的東西寄給彼此，已經成了默契。

在花粉的放大結構圖中間，子桀貼了便利貼：

不喜歡就寄回，畢竟是妳的房間。妳寄來的，我都很珍惜。　子桀

出門前，她站在玄關看著一雙銀灰色的赫本鞋。

「還是好喜歡，真不想穿出門。不過沒鞋子了。」

她第一次發現，捷運裡早上也像晚上。

奧晴住在三鐵共構的新左營站後門，子桀則住在臺南火車站附近。他們的房間，都是走幾步路就能搭火車。過去他們常往返在這條鐵路線上。

「鐵軌兩旁的石頭，總是長滿鐵鏽。」

她想，鐵鏽是多小的東西啊。一次奧晴走到新左營站接子桀，轉接駁車到高美館參觀顯微攝影展。子桀從此愛上電子顯微鏡底下的奈米世界。

「原來看灰塵就像看銀河系，真不可思議。」他聚精會神說。

「大約那個時候起，子桀已經看到我看不到的，很小卻又很遠的地方了。」

捷運在地底穿梭，人們緊盯著不斷移動卻千篇一律的水泥牆，奧晴眼前閃過許多在一起時的畫面。那些不管是甜蜜的、難過的，都像照片一樣真實。她猜想子桀或許是看到電子顯微鏡下放大的他們：像鋼筋織成的他們的皮膚、像充斥美麗病毒的他們的吻、像表面滿是刀片的合金項鍊……

子桀提議私奔那天，她跑到樣品屋裡偷偷過了一晚。

「我在這裡做什麼？到新地方住新房子？不可能，家具不會這麼好。」

躺在塑膠封套尚未拆開的彈簧床上，她穿著高跟鞋掙扎。新家具，加上才剛裝潢，濃烈的化學刺鼻味讓她難以入睡。整夜她不停張望，天花板、四面的牆，怎麼會這麼漂亮。像油漆師傅說的，有些牌子，新上的油漆會在夜晚閃閃發光，直到它不再是新的。

她喜歡現在的工作。對，是他不懂，雙方家長沒有反對他們交往，又為何要背棄家人不與他們往來呢？實在荒唐透頂極了。

「你爸媽什麼也沒說嗎？什麼反應也沒有？不想看未來的女婿，或瞭解我的工作和家庭背景？」

「沒有。說我喜歡、我選了就好。」

失眠隔日。她拒絕子桀私奔的提議，但堅持不願分開。

「於是子桀說要回到他的貧窮，一個人孤獨時的貧窮。」

他執意離開。能切斷的，全切斷了。她好幾次坐區間車到臺南，到他房間門口。他關門不願見面，她假設他在裡面。一次，他知道她在外面，從門縫下遞出字條，希望她回去。她坐在門口，難過、卻又緊張地寫著不想分手，趕快從門縫遞進去，怕他又突然開了哪扇她不知道的門離開了。

子桀的門像臺印表機，向兩面不斷輸出。他們反覆遞寫，已經分不清誰的眼淚暈開了誰的字。她騙自己上面有他的眼淚。

只是這類新奇的交談，最後還是沒能挽回什麼。

奧晴從衣櫃裡拿出一個法藍瓷花瓶，以及陪襯的塑膠花。分手前，兩者搭配在她房間的和桌上。

「一次推出的建案大成功，主管送給大家的禮物。」

她和子桀在瓶中裝滿墾丁帶回的海水。瓶子一直是海水，孑孓也無法生存。好幾個月後，海水乾涸，留下一層粗鹽的結晶。

「之後任何鮮花，加水放進花瓶一天就會枯萎。只好放塑膠花。」

寄出前，她依舊看見瓶中鹽晶的閃光。

捷運車廂的開門燈亮起，凹子底站到了。奧晴雙手環抱自己，走出月台。

白雨。

子桀寄來自己的雨傘、雨衣。他從未在雨天幫奧晴撐過傘。

建案的戶外宣傳，只要奧晴在，就是晴朗的好日子。屋外下著像是雨天的雨。今天有一場在農十六公園的活動。

「已經和主管推掉了，決定待在家整理房間。」

有一陣子，子桀刻意在雨天約她出門，他想看在雨裡撐傘的她。但是每當奧晴急忙挑好鞋子，當她的鞋子跑在街上濺起水花的時候，灑落的雨點早換成陽光。

奧晴只買能隔離紫外線的傘，毫不考慮防水功能。她總是隨心所欲、乾燥地在雨天的城市穿梭。

這令子桀訝異，這樣的訝異顯然屬於愛。他常在雨中抬棺，從那樣的場合回來，即便是雨夜，奧晴也能給他月球般、沒有大氣的晴朗。然而當奧晴抱著他，卻像是擁抱一顆憂鬱、充滿濃厚大氣的悲傷星球。

「今天又參加喪禮了嗎？」

「嗯。一個年輕女孩，很漂亮，不知道怎麼過世的。問了沒人告訴我。」

他就這麼想知道？這是奧晴唯一一次嫉妒，唯獨在意那個死去的女孩。讓她想起他提到過的那些前女友。

「每次分手，我都當對方已經死了。分手那天就是忌日。也就不會想聯絡或再見什麼面。」他打開窗說。

然而在這種強迫將活人劃分為人間與冥界的意識型態中，卻有個真正死去的女孩，受他稱讚。這令奧晴不服氣。

今天是我的忌日吧。

她驚悚自己寫出這樣的話來。她第一次認真想去看分手那天門縫下的字條。一直藏在衣櫃，用好幾個袋子一層一層包裹著。

「最後他不再遞出字條。我的手指拚命從門縫、想伸進去他的房間。」

子桀有看見她的手指嗎？奧晴記得那天下著雨，當她死心走出子桀住的公寓，雨就停了。現在奧晴在房裡撐起子桀的傘，看窗外的雨。

「空氣只是更為稀薄的海水，不是嗎？」

雨釘著全世界，有人不斷地敲。她羨慕雨天的熱鬧，其他都是晴朗的孤獨好天氣。她曾以為，是自己挑晴天外出，而非自己外出就會是晴天。她急切地想再試一次，沒有換鞋，直接穿房間裡穿的拖鞋就衝下樓，很快地推開大門。

雨忽然停了。

洗澡時的蓮蓬頭，是少數可以淋濕她的人造雨。她撐著子桀的傘，走到超商，將這幾張字條複印一份，隨即寄正本給他。

「下次，可考慮裸奔了。」

晴空，只是下著比雨更透明的雨。

青森。

這次建案有兩間樣品屋。一間是中階價位設計，直接搭在展場，是仿品；另一間則在已經蓋好的新大樓，鎖定高收入的買主，是實品。

奧晴跟在主管後頭，陪同重要的客戶上樓。

電梯角落架了一棵小聖誕樹。闔上門，電梯的燈自動暗下來，小聖誕樹的燈泡亮起。客人則說了太華而不實、妨礙逃生之類的話。

但奧晴很喜歡這棵渺小，卻能上下移動百米的聖誕樹。

「不管是單身貴族、或有小孩的家庭，電梯的聖誕樹都能給人陪伴的感覺。」她雙手微握在胸前：「電梯光線的調控，也能將工作場所累積的緊繃情緒，在回到家之前，起到放鬆、阻隔的效果。」

那些分手的字條，奧晴檢討自己是否太情緒化，寄了最不該寄的東西。

出電梯。從進門開始，主管逐一介紹了防盜辨識系統、消防逃生設備，以及公司為了響應節能減碳所推行的綠化工程。

「我們每進一套檜木家具，就在公司名下的山坡地種植一棵檜木。」

豪宅裡的空氣，混雜了紅豆杉、紅檜、櫸木、桃花心木，各種高級木材的味道。

由於都是新家具，新鮮的味道強烈地佔滿空氣。奧晴覺得不太舒服。她想這些樹木，在森林裡彼此相互遠離地生長，為什麼要將他們集中到這裡？

「就好像是一個，樹的墳場。」

她和子桀因職業的關係，身上常帶著木材的香味。子桀總是猜不出奧晴身上的味道——或許還有香水的干擾；反而奧晴一聞子桀，就知道當天葬禮的豪華程度，不過她從來不曾在子桀身上聞過檜木香。

「先不論生態保育，用檜木下葬，骨頭會變成黑色。選擇火化的家屬，也不會挑昂貴的檜木來燒。檜木在我這一行逐漸失去市場。」

奧晴正站在一面檜木屏風旁。從客廳落地窗望出去，是農十六重劃區的大草原，越過一些房子，則是高美館的草地，和像塊綠色布丁的柴山。

「不是黑也不是白，喪禮是穠稠的綠色。死者被活人包圍，肅穆的氣氛近乎窒息，像座濃密的森林，每片葉子都怕照不到光、搶不到二氧化碳，在已經枯黃的葉子旁貪婪地呼吸。」

「肅穆的樹木哲學？」她問。

奧晴想起和子桀的對話，該停止思考了，她不願回想起子桀母親的事。

「我母親就是一棵樹木。」

子桀說，從有記憶開始，母親就躺在床上。

「那時候很小，病床很高。直到我爸抱我起來，我才第一次看見我媽的臉。她眼睛微閉，皮膚很白。但當我越長越高，站著就可以直視她的臉時，她卻越來越瘦，臉也開始扭曲，以致於一直流口水。」

國小以後，子桀開始害怕去探望母親。國中前，母親便過世了。

入殮時，他在母親放滿鮮花的胸口開出一點空間，放上自己給母親的禮物。火化之後，他仔細地在一桌母親的白灰上尋找剛才的東西。

他已經忘了在母親胸口放了什麼。

奧晴在高美館聽了這些事之後，抱著他一直哭，但子桀只是像魚的眼睛，看著水一般的藍天。「我爸說，我媽像植物。我說，植物不是越長越漂亮嗎？還會開花。我爸只是說，不是所有植物都會開花。那時他其實可以解釋，只用鼻胃管進食當然會日漸消瘦。我早就知道那種東西了。」

「雜草不一定長得好看，卻活著不是嗎？」

奧晴想代替子桀的父親回答，又覺得這不是什麼好答案。她的父母都還健在，而她的工作，算是一種販賣幸福的職業吧。有時會想，公司把房子賣掉後，就不管了嗎？顧客搬進新家如果不幸福、不快樂呢，賣房子的人是否有責任？

「奧晴！快過去，客人想下樓了。」主管小聲催促。

「喔，好。」她趕緊走到客戶前說：「這些木材很香，讓人像住進了森林裡。」

禽面。

上次寄來的信很特別，我沒有更好的禮物，就寄上這個。

這行字寫在信封上，順著信封內門牌的浮印，凹凸、歪斜。反而住址、姓名處則寫得平坦工整。顯然這行字是彌封之後，甚至是到了郵局，才臨時補上的。

她將房子外的門牌拿下，換上子桀的門牌。她學他，將自家門牌放進信封後才開始寫字，不過筆尖在信封上刺破了幾個洞。儘管荒謬，她還是寄出去。

「菜公一路變成北門路一段了。」出門前她看著門牌。

她習慣中午到百貨公司購物，盡量避開人潮。稍早在捷運上，握著車廂門邊的弧形手把，第一次注意到邊上的警告標語：「勿將手指、靠近門縫」。

走在空曠、腳步有回音的百貨公司裡，有時候整層樓只有她一位客人。因為真的只有她一個人，在那當下，她會有整間百貨公司是為她一個人營業的錯覺。店員、禮物、燈光，彷彿都準備就緒，她個人的童話就要開始。不過那都是很短暫，像是一呼吸就會消散的事情。

三點多回到家，她站在門口看著自己的新門牌。

「幸好都是一百號。」

她想，往後包裹還是收得到吧？只要子桀想寄東西給她，她在地球上的每天都住在這裡，只要他想寄。或許因為掛上子桀門牌的關係，她感覺像在他的房間，過去在他那的一些習慣隱隱約約地回來了。

交往的那段日子，一下班就直接搭火車過來。奧晴常帶著妝在子桀家生活，不管是下廚、吃飯、接吻、睡覺，臉上總有那麼一層忘了卸下。

「最近回家開始忘了卸妝。」她看著浴室窗外的半屏山，自己像處在深不可測的藍色風景的深淵。浴室裡沒有子桀的東西，感覺比較輕鬆。

她穿楔形鞋坐在浴室地板上，將馬桶蓋放下當小平桌，把硬幣、鑰匙、鈕釦，還有各種信用卡墊在紙下，用鉛筆開始刷，紙面上逐漸出現類似鋼印的浮雕。

「不知不覺拓了這麼多圖案，不知道、對晶片有沒有傷害。」

她起身，站到洗手臺前。因為不擔心淋雨，加上乾性膚質不易出油，她沒用過防水的化妝品。簡單地將卸妝乳塗抹在臉上按摩，低頭用清水拍洗。

她想起一副遺失的面具。

那次銷售活動模仿威尼斯的狂歡節，由剛進公司的她們負責表演。戴上面具，穿上歐洲貴族華麗的衣裝，前一天大家還熬夜排練到凌晨兩點。

活動當天，子桀特地請假來看她。演出結束後，她拉子桀到樣品屋，興奮地問他表演得怎樣、好看嗎？喜不喜歡我穿這樣？他都有錄下來，拿出數位相機播放。而她欣喜地看著小螢幕，臉上還戴著面具。

子桀突然湊過身吻她，透過面具，輕壓她的唇。她也從面具內側吻了他。

「涼涼的，第一次我們的吻。只是面具和漂亮的衣服，後來都被公司收走了，送回租借的表演服飾店。」

上完一層保濕化妝水，奧晴開始攪拌今天買的白色面膜。當她均勻塗抹鼻梁，想起那面具在眼部、臉頰處誇張的花樣，下巴的部位倒很白淨。之後子桀描述，是像貓頭鷹般的紋飾。她習慣在嘴唇也塗上一層面膜，只剩下一雙眼睛。

「要是面具還在，也許能寄給子桀……」

倏忽滾落的淚珠，很快被染色，成為一滴滴掉落的白渣。

鱗翅。

快遞幾天前送來一個正方形木框的蝴蝶標本。木框一角貼著標籤：

Papilio Ulysses 澳大利亞天堂鳳蝶

子桀何時買了這個標本？她第一時間反應到：

「退回去！叫剛才的快遞退回去！」

為什麼子桀要破壞兩人重新建立的默契？他並未附上字條說明。

奧晴將蝴蝶擺在房間正中央的和桌上，在房內最顯眼的地方。她想找出自己與這隻蝴蝶有過什麼回憶。只有一次，那麼一次提到蝴蝶。

兩人在高雄的一家老牌電影院，看完一部老電影。奧晴懷疑情侶變成蝴蝶飛走之後，有一隻還指導著另一隻怎麼飛。

「所以你覺得是男蝴蝶指導女蝴蝶，還是女蝴蝶指導男蝴蝶？」子桀問。

「我不知道，但比翼雙飛會不會互相羈絆，反而飛得不好看。」

她安心了，也許子桀在那時偷偷買了牠。一如往常，奧晴從衣櫃找出一個球形的玻璃缸。他們曾有養魚的打算，雖然最後只買了魚缸。

寄出時，在宅即便的送貨單上圈選：「易碎物品、精密儀器」。

這幾天，不管奧晴在房間做什麼，常不自覺地注視牠。翅膀內側為鈷藍色，外側為黑褐色。下翅各有六個尾突，中央的尾突特別長。

今晚她決定徹底檢查這隻蝴蝶。拆掉木框、玻璃，仔細拔起固定蝶身的大頭針，終於在拿起蝴蝶後，找到自己的不在場證明。鉛筆在框底寫著一個日期。她上網查詢，是標本愛好者在矛盾心態下建立的一個慣例：於精心製成的標本正下方，寫上該生物的死亡日期。時間是在兩人分手之後。

「這算什麼，一開始明明說好，要寄有回憶的東西給彼此。」

奧晴覺得痛苦。她想，自己在分手後，也買過新的、子桀沒看過的東西，可是她沒有寄給他。奧晴只將最珍視的、那段時間的東西寄給了子桀。

蝴蝶的鱗粉灑在桌上，她不小心弄斷了一片下翅。一瞬間，她好像明白自己和這隻蝴蝶，是同類。

「七歲時，媽帶我到整形外科，希望切除多餘的手指。但醫生說沒見過這麼漂亮的多指症，外型和功能就像正常的手指般自然，所以不願意動刀。」

以後奧晴再也不敢和爸媽去看病，她怕真的有哪個醫生切了她的手指。她就像小動物般，始終在家人面前保持活蹦亂跳，一旦呈現異狀，往往病情非常嚴重了。除此之外，她只讓學校老師知道自己生病。

「再大一點我就會自己去看醫生了。」

出生在父母都是婦產科醫師的家庭，她是件拙劣的失敗品。

「那些孕婦會怎麼想？連醫生的孩子都長成這副模樣，誰還敢來檢查。他們後悔女兒剛出生的時候沒有立刻動手術。我想這是爸的考量，媽只是沒有主見。」

雖然家裡規定孩子們都不要來自家的醫院逗留，但奧晴敏銳地知道，這是針對她以及她的手指，是大人們不得已的公平。她覺得自己被疏離，每次上學都彷彿要離家很遠。奧晴在左營的房子，是臺北的父母在她五專畢業那年買給她的。

她對愛情早熟，遇到子桀之前，或者說搬來高雄之前，就在臺北談了幾次戀愛。譬如到現在偶爾還會想起的國中初戀，當對方懷疑手指會遺傳後，隔幾天，像小大人般理性分析這段感情，痛苦地說是為了彼此的將來著想才分手。

「我無法和他們牽手。每次都感到不自在，對方也不自在。」

或許子桀因為戴手套習慣了，總是只握著她的虎口，沒有想要十指扣合，反而讓她覺得輕鬆。他也不像一般男生會親密把玩女生的手，雖然他常換手套，但畢竟要他脫下手套的時間，真是太少了。

「工作時碰了一堆禁忌的東西，總不能又來碰別人，碰這個碰那個的吧。我就這樣戴習慣了，讓自己有層保護膜。」

這是他說過的話，她曾相信是他們倆適合在一起的明證。

「當作是子桀送我的新禮物，這樣想就不難過了。」

她努力搶救澳大利亞天堂鳳蝶的翅膀，像對弄壞展場上的模型屋負起責任一樣。沾滿鱗粉的雙手，在夜裡閃耀鈷藍色的金屬光芒。

褐鑰。

奧晴站在她的門牌前。

星期四，她打電話向公司請假，反方向搭區間車到臺南市。

蝴蝶標本之後，子桀陸續寄了抹茶色咖啡杯、鈦合金筆筒、栗子色的男用公事包等物品。現在，這些都同蝴蝶標本放在她房間的和桌上。

面對這些她不具回憶的東西、沒印象的東西，奧晴不再回贈禮物。對她來說這些禮物就像玩笑。她沒見過子桀前女友留下的任何東西，她們像是純粹活在子桀的語言、思維，和夢境裡的一群人。

「過去他也和前女友互寄彼此的東西嗎？」

「也許他寄來的東西不僅有我和他的回憶，也包含前女友和他的回憶。」

「更可能包含了前女友與別人過去的回憶。說穿了就是前女友留下的東西。」

「我在他那留下的，也許已經包含了他與新女友之間的回憶。」

昨晚在床上，她翻來想去。手拿鑰匙圈，搖曳著悲傷。

「我為什麼還困在這房間、出不去？」

突然她收起鑰匙圈，從枕頭底下拿出子桀剛寄來的褐色鑰匙。她曾經再熟悉不過的一把鑰匙，同時還附帶字條：

見妳很久沒寄東西來，猜妳不想繼續下去。週一到週五，我在公司上班到六點。寄上鑰匙，隨時能來拿回妳房間的東西。子桀她將鑰匙插進腳邊鞋子的縫隙放好，徹頭徹尾下了決心，就這麼睡著。

「當他只是好玩，想把我的房間打造成他的房間。」

她懷念自己過去的房間。那一個最真實的、擁有過彼此的房間。現在的房間不倫不類，到底算什麼了。

區間車內，她抱著子桀寄來的男用公事包，皮革味深深地沁入懷裡。除了弄壞的蝴蝶標本她稍有愧疚沒法還他以外，和桌上的東西全收在裡面了。奧晴不想留著這些沒有回憶的物品，子桀有，所以還他吧。順便拿回自己的東西。

「我媽和外面的男人跑了，沒多久人家不要她，但她寧願自殺，也不願拉下臉回來。」子桀第一次帶她到家裡，突如其來地說。

他獨居在公寓四樓，沒和父親的新家庭住在一起。

奧晴看見自己家的門牌。

她終於打開門，彷彿回到自己的房間。書櫃上擺滿她的鞋子，還有鞋盒。桌子、床鋪、衣櫥的位置、款式，都和她的房間一模一樣。

子桀房間正中央新買的和桌上，那尊法蘭瓷花瓶插著塑膠花，魚缸則養了一些小魚。書桌上她的桌燈，已經安裝新燈泡。電話也同在她家一樣放在地板上。她看見自已淡藍色的床組，有他睡過的褥痕。

他們的房間被對調了，他也在她的房間裡生活。

奧晴打開子桀收藏手套的抽屜櫃，空盪只剩下一雙白手套，和那張當初接吻的威尼斯面具。面具背面的嘴唇部位，有奧晴那時的口紅印。

「子桀什麼時候拿到的？難道面具一直蓋在手套底下嗎？」

她眼眶泛紅，進來之前說好不掉一滴眼淚在他的房間。雖然有一些她沒見過的東西，但就好像，好像她還住在這一樣。她突然又不想拿回任何東西。

「只剩大張的桌椅櫥櫃，他最後根本沒有舊東西可以寄給我了。就像他說的，兩人的回憶實在太少。」

床頭櫃上，擺著子桀與病床上母親的合照。她沒見過這張些微泛黃的照片。她想待到黃昏再離開。期間，她順手打掃房間。拖地、刷浴室、澆陽台的花、折好棉被、整理冰箱挑出許多壞掉的食物。就像從前那樣生活。

許多文件凌亂在桌上，一些複印的生前契約、治喪委員會名單、每場喪禮的流程表。奧晴知道該怎麼幫他收納。

「除了還有心跳、體溫，我媽和其他屍體沒有兩樣。我恨捨棄我的她，也恨捨棄她的我。但就在我厭惡、捨棄她之後，才又感覺到自己有多想她。」

奧晴懷疑，子桀是因為母親的關係而選擇這份工作。用盡全部的責任，送對方最後一程，即使是陌生人也好。

「六點了。」

奧晴將公事包放在床邊，在自己的床單上留下子桀給她的鑰匙。反鎖關上門。她感覺心臟溺水了，奮力地跳動，卻只是不斷地往下沉。

當沉到了底，她看見那道門縫。

這次身上沒帶紙筆。她抽出面紙，擦了些眼淚以後，用口紅寫了些醜醜的字，從門縫吹了進去，儀式性地模仿她上一次來過的遭遇。然後她走了。

「彷彿又回到、分手的那一刻。」

下行左營的區間車中，奧晴想到，如果剛剛待的是自己的房間，那麼現在要回去的，又是誰的房間？

「房間沒有其他女人的東西，所以才幫他打掃的。」

水睫。

下午在會議室，公司開會討論新建案的銷售情況。奧晴坐在主管旁，待會準備報告，她手裡拿著一疊報表。嚴肅的場合，她回憶過去的爭論。

當初子桀希望她放棄工作，兩個人遠走高飛，到新的地方重新開始。他覺得奧晴的父母刻意要她遠離臺北的醫院，才買了高雄的房子給她。

「難道受過的傷，是這麼好撫平的嗎？我們只是裝作若無其事地和我們的家庭相處下去。曾被家人遺棄，雖然又重新被拾回，但失去的部分卻永遠回不來。」他試圖說服奧晴，拿下手套拉住她的手說：「如果我們想要真正的完整，必然得再經歷一次遺棄。只是這次換我們主動，拋棄曾拋棄我們的家，我們才有能力在未來建立自己的家。」

奧晴能懂子桀的想法。她住在父母買的房子、也考慮過下定決心切掉自己的手指，只為了符合社會十指併攏的期待。

「做不到、我們做不到的。既然做不到真正的放棄，何不珍惜現有的幸福。」奧晴淡淡補上一句：「你要我放棄那麼多，可是你能給我什麼？」她想過，也許就是這句多餘的話，子桀決意放開她的手。

「既然彼此對未來、對幸福有不同的認知，還是分開好。」

分手那天，奧晴以為自己是當晚最大的心碎。她反覆問，是不是太在意那個人、就會失去那個人？她靠工作慢慢拼回自己的心。

前次整理子桀房間，奧晴發現，他似乎也不想放棄禮儀師的工作。

「看他經手的印領清冊，似乎已經是主管級。他也因為這份工作，沒有離開臺南，從分手後努力到現在嗎？」

奧晴很喜歡自己現在的工作，因為她的工作，讓他們相遇；同時，也是他的工作，讓他們相遇。她想他應該懂。

他不再寄來包裹。奧晴已經能和那隻蝴蝶和平共處，即使睡在子桀的床單上，每天按下子桀的鬧鐘起床，牆上掛著電子顯微鏡拍攝的海報，還有屋內數不清的她沒法戴的手套，但在子桀房間的錯覺已經慢慢褪去。現在又開始找回自己房間的感覺。

她看著投影機播放的統計折線圖。想起一次兩人在河堤社區散步，他們牽手走上一座橋，就在快走到對岸的時候：

「我突然停下說，走過去也好，回頭不走了也可以。他馬上抱起我走回橋的原點。對我說，就當妳沒走過這座橋。」

奧晴回過神，只聽見主管下的結語：「商場精神，就是接受結果。」開完會提早下班。她比平常腳步更快，走出公司直奔捷運，陽光來不及製造她的影子。今天穿的套裝沒有口袋，雙手隨著移動而搖擺。

她急忙走出捷運站台，跑步回家，沒注意到雲朵暗了下來。與公司合作的那家物流貨運，車子停在門口，駕駛納悶看著門牌，正等她簽收。

快遞走了後，她沒看是誰寄的，很快拆了包裹。

是個毛絨絨的軍藍色小盒子。

「會是那個嗎？」

她想過的東西。

「你這一指。」子桀曾拉著她的手指，「到底是無名指還是中指？」

「無名指。」

奧晴打開盒子，是兩枚第凡內戒指。她隨即戴在左手的一對無名指上。

「啊。下雨了。」

她抬頭看到雨水從很高的地方落下，連睫毛也感覺到雨的重量。將左手掌打開，她竊喜世界的掉以輕心，不懂得這一刻的美好。

奧晴想和往常一樣回寄子桀一份禮物。她想不出來，除了自己，還有什麼同等分量的禮物能回寄。

「如果我們之間失敗了，就稱為愛好不好。」

「如果成功了呢？」

「那麼不叫愛也可以。」

他們都去過羅斯威爾

UFO over Taipei 101

我想像一艘UFO正在我們的上空盤旋，
可以聽到它尖銳的機器聲音，
空氣中還有金屬摩擦過後那種溫熱的味道。
大概持續了五分鐘，或者持續更久。
我知道大姐姐一定和我一樣，
一樣在等待UFO降臨。

決定外婆是什麼星座的那天，已經距今60年了。

外婆喜歡說她出生的事，也喜歡說大家出生的事。她像蒐集球員卡，蒐集大家出生的故事。只要是山佳人，沒有一個人的出生是她不知道的。像我出生那天家裡就來了一群野貓，有20多隻吧！當外婆在門口餵貓的時候，就接到我出生的消息了。

媽是外婆的大女兒，我還有兩個舅舅。按照外婆的描述，媽出生的過程就和我在學校看的衛教影片差不多嚴肅。外婆說，生大舅舅的時候，窗戶外面有6架飛機，劃過12道彩色的煙尾巴，慶祝她第一個男寶寶出生；小舅舅則是和外公同一天生日，還同樣屬豬，從小就被說長得像種田的外公，長大之後都說長得像過世的外公。

舅舅們就是比媽特別，不像媽只是個國中英文老師！

外婆說過，媽是擔心太疼我會讓我覺得，她是在疼一個爸爸不要的小孩。而且她已經考老師考好幾年了，好不容易才找到一個代理老師的工作。

那是在臺東海岸山脈上的一間學校。媽說，天氣好的時候可以看到太平洋上閃閃發亮的銀龍之光，天氣不好的時候可以看到大雨落在海上。動腦筋想一下是還蠻美的，但我就是沒去過。外婆不想離開山佳，媽也覺得山佳在北部，補習什麼都方便，所以我就和外婆留在山佳啦，這就是最後折衷的結果。

關於我爸出生的事，外婆也是知道的，只是她都不太講。簡單地說，爸出生那晚山佳有好幾戶都生了寶寶，而且都是男寶寶。說真的我一點也不想知道我爸是誰，又沒跟我住過。反正，他的事不重要啦。

我，王超德，山佳國中二年級田徑隊，還在長高，沒談過戀愛。口頭禪是「受死吧」。加入田徑隊是從山佳國小開始。那時候我能跑的距離很短，大概就幾圈操場而已，而且國小的操場還很小。可是上國中以後就不同了，尤其是二年級之後，我的體力大增，簡直就像美國隊長。

現在我已經能從山佳火車站往北跑到樹林站，往南跑到鶯歌站，中間都不用停下來休息！全班能這樣和我跑的只有莊修達。

修達是個很了不起的競爭對手，任何事情他都很上心也很給力，口頭禪是「I'm帥，真的帥」。國小開始我們就是好麻吉，我一向是最佩服他的。他爆改的腳踏車，擋泥板翹得高高的，又加電瓶接音箱，超酷炫，不像我只有裝LED燈。

記得我們一年級聊誰是魯蛇時，他說：

「如果再不為未來著想，長大後我們一定是loser。」

我故意頂他說：

「你現在就是魯蛇啦，魯蛇長大還是魯蛇。」

他卻嚴肅說：

「我三年級會去考基測。」

害我也嚴肅起來說：

「不是還有免試入學嗎？你都不拼校內成績喔，這樣可以不用考基測。」

末代基測就是我們這一代。這一代的人並不多，就是2013年考基測的這群考生。反正我們又不能投票，大人要我們考什麼，當然就得考什麼。沒在怕的啦。

修達繼續說：

「我不想跟班上同學競爭。」他帥氣的停頓一下，又說：「一起拼基測不是很好嗎？運動會我們班還拿到田徑總錦標，大家超開心的！沒有基測後，什麼都比在校成績，你不覺得這是大人要我們關在教室自相殘殺的設定嗎？到底有什麼意義。」如果老師站在他後面，肯定非常火。

我發覺修達的中二病比我還嚴重，他在胡思亂想方面真的很天才。我敢說，自從修達學會寫字之後，全世界只有他寫的字是真正的字，其他人寫的都是音標。他說畢業後要去唸高中，以後想當作家，對作家的日常生活很感興趣。我說之後想唸五專，至於什麼科進去再選。

勝元，就是陳勝元。他平時悶了點，想了想之後也說：

「可能就按家裡的意思，唸高中……」

修達說：

「就是說啊，漫畫跟偶像劇的主角都是高中生，阿德唸五專超吃虧的。」

那時我就眉頭一皺，發覺案情並不單純。沒想到就在升二年級的暑假，修達果然背叛了我。修達因為很想去臺北看CWT動漫展，8月11日那天，就是我生日那天，他跟勝元兩個人搭電車去臺北了！勝元很高大，可是沒什麼主見，這絕對是修達的主意，一定是他騙勝元過去的！

修達他們到臺大體育館的時間是早上7點。還沒開放進場，修達就迫不及待在臉書打卡，貼了幾張排隊裝鬼臉的照片。

我看到後根本炸裂，馬上留言給他：

「受死吧，我要跟你絕交！」但他馬上把我的留言刪除。

幾個小時後，修達又打卡說：

「就是這個飲水機讓我喝到臺大的水！」還附上飲水機的照片，我實在不想Diss他，飲水機山佳國中也有啊。他媽知道他在臺大發廢文嗎？

後來，他回家前可能不好意思吧，所以特地打給我說：

「阿德！我們現在準備要搭捷運回去了。」「我在哪裡嗎？我找一下門牌。」「啊啊，我在羅斯福路。喂！阿德！你有聽到嗎！這裡車子很吵skr、skr的，我在羅斯福路正要進捷運站！下午回山佳幫你慶生！別落跑啊！」

他們真的去臺北市了，還去了一個叫「羅斯威爾」的地方。我馬上用手機查了這個羅斯威爾什麼的，但那地方不在臺北啊，而是美國新墨西哥州一個飛碟墜毀的小鎮！修達這傢伙根本隨便掰一個地名呼攏我！

「你好糟糕，請暫時不要跟我說話。skr。」回完我就關手機了。

那晚我們約在學校司令臺見面，他們確實拿回來很多好東西。但當我看到動漫展大包小包的提袋，再搭配他們幸福的神情，瞬間覺得他們的臉都像貪婪的巨人。

他們說的關於臺北的一字一句，都在踐踏我一直以來那份單純的心意。

我還是忍不住質問修達和勝元：

「哥，我們不是說好畢業後再一起去臺北的嗎？」

他們不說話，我蹲著繼續說：

「上學期，班導不是要全班在花圃埋時空膠囊嗎？等畢業那天大家再一起挖出來，看看紙條上寫的願望、想要做的事，到底這3年完成了沒有。當初我們因為都還沒去過臺北，所以約好畢業那天一起去的不是嗎？」

修達故意說：

「不過是埋個垃圾桶。」

雖然他這麼說，卻也自知理虧了。他說不想要上高中才第一次去逛動漫展，那樣感覺很low，要我能理解他。

然後我看勝元，他好像紅了眼眶。

外婆說勝元出生那天，勝元媽媽騎機車去買菜，可能肚子痛要生了，就在環河路摔車。勝元媽媽堅持先把勝元生下來，腳上的傷才肯開刀。結果她媽媽到現在走路還一跛一跛的。這件事一直都給勝元帶來陰影吧。

倒是修達出生那天，他老爸剛好申請到一個關於馬達承軸的專利，讓他家不愁吃穿到現在。不知道是不是這份福氣的緣故，很多女生都喜歡修達。而我明明就很帥，不知道為什麼卻不受女生歡迎，從小到大沒有女生向我告白過。

我也別太小氣，可是還是要生氣的。我說：

「今天換做林書豪會原諒你們嗎？給我一點時間想想。」

然後我跟他們拿了幾本漫畫，還有一個冷掉的漢堡，就回家了，當作是生日禮物。因為生日不是假日，所以那天媽也沒辦法回來。

之後的幾天，應該說一整個暑假，修達他們都想辦法邀我去臺北，想讓我破功，說什麼「去臺北不能等」。可能這樣他們心理才會平衡一點吧。

就像修達到我的臉書留言：

「10月6日初音第一次到臺北開演唱會！揪你一起去啦！超棒der！」

勝元也按了讚。

我回：

「初音只是個軟體，我不會被迷惑der。」

修達回：

「哈利波特也虛構der，你還不是每集都看。」我沒有理他。

一個禮拜後，換勝元來留言：

「阿德，是我跟修達不對，改天一起去臺北吧。」

還是勝元有誠意。我回：

「哥都這麼說了，我不會生氣der。不過畢業後我才要去臺北。」

過幾天修達又來留言：

「之前我們不是在找雨天也可以練習的地下跑道嗎？捷運站又直又長，而且都開冷氣，跑步超舒服der。我們去那邊練，跑給三年級好看。」

我回嗆：

「賤人就是腳勤。」班上十幾個同學按讚。

勝元也回：

「捷運站禁止奔跑，人很多……」

修達回說：

「山佳就常下雨啊，又沒有地下街。算了啦，告訴你們好地方還不要。不過北車真像個超級大迷宮，搞不好有什麼神祕組織喔喔喔喔！」

接著他就在臉書洋洋灑灑整理了一篇關於臺北車站地下聖殿的長臉文，還用了一個筆名「儚修儸」。修達大概就是滿腦子陰謀論，上次才會說出什麼羅斯威爾吧。

總之整個暑假我都不太理他們，然後很快就開學了。

現在我的好友只剩下龔詩嘉跟我一樣還沒去過臺北市。

那時候她問我時空膠囊要寫什麼，我說了跟修達他們的約定。她說自己剛好也沒去過臺北市，就把我寫的內容照抄一遍，然後放進時空膠囊裡。

「what's this?」是龔詩嘉的口頭禪，大概是她幼稚園學英文的時候不知道發生了什麼事，讓她留下這個後遺症吧。外婆每次說遇到「花什麼里斯的」，就是指她啦。班上同學大多來自山佳國小和育德國小，就只有她住鶯歌，那有很多陶瓷工廠，所以我都叫鶯歌「花瓷里斯」。

國二開學之後她坐我後面。早自習她問我說：「what's this? 你暑假和修達他們鬧翻了？」

我說：

「妳住花瓷里斯不瞭解山佳的事啦。而且要說『花次黑噴？』才對。」

問題是我每次英文還考輸她。

她說：

「噢，你不說就算了。」

然後她拿起她的玻璃瓶喝水。她是班上唯一用玻璃瓶喝水的人類，她媽媽不讓她用塑膠杯子或保特瓶喝水。

龔詩嘉是在電車上出生的，就在山佳隧道。雖然是條很短的隧道，但她就是這麼剛好在電車通過隧道的時候出生。所以我每次經過那個隧道，都會不自覺地想到她。

她會知道自己出生的事，是我外婆告訴她的，那次我跟她在山佳車站遇到，剛好又被我外婆遇到。回去之後她問家裡，才知道我外婆沒騙她。

我早就說了，在山佳誰是怎麼出生的，我外婆都記得！雖然龔詩嘉是鶯歌人，但誰叫她要在山佳出生呢？我外婆會知道也只是剛好而已。

但就是這個在山佳隧道裡生下她的龔媽媽，帶給她很多困擾。國一時，龔詩嘉因為不想參加合唱比賽，被班上女生排擠了。後來有次放學，龔媽媽遇到班上的女生，竟然拿出1000塊給她們，希望她們跟龔詩嘉合好，當然得到反效果啦。

記得國一下的時候，龔詩嘉在她家的車庫撿到一隻剛出生的小貓。

那時她坐在我右邊，有天她小聲問我說：

「王超德，你知道貓咪可以活多久嗎？」

我說：

「不知道，網路有寫吧。」那時我正為歷史苦惱。

她說：

「那你幫我查查看。」

我從書包拿出手機，按Google對著手機唸：

「貓咪壽命。」

當然很快就查到了。我說：

「108歲。」

她說：

「真的？可是聽說貓的壽命比較短。我媽說可能我國中還沒畢業，小貓就死了。要我不要養。」

我說：

「可是貓有9條命啊。能活9個12歲。」

她說：

「真的嗎？真的是這樣嗎！」

看她好像很開心，我說當然真的真的，沒有騙妳呢！不過最後她媽媽還是不准她養小貓。

前幾天英文課，老師還沒進教室，窗外有班級在上體育課。我邊吃芭樂邊背英文單字。她拍我肩膀，問我為什麼要加入田徑隊。

我轉頭跟她說：

「因為我喜歡跑步穿過草皮啊，那爽度超高的。還有跑步穿過走廊、跑步回家、跑步去合作社、跑步去拿考卷，好像跑步去做什麼事都會比較開心吧。」

她開始翻自己的鉛筆盒，一邊說：

「你真的很喜歡跑步。好，我記住了，那你也要記住我的。我喜歡用伸縮原子筆，不喜歡有筆蓋的。我喜歡立可帶，不喜歡立可白。我喜歡用圓規，不喜歡用量角器。還有我喜歡……」

我說：

「龔詩嘉，妳的鉛筆盒也塞太多東西了吧，它又不餓。」

然後她噗嗤笑了出來，總之她也算是我的一個哥們啦。

全班我只有叫龔詩嘉的時候會冠上姓氏。我也不知道為什麼，可能她的名字就是要3個字才好叫吧。

我家就住在山佳火車站後面的吉祥街，每天我都走一個下坡，穿過火車站，再走到學校上課。放學了再穿過火車站，走一個上坡回家。

今早又是一個要上學的晨曦，外婆在門口曬衣服。她說陽光最好，說有時候衣服不用洗，曬了就好。我看了下我的內褲，就跟外婆說去學校了。

很久前坡道的擋土牆，就不知道被誰畫了一隻藍色的鯨魚。直覺很像龔詩嘉的鞋子，她永遠穿著水藍色的帆布鞋。

但是今天，我看到一位輕熟女，就站在那隻鯨魚前面。

我從來沒看過這個大姐姐。

大姐姐身上是類似制服的衣服，很直的長髮，很整齊的瀏海，網路也沒看過這麼正的。一直到她走進火車站之前，我的眼睛始終盯著她。

然後一整天下來都很不舒服。

隔天一早出門上學，又在鯨魚前面撞見她了。我打開手機好幾次想拍她的樣子，但她一進車站刷票就和我與世隔絕了，只拍到一張模糊的側臉。我到早餐店想著剛才的事，一種很奇怪的無聊感覺似乎正在發酵。

我在臉書貼出自己的照片，寫說：

「買了一條很緊的褲子，可是不是緊身褲。」

修達馬上回：

「ＵＣＣＵ，一大早就在自拍。」勝元馬上按讚。

我回：

「什麼你看看你！我是在跟你說我的煩惱！給點牡蠣好嗎！」

龔詩嘉回說：

「一大早煩惱什麼？」

我說：

「鯨魚那麼大的煩惱啦！」

修達說：

「你是在大聲個什麼啦！」勝元又按讚。

等我到學校，大家好像忘記剛剛臉書的話題了，只專注在待會的理化早考上。早考的時候，很想把上學時的感覺寫出來，可是跟答案一樣不知道要寫什麼。

然後隔天早上，我又看見大姐姐了。

我想我們一定都有在固定時間出門的習慣，而我固定出門的時間恰巧跟她固定出門的時間賓果。隔天的隔天也真的在同個時間地點遇到她。

我突然有信心起來，感覺連太陽也比不上我的體溫偉大。一路上，我有很多話想表達，可是這次我不想貼臉書了，還不是被酸。我想到要傳訊息給媽，這幾天臺東有颱風。

我用Line問媽說：

「媽，颱風還好嗎？」

媽回說：

「風雨時大時小，不過有點颱風的樣子了。」

我邊走邊回說：

「山佳只有很普通的陰天。」

然後我們就沒再傳了，媽那邊也上課了吧。早上遇到大姐姐的事，結果還是沒有跟媽說。我到學校後，龔詩嘉正專心在看一本少女漫畫。班上常有不知道誰帶來的漫畫在傳閱。本來想跟她說這件事的，算了，少女不會懂熟女的啦。

就這樣，我開始觀察大姐姐每天上班的情況。

她每天都穿一樣的衣服。如果不是有很多套，就是都沒洗。她都在早上7點整出門，7點10分走到火車站。除此之外的其他時間，我都沒遇過她。這珍貴的10分鐘，只有里長伯的廣播偶爾打斷我對她的注意力。

她的好看是真的好看，是真的很好看的好看。很多店吃第二次往往就沒那麼好吃了，但她怎麼看都是那麼漂亮。真有她的freestyle。

一開始我不懂她為什麼不穿輕便的衣服去搭車，上班再換就好啦，套裝感覺就像厚紙板。一個禮拜後我才恍然大悟，因為她的包包太小了，套裝根本放不下！放得下她套裝的包包，就又太大了。我真不愧是山佳的柯南，天使就藏在細節裡！

每天早上看到大姐姐，心跳都很快。我傳訊問媽：

「心跳數有上限嗎？20億次？網路上這麼寫，我有點擔心。」

媽很快回我：

「是有這個說法，所以遇到事情不要緊張。你不舒服嗎？要不要我回山佳？」

我趕快回：

「不用回來！上網好奇看到而已。」

媽回來一趟太遠了，更何況根本沒有什麼事需要她回來啊，那邊還有一堆國中生煩她呢！

晚餐我問外婆，知不知道附近住了一個很漂亮的上班族？

外婆說有看到，說對方還會微笑點點頭。我問外婆知道她出生的事嗎？外婆說不知道，說以前從來沒看過這個女生。

這讓我很沮喪，怎麼就這麼巧外婆不知道她出生的事。外婆說，大姐姐應該是來北部工作的外地人，可能市區房價太貴，才住到山佳這邊。

晚上我躺在床上想，她真的是人類嗎？不，她一定是人類，只是我陌生的人類罷了。我想著她那雙黑色鞋子，NIKE？Adidas？好像不是男生會知道的牌子。每天多瞭解她一點，似乎就稍微增加一點成就感，好像連成績也慢慢進步了一樣。

然後我睡著了。我夢見宇宙的誕生，從一個微小的像是在教室偷偷傳話的聲響，不斷擴大到現在宇宙黑色的樣子。我漂浮在宇宙中，正專心看手機。我從手機俯瞰聽說在澳洲一個荒涼地方打工的老爸，我在臺東當流浪教師的老媽，還有在門口種菜的外婆。我的心魔一定是外星人，正因為地球讓我覺得孤單。

最後我輕輕停靠在一隻藍色的鯨魚身上，牠擋住我的漂浮。我醒了過來。

現在是２０１２年９月28日早上７點28分星期五，今年教師節同樣沒放假。照理說我應該是在往學校的路上。可是我卻搭上了區間車，往臺北的方向。為什麼我會做出這麼離譜的事啊？啊！車門關上了！

我只是在想這班電車每天都開去哪了？投幣買了月臺票後，接下來我就完全不記得了！電車正通過龔詩嘉出生的隧道，離開了山佳。

我坐在大姐姐對面，緊張到不行，鼻子像顛倒過來呼吸。她一直看著手機螢幕，雙腿向左併攏，黑色的褲襪似乎很緊。我的鞋帶也掉了，該彎下腰重綁嗎？

當我還不知道自己在幹嘛的時候，樹林站就到了。大姐姐沒有任何反應，還是看著手機，她不動我也不敢動，然後車門又關起來了。

電車到了浮洲。大姐姐依舊看著手機，雙腿併攏，只是改成向右靠，還是沒有要下車的動作。她手機都不會過熱嗎？車門再次關上。

我想到和修達、勝元一起埋的那個「時空膠囊」，如果連我都爽約，以後也沒挖出來的必要了，沒人當它一回事啊！到臺北前我一定要下車！

過了浮洲，電車突然進到地下。原本以為只是過個隧道，沒想到電車再也沒回地面上來，接著就到板橋。我起身站到電車門口，大姐姐抬頭看了我一眼，我卻因此不敢跨出車門，偏偏又進來一群人把我往更裡面塞。

滿滿的都是人，我甚至看不到門。沒多久，電車就開動了。

我違背了自己十三歲的誓言，心中覺得十分難過。下一站到萬華，就屬臺北市了吧。車門外是一片漆黑的地下世界，直到下一個有光亮的地方。

今天早上我一定是哪個地方壞掉了。

萬華也過了。到了臺北車站，大姐姐終於起身走出車門。我不知道去哪裡，就一直跟著她。人潮你推我擠，就像地理課本說的智利外海迴游的鯡魚一樣，循著一股強勁的波動前進。最後都做成了罐頭。

「我們」換搭捷運藍線。早上8點塞爆了，像拼圖一個卡一個，超擔心初吻就這樣獻給了陌生人。我就站在大姐姐不遠處，穿著山佳國中的橘色運動服，裝作一副來臺北補習的樣子，當然時間是早了點。

到了市政府站下車。這裡的走道又長又直，目測超過100公尺。修達沒騙我，捷運站真的超適合室內跑步訓練，我開始相信他了。而當我搭電扶梯浮出地表之後，巨人就矗立在我面前。

臺北101，跟電視上長得一模一樣。

四周的一切感覺都很新穎，就像來到一個剛誕生的平行世界，連我穿了好久的國中運動服也都有煥然一新的感覺。

大姐姐很快走去對面的星巴克吃早餐，然後拿出一本很像英文課本的書，似乎在背英文單字。我也拿出我的英文課本，坐在離她三個桌子遠的一個桌子。

我看了手機，8點半。修達在我的臉書留言了：

「阿德你怎麼沒來學校？不舒服要不要幫你請假？」果然是哥們。

我回：

「我在臺北市一家星巴克讀英文。」

修達回：

「臺北市！你去臺北讀英文幹嘛！放大絕喔！」

勝元回：

「溫馨。」

他們後來又亂七八糟回我一堆，說我是龍傲天。我把手機收起來，不知道為什麼現在只想專心讀英文，從來沒有這麼想讀英文過。早餐我倒是在家吃過了。

大概到了10點20分，大姐姐離開星巴克，往101的方向走去。我們快步走在臺北的陽光裡，放眼望去都是上班族。路過的公園，我看到植物都叫不出名字，明明在山佳我都是認識的。

最後她走進101，但我被擋在外頭，大門寫11點開始營業。我看著101右邊那棟粉紅色的世貿大樓，雖然它小很多，但很像在疊積木。想不出要去哪，先拍張照片上傳臉書吧：

「左邊是超大型巨人，右邊是鎧之巨人！」

過了半小時都沒有人按讚。我才想到現在是數學課，大家可能手機都關機了，全部面朝黑板，而我卻坐在101前的冷板凳不知道做什麼又沒帶籃球，不知道抽屜裡那包餅乾有沒有被偷吃。在臺北很容易撞見偶像吧，山佳住那麼久了連C咖藝人也沒看過。明明就離臺北那麼近，才隔一座山而已。

11點整，101正式開門營業，我跟在許多遊客後面走了進去。櫃哥櫃姐們排排站好對我微笑，感覺好不舒服。但就是那套制服！大姐姐應該就是櫃姐吧。

走在超大型巨人的身體裡，我的時間停止了，一切緩慢而優雅。挑高的長廊，空氣中似乎瀰漫一股黃金的蒸氣。每天用手機生活哪叫雲端生活啊，在這裡的生活才叫雲端生活。如果巨人體內是個如此金碧輝煌的地方，會有人不想被巨人吞掉嗎？

大姐姐究竟在哪個專櫃工作？看著樓層表，有點擔心找不到她。剛好也餓了，決定先到B1的美食街，選了一家沒吃過的速食店，在臉書貼出午餐：

「我在超大型巨人體內吃炸雞！」

修達留言：

「我看你也變巨人了啦！」勝元按讚。

我邊吃邊想，大姐姐的制服和美食街的員工都不一樣，應該不是在這一層工作。得快點看到她才能安心，一吃飽我就迫不及待衝上樓找她。

可是電扶梯又讓一切減速了，站在上面感覺像過了很長的一段時間。每間專櫃都像一個珠寶盒，再奇怪的角度，也會看見耀眼的光芒。

突然很想知道牆上那些代言的巨星和名模，還有在這裡工作的人，他們的生日，他們出生時發生的事。如果連這個最基本的資訊都無法肯定，那麼這裡的人、這裡的一切，真的很架空，和初音、哈利波特沒什麼兩樣了。然後，專櫃的英文都好難發音啊，難怪大姐姐早上還要讀英文。

終於我在3樓轉角找到她了。她在一個同樣挑高的黑色專櫃裡面，正在幫客人挑衣服。她吃過午餐了嗎？她真的會站一整天嗎？

我在外頭繞了幾圈，每隔一段時間，就走過她專櫃門口。她工作的模樣很認真，可是冷氣房裡，她再怎麼努力也不會流汗的，那她的努力會不會因為都沒有人看到而白費了？我不想為別人的夢想努力工作，即使我能從中賺到一些錢。

我決定等大姐姐下班再跟她一起回去。

回到地下一樓的美食街，我坐到午餐時坐的位子。中庭望出去，外面下起大雨了，我有很多回憶都在下雨的課堂裡。

總得打發時間才行。我半躺在椅子上玩Candy Crush，過一陣子看到隔壁桌的上班族也拿著手機玩Candy Crush，我就關掉完全不想玩了。好像我們跟大人越來越沒有區別，我們看的漫畫大人也在看，我們聽的歌大人也在聽，我們用的臉書大人也在用，好像我們喜歡做的每一件事大人也都在做！

2點多，我得趴睡一下才行。下午就這樣睡過去好了。我睡得很專心，在臺北什麼夢也沒有做。差不多4點半的時候，被修達的電話聲吵醒：

「放學了啦，我跟導仔說你感冒了，他沒打電話到你家，明天記得跟導仔請假。」「我跟勝元要去補習了，補習班也會幫你請唷。」「你今天為什麼衝去臺北啊？過太爽是不是，早點回山佳吧。」

我才想到要打電話給外婆，說我補習完會去修達家打電腦，晚餐不用煮我的份。然後我用手機看了一部電影，沒看完。外面的雨也停很久了。

偶爾我會再晃到3樓去看大姐姐。雖然想幫她增加業績，但光站在門口聞那味道就知道我買不起，媽跟外婆也從沒穿過這麼貴的。

我想到應該買些小禮物回去。

後來在5樓找到一家巧克力專賣店。但這是怎麼一回事，我的錢竟然只夠我買3顆巧克力！女店員看我猶豫很久，說是比利時師傅純手工做的，會比較貴。她說B1的超商賣很多進口的巧克力，問我要不要去看看？我馬上衝下樓，果然看到整牆來自世界各國的巧克力。我買了兩包，一包超苦的黑巧克力給外婆，她有糖尿病不能吃甜食；另外一包感覺可以放很久，等老媽回來給她。

接著我到中午那家速食店買晚餐，再回美食街坐著。這裡是101我最自在的地方了。我把書包內的東西通通倒出來，看大姐姐那麼努力工作，我也要開始奮鬥。寫字的力道果然變強勁了。嗯，正常能量釋放！

9點一到，廣播說營業時間還有半小時，美食街的人少了很多。我收一收東西趕緊上3樓，發現大姐姐還在店裡，但好像也在收拾了。我想到先去早上進來的那個門口等她，雖然她不一定會從那裡回去。

等大姐姐的時候，我打給外婆，說會在修達家待晚一點。外婆說要等我回家，平常她十點就睡了，覺得有些抱歉。電話剛講完，大姐姐和兩位女同事就走了出來。我急忙跟在後頭，心想就要回山佳了。

可是就在快走到捷運站的時候，她跟同事說聲掰掰就分開了，一個人坐在市政府前面的公園，我只好趕快在公園也找了張椅子坐下。

她就只是靜靜坐在公園裡，好像在等人，又好像不是，因為她連手機也沒拿出來。有時她低頭，頭髮垂直落下來，有時望著天空，我也跟著她望著天空。原來臺北還是看得到星星，雖然星星之間很疏遠，卻都特別大顆，特別閃亮，和在山佳看到的密集的小星星就是不一樣。

畢竟不是這樣的星星在臺北是不會被看到的，如果是UFO的話就更耀眼了。從山佳看臺北，臺北就像修達說的羅斯威爾吧。每晚山的那邊都會發出神祕的亮光，無數巨人般的大樓，連成一片由水泥和柏油路組成的巨大岩盤，就跟沙漠一樣乾燥，卻又不斷向天空閃爍導航的燈光。這裡完全是一個適合UFO出沒的地方。

我想像一艘ＵＦＯ正在我們的上空盤旋，可以聽到它尖銳的機器聲音，空氣中還有金屬摩擦過後那種溫熱的味道。大概持續了五分鐘，或者持續更久。我知道大姐姐一定和我一樣，一樣在等待ＵＦＯ降臨。

這一刻我好像知道了她內心的想法。我不懂為什麼，就是知道她在想什麼。我真的覺得我發現她的祕密了，而且還是最最重要的那一個。

大概半小時之後，她突然起身離開，用相當快的速度走到捷運站。

今天我第一次到臺北市，第一次搭捷運，第一次去１０１。今天有太多第一次。10點的捷運乘客不多，車廂內寬敞明亮，站在潮到出水的電車內，握著拉環都有股想要健身的衝動。我戴上耳機，需要聽點音樂，來滿足自己的內心。

到了臺北車站轉搭電車，乘客更少了。早上的人潮，都像被海綿寶寶吸光了一樣。電車上我仍舊坐大姐姐對面，她和我都拿出手機。我不知道她看手機都看些什麼。偶爾她不經意看我一兩眼，可是我想她甚至沒發現，早上看見的國中生，和現在看見的國中生會是同一個人吧。

「山佳國中的。」她心裡只會這麼想吧。

回程坐在電車上好累好想睡，有種進擊完的疲憊。大姐姐還是很有精神，上班族的體力果然比學生好。

後來在浮洲，電車出地下道。四周一片漆黑，馬路的燈光不會比地下道的燈光還要亮，月亮在天上跟著火車跑。我想到後天就是中秋節了。

傳Line給媽：

「教師節快樂。今天去臺北市，全班去博物館看展覽。妳在哪？什麼時候回來？」

媽說：

「剛巡完學生宿舍，正要走回住處。我中秋節回家一趟好了。」

我說：

「才放兩天假，回來做什麼！」

我想到媽一個人現在可能走在我叫不出名字的山間小路。也許那邊白天風景很漂亮，可是那也是白天的事。我的眼眶紅了起來，可是我沒有哭。因為我很快想到，現在能在那條山間小路照亮我媽的也只有我了！我不斷傳訊給媽，因為她一定會看我傳的訊息，就會一直開著手機，這樣手機的光就永遠不會消失。即使都不知道要跟媽說什麼了，可是我還是一直傳。

山佳站到了。大姐姐比我先走出車廂，走在我前面。我跟著她上天橋。當我到大廳正要刷票的時候，龔詩嘉就坐在大廳的椅子上，而且正對著刷票機。

她一看到我，就大喊：

「王超德你王八蛋，幹嘛偷跑去臺北啊！」

我楞在那，剛刷完票的大姐姐也回頭看我，然後她轉身跟龔詩嘉擦身而過，走出車站。我不懂龔詩嘉這個時間怎麼會在這裡，都快11點了！

我刷完票，走過去問龔詩嘉：

「妳不是住花瓷里斯嗎？怎麼這麼晚了還在山佳？」

她說：

「我就是要等你回來，看你怎麼跟我交代！」說完突然就把書包摔到我身上。她還穿著學校的運動服，難道4點多下課就來火車站了？

她說：

「what's this? 不是說好了嗎？你真的很過分！我氣到都不想跟你說話了。每次我爸我媽說要帶我去臺北，我都推掉耶！就是想到跟你的約定！」

我不知道怎麼回答她。她這樣揭穿我，讓我有點sad。當初修達他們偷跑去臺北，我那麼憤怒，結果自己卻對龔詩嘉爽約了。我不知道該怎麼辦，義氣兩個字我都不知道怎麼寫了。

我說：

「龔詩嘉，我的初戀GG了。」

她問：

「什麼初戀？」

我說：

「就有個很漂亮的櫃姐啊！我早上不小心跟著她搭電車，然後就到臺北去了。我知道這樣很瞎，妳一定不會相信，但我沒有騙妳。」

她又問：

「所以你的初戀就是那個櫃姐？」

我說：

「我覺得櫃姐一定有喜歡的人，這絕對不會錯的。我真的知道她心裡在想什麼，我感覺到了。該怎麼辦，不管我做什麼，我永遠不可能贏過她心中的那個人，櫃姐永遠不可能喜歡我！」

她說：

「都這樣了還無法停止喜歡她嗎？」

我說：

「就是會很想見她啊！我到底是幹了什麼白痴事才變成今天這個樣子啦。」一說完我就慌慌張張哭了起來。我不知道為什麼哭，考試再爛也沒在哭的。

然後龔詩嘉的雙手，突然握住我的雙手說：

「我知道了！你就把她當作，是比初戀更早的一次初戀！」

她說得很堅定，而且眼睛看著我。

我說：

「妳在說什麼啊龔詩嘉？」我還是在哭。

她說：

「沒關係的王超德，沒關係的。」

然後她也跟著哭了。

我不知道龔詩嘉為什麼哭，但我知道得先送她回鶯歌才行，而且希望幫她做更多的事情。我想起她的一個心願：

「希望有一天能和自己養的金魚一起在游泳池游泳。」

這是體育課時，她在游泳池邊跟我說的。

就在我打算跟龔詩嘉說，要為她完成這個心願的時候。外婆打給我，說剛剛在門口遇到那個大姐姐，問到她出生的故事了。要我快點回家，外婆說要當面告訴我。

一個乾淨明亮的廚房

Daymoon Kitchen

以前曾想像住在大房子裡的人，都過著什麼樣的生活，
只是最後，還是無法想像住在裡面的快樂，
卻可以想像住在裡面的寂寞。

原本裴俊明理想的居住藍圖中，並沒有廚房。

當初買下十七樓，他就指定必須是一戶沒有裝潢、家具、系統櫥櫃的空屋，只帶一箱行李，以及一臺筆記型電腦，就搬進這棟全新華廈。

他打開大門，從玄關到客廳，不論是走進主臥室、客房、衛生間、更衣室，眼前的空間，純粹像是一個大立方體連接其他的小立方體。屋內沒有任何擺設，空蕩蕩的房子，行動起來毫無阻攔，身心都獲得一種舒展。對此他很滿意。

大樓坐西朝東，客廳有大片的落地窗。這晚他乾脆躺在客廳地板上，關燈之後，看著黑夜入睡。當他在客廳地板躺了一夜，早晨還未完全醒來，身體就感覺到陽光溫暖的照耀，以及各種光影的變化。睜開眼睛，尚未安裝窗簾的落地窗就像一道透明發亮的垂直峭壁，矗立在他面前。

往後幾天都是這樣的光景。

起床盥洗之後，他搭電梯到地下一樓的游泳池，例行游完一公里，再到二樓的交誼廳簽帳用餐。這裡早餐提供一些鬆餅、貝果、三明治之類的輕食。環境非常安靜，經常由葛利格的〈皮爾金組曲〉開啟一天的清晨。習慣上，午餐與晚餐也是在這解決。有時他用完餐，拿著一瓶罐裝飲料到頂樓的空中花園散步。他並沒有特別喜歡喝哪一類型的飲料，只要能隨手拿著走就可以了。等飲料喝完，他就搭電梯到地下三樓的停車場直接開車出去。

每次他經過一樓大廳，不管出門還是回來，櫃臺的管家秘書都會禮貌地說：「裴先生您好。」「裴先生您回來了。」接著他走向櫃臺，預約健身教練、家庭劇院、按摩房、瑜珈館、SPA室、撞球間，將大樓的公共設施逐一體驗過，享受飯店式管理的貼心服務，瞭解社區的生活機能。每天不管是運動、休閒，還是用餐，他隨時都在思考，自己的家到底還需要些什麼。

有時他待在客廳一整天，望著正前方淡水河與觀音山的景致，感覺影子逐漸被縮短，再逐漸拉長。他看回客廳，四個隅角一覽無遺，既然想不出客廳的用途，乾脆讓客廳維持空曠吧。搬來一段時間後，裴俊明根據自己的體驗，逐一購買所需的東西——當然那也是極少的物品。現在，他覺得房子的狀態很好，沒有什麼是多餘的。

然而，這裡始終有個地方讓他覺得不太對勁。客廳的左側角落，固定著一排白色的上下桶櫃，搭配L形大理石桌面和不銹鋼流理臺，上方有個暫時被封住的排油煙孔，以及讓他感到最為突兀的白色中島。任誰都看得出來，這是一個廚房的輪廓。

從搬進來的第一天起，他就格外注意這塊區域。

對從來不下廚的他而言，這種開放式廚房就像電腦未刪除乾淨的多餘軟件。面對這份龐然大物，好一段時間他都不知道怎麼處理，既難以拆除，也無法妥善利用。最後他想到，廚房中島的臺面夠大，也比一般的桌子高，放上筆電，再拉一張高腳椅搭配，站著、坐著都可以輕鬆上網。他終於能安心地保留這個角落。

現在他覺得一切都就緒了，可以在這間房子好好生活了。

裴俊明一直在尋找所謂的「個人式空間」。到底什麼樣的空間讓他最自在？他知道確實存在那樣的空間，但並不是那麼容易獲得。他必須非常努力，甚至得靠一點運氣，才有機會得到空間之神的眷顧。他早已打定計畫，要以時間去換取空間。

他從小住在天母，爸媽都是基層公務員，但分屬於不同的行政區。兩人曾在一對兒女面前——也就是進行所謂家庭會議的時候——計算夫妻倆這輩子大概能領到多少薪資，儘管這些錢並不是一下子就能全部拿到，必須按部就班工作，隨著時間的推進，才能一點一滴地轉交到手上。考量到臺北市房價增幅的前景，他們決定先貸款購買一間公寓，並相信能在未來從小房換到大房。然而由於種種原因，一直到現在，爸媽仍是住在原來的小房子。

大他十歲的姊姊，在他懂事上學前，就搬出去住了。印象中姊姊的房間，有和他的房間完全不一樣的味道，連陽光照進來的顏色也非常的不同，是像冰淇淋或者馬卡龍般那樣讓人舒服的顏色。只是鮮少回家的姊姊，她的房間逐漸失去生氣，慢慢地被各種雜物堆疊到看不見陽光，也聞不到氣味。

那個年紀的他，每天早上由家裡出門，走過日僑學校、美國學校門口，接著走進一堆密密麻麻的巷子。他總能有條不紊地選擇正確路線，然後穿出巷子豁然開朗，再走過棒球場，到蘭雅國中上課。放學了就到校園旁大葉高島屋的美食街寫作業，順便晚餐，吃飽了再走回家，或者到市立體育學院的溫水泳池練習游泳。日子大概就這樣子過。現在他早忘了那時候吃過什麼了，只記得空間給他的感覺，其他像是情感的、人際的、文字的，對他而言印象都不會太深刻。

從大安高工資訊科畢業那年，裴俊明考進了臺灣科技大學電子工程系。他在求學的每個階段，雖然成績並不出色，卻總能在升學考試的節骨眼上，前進到理想的志願。大學開始工作後，他搬離父母的小公寓，一個人住到大安區一間僅有兩坪的隔間套房。房內塞滿了教科書、電子器材，以及日用品，就連床上也擺了不少東西。空氣中混雜著各種味道，唯一的對外窗開在防火巷，面對一架掛著鳥籠的冷氣壓縮機。

由於房東違法將老舊公寓隔成八間套房，其他樓層的屋主也以同樣的方式改建出租，因此整棟樓的水壓經常不夠，用電量更超過負荷，不時跳電。以他所學，知道這類住宅十分危險，但工作與課業壓在肩頭，對生活品質的要求只能不斷打折扣。他想辦法告訴自己，就像才剛起跑的馬拉松，目標雖然是終點，但實在還不用去想像終點究竟長什麼模樣，只要維持不斷前進的速度就可以了。他相信只要有這種韌性，就能在這座城市，挪出點屬於自己的空間來。

於是他以相同的速度，不快也不慢地來到二十九歲，之間換過四份工作，和同輩比起來算是不多也不少。即使那時他的薪水小有增加，但是他仍住在原來的套房，窗外依舊是鳥籠和冷氣壓縮機。不過他房裡的東西已經開始減少。

最初是房東提供的小冰箱無預警地報銷。於是他盡可能選擇不需冷藏的食物，生菜、水果、堅果，熟食都在當天吃完，一陣子後發現這樣反而健康。經過這次的啟發，他覺得任何事情都可以簡略到最基本的單位，日常生活中有著很多不必要的必需品，購買這些物品，只是讓自己成為一個不斷被消費所消耗的現代人。

那時他在一家通訊器材行上班，每天接觸許多電子設備，與同事們經常為了找不同規格的轉接頭而耗去許多時間。他想，為何不將各種傳輸介面都做成同一種規格？逐漸他把所有注意力，都集中到小小的ＵＳＢ上。過了幾個禮拜，就在一個業餘的ＵＳＢ論壇，發表了對這個小介面的改良方案，但並未引起討論。

半年後，他透過大學實習認識的廠商幫忙，製作出新型的ＵＳＢ。除了將原本固定插槽方向的方孔，改為沒有方向之分的圓孔，同時支援音訊、電源、光纖傳輸，全都能用這款新的ＵＳＢ連接，更比原本的體積小了一半以上，傳輸速度也從 20Gbps 增加至超高速的100Gbps。接著他拿出所有積蓄，為這項發明申請歐美等先進國家的專利，不過僅足夠他繳一年的專利年費。

他覺得一年也可以了，反正時間對他而言不重要，他只想證明這是他的發明，即使之後專利過期也沒什麼好可惜的。他依舊在通訊器材行工作，下班後一個人游泳，一個人吃飯，一個人看電影，繼續過他的日子。然而，就在一年的專利到期之前，這項發明獲得「ＵＳＢ制訂人協會」的注意，除了被邀請成為會員，數家科技大廠更聯合買下他的專利，預計製造上市，三年內普遍取代全球現有的舊款ＵＳＢ規格。

賣掉專利後，他獲得一筆鉅額的轉讓金。那是三十歲的最後一個月，他看著存簿，一行像是天文數字般的金額，靜靜橫躺在戶頭。突然有這麼多錢，就好像這輩子該做的活都做完了，然後一次將所有的薪水發給了他，他想這輩子差不多不用再工作了。接下來的幾天，他發現保險是多餘的，手邊的存款足以應付各種突發狀況。除了退掉父母為他從小到大所保的各種保單外，每天就只是去游泳，累了就坐在游泳池畔，晚上再回到套房睡覺。這筆錢他沒有告訴過任何人，也不接銀行打來的投顧電話，只有父母隱約察覺他辭掉了工作，但見他的生活反而越來越不成問題，也就沒有再細究。所以關於如何管理這筆錢，從未有人給過他建言。

兩個月後，他到國家音樂廳欣賞愛麗絲・紗良・奧特的鋼琴獨奏會。那是他最喜歡的鋼琴家，為此特地購買了票價最高，音質也最好的二樓十四排座位。晚會開始前，他在場外露天的摩斯漢堡用餐，拿著一杯熱美式，看向傍晚的天空。

或許地球才是月球的月球，突然他有了這想法。

喝完咖啡。他進場入座，見到同排及前後排，都是各領域知名的公眾人物，其中更不乏上市公司的企業家。一群人就像電腦並列埠的孔洞一樣，雖然來自不同廠牌，但現在他們就是同一規格，被安插在這裡。

從演奏會回來後，他把改良ＵＳＢ過程中所用的相關器材，以及製作的半成品，通通丟棄。將房內所有書籍，全送給市立圖書館。獲得專利的廠商會把他的ＵＳＢ做得更好，勉強留下這些東西，不管是對他個人，還是對社會，都沒有什麼意義。況且讓渡專利之後，自己與這項發明，從法律的角度來看也沒有任何關連了。

他將存款的一部分拿出來，在捷運紅樹林站附近買了一戶百坪住宅，剩下的錢放在銀行定存，每個月的利息已經足夠他這輩子無需為錢煩惱。他不再工作，也不拿這筆錢投資，打算下半生就這麼過，而他的這項決定與任何人無關。

他就這樣一個人住在寬敞明亮的房子。雖然生活圈依舊在臺北，但一整年下來和父母見不到一次面，與嫁到北京的姐姐也已經三年沒有聯絡。照理說，縱向的親子關係淡薄了，橫向的朋友關係應該會加強才對。可是實際上卻沒有，他成了人群中一個孤立的點，既不會擴散，也與其他條線沒有交集。

至於他會開始做菜，那完全是個偶然。

明確的時間點是二〇一八年三月七日下午一點半，距離他搬進這間房子已經一年又兩個月。那天他和往常一樣躺在客廳的地板上，看天空的雲，好像被撕成了許多小碎片，碎得很漂亮。然後他看向屋內，一個開放式的廚房若隱若現。這麼好的廚房不使用多可惜，他想，已經有廚房的雛形了不是嗎？何不讓它成為真正的廚房。

有鑑於家中已經有了基本的上下桶櫃、流理臺、中島臺，如果要讓廚房的機能復活，那麼還缺少冷藏與烹調的設備。於是他上網訂購了美國SUB-ZERO頂級冰箱，以及同廠牌的WOLF爐具與微波烤箱，又買了一組隱藏式的水晶排油煙機吊燈。同時從網路書店仔細挑選幾本食譜，下載到雲端書櫃。等有了菜單的具體構想，便出門到市區超市挑選食材。途中經過蔦屋書店，順便拿了幾本料理書籍回家。

而他下廚的第一道菜是：洋蔥醋。

很簡單的。首先洗淨洋蔥，剝去焦黃色外皮，切成細絲，再將兩顆紫蘇梅的果肉切碎，和蘋果醋攪拌，淋在洋蔥上。只是端上桌後，怎麼看都與食譜上的照片不一樣。原來他將洋蔥拿錯方向了，切成了環形薄片，這是油炸洋蔥圈的切法。他站在中島台前，初次品嚐自己的手藝，雖然口味與外面店家的味道並無不同，但並不能說是一道合格的菜。只好強忍眼睛的酸澀，決定再做一盤。

從那時候起，原本只有空調氣味的房子，開始散發各種食物的味道。

有了幾次下廚的經驗之後，他按過去的工作習慣，將每道菜依照食材、口味、工法，一一分門別類。先從蔬菜入手，學會料理蔬菜後，再嘗試做葷食。味道也是先做淡，再做濃。基本的居家菜都熟悉了，再往異國料理發展，最後是高端前衛的分子料理，甚至3D食物列印機，他也有興趣。至於烘焙、甜點等，則是看心情嘗試。畢竟他的目的並不是要滿足口腹之慾，也不是要開店營業，所以學起做菜毫無壓力，甚至可以一整天的時間都花在料理上。

隨著菜色的多樣化，他陸續添購各式各樣的廚具：

剖椰器、削皮器、去核器、榨汁器、磨泥器、剝蒜器。

專門剪蔥花香菜的五層剪刀、生菜沙拉剪刀、鋸齒狀的螃蟹剪刀。

各種單位的量匙、鹽罐、糖罐。

炒菜、煮湯、燉肉，各有不同的專用鍋組。

切肉、切菜、切水果、切冰塊，也都有不同的刀具。

光是打蛋就有打蛋器、打蛋盆、打蛋機，又分坐檯式與手持式。

連刷子都能細分為各種醬料刷派上用場。

分工精細的程度，不下於電子業對產品供應鍊的系統化要求。他的廚房終歸是越來越豐富了，和家中其他空間比起來，顯得生意盎然，也複雜許多。

有時還是白天，當他正在廚房忙碌，抬頭就可以看見窗外淡白的月亮高掛在藍色的背景上，那種氣氛和夜晚完全不同。相較之下他更喜歡在白天做菜，尤其當陽光照在蔬果上的時候，是最可口的時候。

他把電腦放在中島臺上，緊盯食譜上的做法。不過他覺得食譜常說得不夠清楚，往往遺漏最關鍵的部分。比如水滾了卻沒打開的蛤蠣，千萬別打開它；如何掐指一算，判斷牛排是幾分熟；打蛋分為濕性、中性、硬性、棉花狀，還有隔溫水發泡等各種程度的不同，但到底是怎樣的不同，光看食譜很難體會。為此他常看一些烹飪部落格，透過網友們的經驗分享，來補足他所不知道的細節。等廚藝稍微有信心之後，他想，何不像那些部落客一樣，也有個記錄自己手藝的地方？

他為部落格取名叫Daymoon Kitchen。每天將自己親手做的佳餚拍照上傳，簡單寫下烹調的經過，以及用餐心得。也許這一類的部落格實在太多了，偶爾才增加一兩則留言。即使留言，多半稱讚他高級的廚房和廚具，真正稱讚他廚藝的很少，頂多是像「照片看起來很好吃」「青菜拍起來好漂亮」之類有點奇怪的評語。

但他並不介意，因為網友們只能看到每道菜的圖片，從未真正品嚐過他的手藝。另外有時也確實煮太多了，像烤蛋糕、烤全雞、燻茶鵝就不可能是一人份。即使一個人食用紅燒蹄膀，也挺油膩的。除了不想浪費，他也想知道自己做的菜，在別人口中到底是什麼滋味。光是自己一個人品嚐，是什麼也說不準的。對，根本毫無評斷標準可言。於是他在部落格上，說明了自己的情況，表示希望能邀請一位網友來到他家用餐。訊息貼出後，整整一個月沒有人回覆，甚至連訪客流量也減少了。畢竟是到陌生人家裡用餐，多少令素昧平生的網民們卻步。

他持續鍛鍊廚藝，沒有想太多。就在邀請函貼出的第二十二天，下午三點他在廚房燉馬鈴薯的時候，有個女性帳號留言給他，表示願意來Daymoon Kitchen午餐。

約定當天，門口出現一對老夫婦。原本只有張女士一人赴約，但當張先生得知是要到陌生男子家中享用餐點，堅持非同行不可。由於張女士並未事先告知裴俊明，因而只準備了兩人分量，實在沒有多餘的餐盤和食材了。最後他反而像服務生般，站在一旁服務這對老夫婦用膳。

又過幾天，裴俊明再次接到一則留言。這次是位自信而又充滿戒心，年約三十多歲的女子。裴俊明始終不清楚她的職業，或許像她說的，在一家跨國的美食評鑑公司擔任主管，但似乎更活躍於一個標榜心靈引導的團體。見面之前，對方再三試探是不是詐騙，幾次更改時間。她身材嬌小，進門之後，對裴俊明一再打量。裴俊明則相對友善，不想讓她在陌生人的家裡感到不自在，也在對方要求下始終敞開大門。

「反正這一層只有你一戶，客廳也都空的，不關門還好吧。」對方一邊用餐，一邊說：「為什麼沒有女朋友？剛分手嗎？」刀叉用力劃在盤子上。「誰提分手的？你應該是買了豪宅，目前手頭比較緊，才暫時不裝潢對吧。」她對裴俊明的菜色和住處都極其滿意，表明自己到過巴黎的藍帶廚藝學院進修，對料理有一定的賞鑑能力。離去前，給了裴俊明諸多個人意見，像是他未來的生涯規劃，以及這個家如何裝潢，從午間到傍晚喋喋不休，甚至直接表明留下來晚餐的意願。

「很抱歉，食材準備得不夠充分。」裴俊明說。

「那麼叫外賣吧。中午你請我，晚餐讓我請你也是可以的。」說完放下刀叉，就要拿起手機撥電話。

「不好意思許小姐，我晚餐有約了。」

「真的嗎？」

「是的，要跟朋友見面。」

「我可以陪你一起去，你就介紹我是新認識的朋友。」

「恐怕不太方便。」

「是不願意，還是不方便？」她見裴俊明未答話，才意識到自己逾越了。突然態度一變，溫柔地說：「那就下一次吧，你廚藝真不錯。」

她回去之後，陸續寫了許多電郵給裴俊明，那陣子又在Daymoon Kitchen的每篇文章下留言。這讓裴俊明有些困擾，甚至想刪除部落格的文章。

過了兩週，裴俊明的生活漸趨平靜，他接到了下一位網友的留言，禮貌表示在看了網友（許小姐）五顆星的用餐評價後，對他精湛的廚藝十分期待。

到了見面那天，這位西裝鼻挺，梳著Undercut款油頭，全身彷彿散發紫色香水味的男人，在裴俊明打開大門的那一刻，見到了室內空無一物的大廳。

「喔，新房子嗎？」他說。

「是啊，鄭先生，真不好意思。」裴俊明見到他之後，遲疑了一會說道：「房子正巧要裝潢。不如我們到樓下的交誼廳用餐如何？不至於讓您白跑一趟。」

「沒關係，沒關係，到哪用餐都是一樣的。」

他們在交誼廳，各自點了一份套餐。用餐時間，多次拿餐巾擦拭嘴角的鄭先生，總是設法提及保險、基金、期貨等投資理財的話題，似乎認定裴俊明是位非常值得開發的客戶。會面時間大概三個小時，因為是在交誼廳，送客比起在家裡來得容易許多。鄭先生回去後，不時發了一些投資訊息過來，種種的困擾都讓裴俊明決定，應該要將Daymoon Kitchen的用餐邀請移除了。

只是在他正要按下刪除鍵的瞬間，又有一則新的網友留言出現。

愛理第一次來到Daymoon Kitchen是二〇一八年夏天世足賽剛結束，全球處於短暫性失落的那一週。她身穿蕾絲領子的灰色洋裝，和一雙纏繞腳踝的羅馬鞋，長長的瀏海旁分披在肩上，似一襲黑色而亮麗的皮裘。

「非常抱歉，」一開門就見到她這麼說，「抱歉我迷路了，沒想到第一次見面就遲到。」她一手按住斜背包，一手抹去額頭的汗，像在等待他原諒。她到他家的時候是十二點半，雖然比約定的時間晚，但還在可接受的範圍內。裴俊明不懂為什麼這個女孩子，要對自己遲到半小時頻頻致歉。

他帶她從玄關走到客廳。突然她停下腳步，像是不敢前進。

請問，這是客廳嗎？你真的住這裡？她看向他問。

因為剛搬過來，他說。

廚房的中島臺上，裴俊明已經上好菜，擺好餐具。怕菜涼了，兩人很快到餐桌前就坐。相較於之前的訪客，為了這位嘉賓，他特地買了一張同款的高腳椅。雖然雙方說好當天到現場再揭曉菜單，但還是有一道菜給女孩猜中了。「迷迭香煎羊小排。」她說，因為在門口就聞到香味了。

除了被猜中的主菜外，另外幾道菜分別是：奶油蘑菇燉飯、白蘆筍菌菇湯、牡蠣配蕃茄薄荷醬，甜點則是義式百香果奶酪，都是道地的義大利餐點，桌上還擺了一瓶托斯卡尼的基安蒂紅酒。一開始愛理坐在餐桌前，背後空曠的客廳讓她略顯不安，時而不經意地回頭張望。但伴隨著美食，以及有著夢幻設備的廚房，在被調得很淡的鋼琴聲裡，她逐漸卸下心防，安穩地享用餐點。

這裡的陽光好舒服，她說。

王小姐是怎麼注意到，我的部落格？

「最先是被部落格名稱吸引的，Daymoon Kitchen，明明是很簡單的英文詞彙，卻無法翻譯成中文，好比『蘑菇』。」她叉起一顆接著說。「中文的『蘑菇』本來是名詞，但引伸之後，卻是指『拖拖拉拉』的意思。」她另一隻手在餐桌上寫著。「可是在英文裡，蘑菇卻是用來形容像蘑菇般快速生長、快速蔓延的意思，和中文剛好完全相反。」

裴俊明一面在餐盤灑上黑胡椒，一面聽她說話。她眼尾上揚的眼睛，窄細而下勾的鼻尖，加上她微笑時瞇著眼睛，模樣精緻而秀氣。還有她是一位吃東西很慢的小姐。他看到她背後客廳窗櫺的影子，正在逐漸拉長用餐的時間。

為什麼願意來陌生人家裡用餐？

她用湯匙舀湯，在入口前吹涼。「因為工作的緣故，翻譯過不少美食文章，卻從未真正品嚐過。」她仔細把湯喝完。「剛好看到你的邀請，才決定不管如何一定要過來。如果不這麼做，會覺得自己，不管對於工作以及生活，就像看一本書，一直停留在某個字或某個空格上吧。」

她的話讓他有些驚訝，但想不到該怎麼回答。空無一物的客廳，使窗外的光影於室內更為鮮明。有時候聊到不知道說什麼，兩人就會一同看向窗外。裴俊明記得，是那種說不出來的晴朗，沒有雲，非常的深邃，像是藍到了宇宙裡。用餐的過程，時間繼續流逝。而且今天，他們的午餐已經稍微延遲了。

「如果你願意掛牌營業的話，這裡真像個高空餐廳呢。」她看向窗外，「還能夠看見月亮。」她說，「這是Daymoon Kitchen的由來嗎？你知道，潮汐的力量主要來自月球的引力，明明是最小的星體，卻因為距離最近，而影響力最大。不過據說，月球正在慢慢遠離我們。」

每年三點八公分。他們不約而同提到了這個距離。

住家大樓不能營業，我也不想把興趣變成工作，他補充說。

這時候已經是下午五點多。裴俊明想邀請她繼續享用晚餐，畢竟對方都來這麼一趟了。他正思考著該陸續準備哪些料理。

今晚和其他朋友有約了，不然約明天午餐如何呢？她微笑提議。

愛理離開之後，裴俊明洗淨她用過的餐具，找了一個最適合的位置放好晾乾。那天下午，陽光清澈了好幾個小時。

之後他們都約午餐。不過愛理每次過來總會遲到，而且遲到的時間一再延後。對此她也一再表示歉意。為避免錯過最佳的賞味時間，裴俊明禮貌地留給對方手機號碼，請她在抵達前半小時聯絡他。即使如此，對方還是遲到了。往後兩人索性不再約時間。她來了之後，他才開始下廚。

為什麼每次都會遲到？

因為我迷路了，她說。

迷路？

對，怎麼走都無法到達目的地。

我很容易迷路。因為容易迷路，沒辦法準時上班，只好選擇在家工作的行業。比如：翻譯，她說。迷路之後真的只能靠計程車了。

我沒迷路過，他說，但那應該是件很麻煩的事。

她回頭看了一下空曠的客廳。比起自己習慣多年的迷宮，這間房子的擺設，更讓她好奇。你呢，為什麼家裡的東西這麼少？

妳不覺得這樣空著，只剩房子本身的線條，比較有家的感覺嗎？他說。

因為家，被各式各樣的物品掩蓋了？

就是這個意思。家，是不用整理的。

頗有禪風的感覺，或者說未來感。她說，就像你的擺盤，一直都乾淨俐落，很有那種味道。不過不考慮放一組沙發嗎？他聽完起身，倒了一杯茶給她。

我沒想過兩者之間的關連，他一邊倒茶一邊說。

他告訴她，其實外食並不讓他厭煩，從小他就習慣在嘈雜的地點用餐。加上到交誼廳相當方便，開車出門，附近也有不少美食。可以說日常生活中，完全沒有一定要他動手做菜的理由。

你都不用工作嗎？她突然問。

之前發明了一個小物件，存了一些錢，他回答。

兩人從料理聊到彼此的生活和興趣，再聊到彼此過去，還有近期的事。他們也發現自己的專業，USB和翻譯，都是作為一種連結而存在。當他們突然沒了話題，就會從窗外的月亮重新聊起，像潮汐般，不間斷地迴盪在彼此間。

自從兩人一起用餐，他下廚烹飪的態度，也隨之調整。比如一道菜做得好不好，只有吃了才知道。漂亮卻不美味的菜，就只是炫技而已。況且一道菜的好壞，不是看做得道不道地，而是必須以當下用餐的體會為準。像他依照食譜做出的法式經典可麗露，就沒有受到青睞，愛理反而喜歡那種餡料比例不對，看起來像一盤固態八寶粥的紅豆鬆糕。還有起初他會準備紅酒，但兩人都沒有喝紅酒的習慣，只喜歡以紅酒入菜。所以他改切水果丁，另外做了調酒，反而受到愛理稱讚。

「好吃，」愛理吃了一口甜點，驚喜地說，「原來今天的蛋糕是栗子口味的。」那時他就會很開心。

彷彿擁有預知能力一般，愛理總是能適時提醒裴俊明。比如燉鍋的火候太大了，等等湯汁會過少，必須將火關小一點；鮭魚切得太薄了會烤焦，差不多該拿出烤箱了。也因此裴俊明認為愛理很會做菜，對她有極佳的印象。

有時愛理還會想像一些菜單，考驗裴俊明的廚藝。「蘆筍配上小紅椒加蒜泥和洋蔥切絲，淋上橄欖油，進烤箱約二十分鐘。這樣如何？」他聽完，現場開始試做，嚐起來的味道不比餐廳差，果真食材新鮮就能吃出美味。這些默契，隨著每一次的用餐，都讓兩人在餐桌前，產生微妙的變化。

因為她總是遲到，等待她的時候，他第一次明確感覺到時間的存在。以往即使發現自己的成長、父母的老化，他都不認為那是時間流逝的證明，而覺得只是一種取代，如此而已。某種外力以等差級數的節奏，不斷為人們汰換身體的零件，並無所謂時間的作用在裡頭。現在他變得珍惜時間了。加上她總是迷路，午餐往往接近下午茶的時段，每次都從午餐一直待到傍晚看見白天的月亮才走。

謝謝今天的招待，她合掌說。

兩人約好下星期六用餐，不過這次是晚餐。

那晚愛理將近九點才到。雖然她從木柵過來，而他家離捷運站確實還有一段路程，但也不致於迷路到這麼晚才對。他不確定她所說的迷宮，究竟是真實可觸碰的，還是只是則隱喻？她真的迷路了嗎？他在打開門的那一刻想到。

不管如何，客人已經來了，他該開始準備晚餐。

裴俊明端詳冰箱內的食材，仔細回想之前愛理用餐時的反應與好惡。既然接近宵夜時段，不如來點清淡的吧。他從冰箱拿出櫛瓜、羅美、萵苣和其他生菜，還有事先拌好的沙拉。同時把蝦子、扇貝、文蛤、牡蠣，灑鹽之後送進烤箱，再將洋蔥塊、雞丁、三色青椒倒進平底鍋，炒一盤份量不多的西班牙炒飯。

他比以往更專注在做菜這件事上，刀工細膩，火候也掌握得更精確。

「今晚菜色很簡單，好像不應該麻煩妳跑這一趟。」上菜後，他反而有點不好意思地說。「沒關係的，」她說，「份量剛剛好。」裴俊明又打開冰箱，拿了兩瓶檸檬啤酒，「今晚不煮湯了。」還未開動，兩人就先喝了一口。

他們開始用餐。

妳喜歡戴手錶嗎？他問。自從有了手機之後，他再沒有戴過手錶。簡單來說，鐘錶已經從他的人生當中被捨棄，時間終究是不重要的。而她握著左手的月相錶，解釋手錶底下有一顆痣，是她的胎記，「淡淡的像一塊黑色的星雲。有一天發現它的顏色越來越淡，怕哪天就這樣消失了。所以乾脆把它蓋住……」

妳擔心自己消失？

也許吧。她說，以前無意中逛到某個部落格，都寫些簡單的生活瑣事，讀起來很輕鬆。可是自從我訂閱後，卻不再有新的文章，後來仔細看了其他訪客的留言，才知道作者已經過世了。我想沒有人知道他的密碼，只能等帳號過期，交由系統自動刪除。而在帳號刪除之前，部落格仍會不斷被人搜尋、被人閱讀。就像艘幽靈船吧，不時地浮出海面被人看見。

網路也普及二十年了，這類已經不存在使用者的帳號和網站，只會越來越多。他坐在她對面用餐，像是接著她的話。

網路會越來越像書本嗎？大部分書的作者，都過世了。

恐怕是吧。沒有人會永遠存在。

今晚的沙拉我很喜歡，很清爽，跟你的家一樣沒有負擔。她說，像是要轉移話題。大概知道為什麼現代人喜歡重口味了。用餐時不是趕時間，就是看電視，又或者一大群人聊天，好像一定要不斷刺激味蕾，才會注意到眼前的食物。我是來Daymoon Kitchen後才體會到的，這邊什麼也沒有，吃飯必須非常專心呢。

之前妳建議我在客廳擺一張沙發，我想過，就不用了。

按你喜歡的方式就好，不用真的考慮。

我很少下廚，出乎你意料嗎？她說，因為外食，廚房很少使用。也不能說是廚房，應該說，那只是一個上頭放了電鍋的小桌子。房子相當老舊了，過去都覺得，像這種環境，飲食也就隨意吧。不過現在我也擁有一個乾淨明亮的廚房了，稍微整頓了一下，拉開百葉窗，就能看到遠處的河濱公園。她撥了右耳頭髮。每次從你這用餐完回到家，都會想起剛剛一起用餐的情景。

裴俊明沒有很快回答這問題，但愛理來了以後，他才注意到家中的廚具雖然齊全，但餐具卻乏善可陳。碗筷刀叉，只有簡單的幾份。雖然他烹調的器具很多，像一間專業的料理工作室，但享用美食的餐具卻很少。最初，杯子只有馬克杯，連玻璃杯也沒有。盤子碟子更都不夠用。

有很多餐具，都是要招待妳才買的。他直接說。

謝謝，她說。他觀察過愛理，她不好意思時，單手會托住臉頰。他看她背後的客廳，像個空盪的畫框。因為是來他家用餐，她從未塗過口紅，妝也上得很淡。他覺得她在餐桌前的那個樣子很好看。他想不管是在他家，還是在她家，彼此用餐的感覺應該都不會變吧。她的窗外也能看見白天的月亮嗎？

你把房間收得這麼乾淨是對的，或許這是生命努力演化的方向也不一定。她看向自己身後的空間說，一開始感覺像醫院，我第一次來的時候有點害怕。人真的是很愛乾淨的動物，好像不這麼做的話，社會就沒辦法發展下去。她思索著說。

妳想要什麼點心？他見愛理快用完餐了。

寒天、蒟蒻、愛玉，都是些沒有個性的食物，但我喜歡吃這些。

十二點。

那你人生做過最無意義的事，是什麼？愛理提問的同時，一邊用叉子仔細刮著附在貝殼上的干貝。那是餐桌上最後的食物殘餘，她的啤酒已告罄。

他想，又回到最先那個話題了嗎？「以前有注意到，不少購物網站還沒登入帳號，就可以加入購物車下單。原來消費是可以不存在消費者的。」他打開冰箱瞧了瞧，「還有寄E-mail給自己吧，常為了記些什麼事而這麼做，但蠻無意義的。」他補充說，「檸檬口味沒有了，接骨木口味的啤酒好嗎？」她接過冒著水滴的冰涼啤酒。

她說大三開始接一些翻譯工作。沒想到畢業後，一直由她負責翻譯的那位美國推理小說家，突然成為火熱的暢銷作家。她無法適應催稿的壓力，開始拖稿，關掉手機，不收信，封鎖編輯，整個人失去聯絡。半年後，當她將譯好的書稿寄給主編，並親自到出版社致歉，然而對方只是冷漠回應說：「妳都不逛書店嗎？三個月前就已經出版了。」愛理斷稿的惡劣行徑，也在業界傳開，遭到多家出版社封殺。就在存款幾乎用光的時候，終於應徵到一家美食雜誌社的翻譯工作。

「我喜歡在深夜讀書，再順手翻譯。」深夜讀書？像現在嗎？他難得也意識到時間了，相較於空間而言，他對時間並沒有那麼敏感。她繼續說，「閱讀不都要有個方向性嗎？這叫什麼？語順還是語序吧，如果不按這個方向性來閱讀，只會在一團文字當中迷失，無法把一篇文章、一本書讀完，也就是走不到出口的意思。而那陣子，我完全找不到文字的出口。」

妳喝多了，他說。

現在回去肯定會迷路，今晚我能在這過夜嗎？

我幫妳準備，他想了一下。

凌晨兩點。一樓挑高七米的大廳，守衛看著深夜節目，不曉得上方住戶正在發生的事，就只是讓電視不斷麻痺自己，直到疲倦得閉上眼睛。

屋裡屋外都很安靜，東西少了，聲音也跟著少了。

裴俊明從主臥室起床，穿過空洞的客廳，走到廚房拿起杯子，打開水龍頭直接飲用。黑暗中一切都很熟練。

原本睡在客房的愛理，聽到聲音後也開門出來。

睡不著嗎？他問，把一杯水遞給她。

房間除了一張床，沒有其它家具，蠻奇怪的。她接過杯子說。

之後兩人陷入一陣很長的沉默。雖然黑暗中還是看得見彼此，但在淡藍色的夜光下，這種相互凝視的感覺，讓他們覺得彼此很不真實。

能一起睡嗎？她說。

他帶她走進主臥室。她躺下來，就在他的身邊。她是位高挑的女性，雖然他的床已加大尺碼，但她躺在上面一點也不會讓人覺得不合比例。他感覺到床墊些微地下沉，像有個漩渦以他們為中心，正以緩慢的速度迴旋。

兩人躺在床上，是房裡唯一活動的物體。他轉過身側睡，背對著她。過了一會兒，她挪動身體，靠了過來，伸手從背後抱住他。她的乳房柔軟，像清涼的海水貼著他的背。他不是沒有生理反應，下半身自然起了變化。他感覺空間中暗藏的緩坡，突然陡峭起來。黑暗裡他張大眼睛，而她越抱越緊。

他覺得她未必瞭解他，但是她的一些想法，總能在那一瞬間讓他誤以為，她至少離他很近，這種近不只是空間上的距離，還是內心的距離。

只是她對自己而言，是必要的嗎？一旦接受了她，他簡單的家就必須多出一個人，以及她所帶來的隨身衣物、日常用品、家具家電，這些連帶關於她的所有事物，他都必須或多或少地一同分擔。她最愛甜食和海鮮，喜歡一點點辣卻又討厭胡椒，但凡覺得油膩就不想吃了，雖然她還是會把食物弄得不完整好像已經認真品嚐過了一樣。除了飲食上的偏好，他對愛理根本稱不上瞭解。

大概將近半小時，兩個人不發一語。他的姿勢甚至沒有變過，依舊側著身子，不面對她的臉。她依舊抱著他，他們的頭髮早已盤根錯節交織在一塊。他沒有料到，這個女孩竟然能讓他的空間如此侷促，而且無處可逃！

隨後，他感覺到她在哭泣，沒有聲音，只是從他背後傳來顫抖，兩人彷彿躺在平坦有如布丁般光滑並且晃動的山頂上，而他像一捆洋蔥或蘆筍，被她如鮭魚捲般的從背後溫柔地包覆起來。他在學生時代談過一次戀愛，之後斷斷續續也談過幾次。他的許多第一次，都在那些戀愛中消耗殆盡，關於愛情，他再也沒有其他第一次可以留給下次戀愛的對象。微光中他像是看見自己牆上的影子，一直以來可伸手觸及卻無法推動的影子。他想回應她，卻又不知道該怎麼做。他讓她抱著，整晚都沒有轉過身來。他不知道背後的她發生了什麼事，而她也不曾開口。天亮之後她先行起床，不說再見，也不說明什麼。無視一切地離開了他的房子。

後來裴俊明好幾次想起了她，想再邀請她來用餐，卻打不通她的電話號碼，通訊軟體上的帳號也已經註銷，部落格再也沒有她的留言。

總之，這個女孩就這樣完完全全地消失了。

可是愛理已在他的房子中留下了她的輪廓，繼續保有她的空間。他常想起在他背後，那種抹去了聲音，以空間的形式所保存下來的哭泣。世界也因而些微地搖晃，逐漸液化，感覺像回到遙遠從前的某一天，他漂浮在海上。他覺得那股潮流又回來了，從海面到陸地，在人潮洶湧的時候把他帶開。

一切像是中學畢業旅行那天，他所遇到的離岸流。他被捲得離海岸很遠，到後來完全看不到陸地。他抓著浮板，一點也不驚慌，安靜地待在這個空間中。那是他第一次以自己的力量，或者說藉助了自然的力量，遠離人們居住的土地。他告訴自己，就在這裡成長吧。從此之後，他就離人群很遠，為了持續保有那次在海上獲得的感覺，他固定去游泳。

他躺在客廳中央，望著窗外景象，記憶正從他身上慢慢剝落。在她的迷宮中，他究竟可以前進到怎樣的地步？如果一直這樣前進下去，是不是有一天就能見到她？裴俊明以往從未感受過這些東西，無法判斷事情的可能性，但至少可以試著相信，對方也正處在繁複的迷宮當中，所以暫時無法過來。

一個人住在這麼大的房子裡面，是什麼樣的感覺？

偶爾用餐的時候，他會想起兩人曾有過的對話。他們坐在餐桌前，各自拿著湯匙。過了好一陣子，忘了是誰先開口說，以前曾想像住在大房子裡的人，都過著什麼樣的生活，只是最後，還是無法想像住在裡面的快樂，卻可以想像住在裡面的寂寞。

廚房荒廢過一陣子，但時間並不是很長。不知不覺戶外已是冬天。他坐在廚房的高腳椅上，手拿一瓶罐裝飲料，看著白天的月亮。他知道一個家有廚房才有溫暖，這是他確切感受過的。開火可以產生熱度，食物可以增加身體的熱量。他仍持續寫部落格，放上自己做的菜。讓烹調的聲音，有節奏的，去取代時間。

他不再按照食譜下廚，而是讓腦袋裡的想法來動作。裴俊明仍舊在他乾淨明亮的廚房，聚精會神地做菜，那種專注彷彿重現了人類文明締造的過程。

繁花僧侶

Monk of the Flowers

牠們有自己喜歡的獵物，

牠們都想去自己喜歡的地方，

卻被拴牢，永遠徒勞無功地在原地打轉。

西澳大利亞省蘭吉特牧場主人威廉・佛古森，他驕傲地對著鏡頭說：

自從我在「國家地理頻道」得知澳洲沒有完整的恐龍化石後，一種使命感開始催促我行動，去證明澳洲的土地是如此偉大多產且充滿骨頭。我對自己的牧場埋有恐龍這件事深信不疑。當然，許多人對我的想法不以為然，尤其是專業的學者，他們不認為這片牧場的地質年代有到中生代那麼早，連那邊擠奶的伯格森奶奶也這麼說。

（鏡頭轉到右邊的伯格森奶奶和她的牛，幾秒後又轉回佛古森。）

四年後，我在牧場中心處挖到第一副完整的恐龍化石，一隻迷惑龍亞科的新品種，陸續又挖到角龍科、棱齒龍科等，都是完整的。

莊造一直無法接受臺灣雲豹絕種這件事，聲稱二〇〇六年二月十五日晚間九點於國家地理頻道看到這則報導。五年前莊造才看起環境影片，他尤其對絕種或瀕臨絕種的動物感興趣。

中華白海豚雖然叫白海豚，卻是大粉紅色，和女人奶罩、內褲的顏色一樣；哥斯大黎加有一種乳白色的蝙蝠，當地土語叫「夜間飛行的美洲豹奶」；另外鮮橘色的新幾內亞班袋貂、比紅鶴還像鮮血的朱鷺、葉門的彩色壁虎，這些有著不可思議顏色的動物居然都瀕臨絕種！

狼之中最美麗的南極狼，在人類發明彩色相機前絕種。

新疆虎是唯一在沙漠活動的老虎，毛皮帶著特殊的灰藍色，絕種。

絕種也不干你事啊。

鄉民不懂，莊造談論的這些知識和他的職業有什麼關係。

在莊造眼裡，絕種或即將絕種的動物總能引發些多愁善感，往往帶有瀕死的高貴美；然而數量多、適應力強，不願好死、拼命賴活的動物，他覺得醜，就像他每天要處理的那些雞爪、鴨頭。他早對平凡多產的動物麻痺，相信一六八一年絕種的渡渡鳥比孔雀美麗。

早晨，在一灘陽光裡，飛行的鳥被捲入綠流中淹沒。莊造走在山中。山中除了鳥鳴，也常有別的聲音出來，有時是棄嬰，在莊造撿到前便已死去。

他繼承父兄在大樹鄉整片的丘陵地，除了較平坦處出租別戶種植外，其餘的林地未曾開發，仍然保持原始的叢林狀態。現在莊造慶幸自己當初沒有貪財將整座山租給人種檳榔，僥倖為雲豹留下一塊棲息地。很顯然地，佛古森發現化石這件事，讓莊造相信他擁有的這幾座小山還存活臺灣最後的雲豹。

莊造在他的山上設下十來個陷阱。為了儘快證明雲豹尚在人世，求好心切的他不斷在新地點增設陷阱，但舊的陷阱卻又一個個被遺忘。陷阱的總數一直在增加，但因為體力、時間、記憶等因素，實際上一天下來平均只能巡邏七、八來個，這情況讓莊造憂心。

要是雲豹困在我忘掉的陷阱裡怎麼辦？會餓死吧，雞爪頂多撐一個禮拜。自己做的籠子，木頭綁鐵絲，不太堅固，拼死想逃的話是有可能。困久了總會出聲吧。我每天巡山，就算忘掉陷阱在哪，順著叫聲應該能找到。

他雖然擔心，但似乎是個勤能補拙的問題，久了也不在意了。到了現下三月，莊造山裡的那些陷阱仍未有過雲豹的蹤跡。

大樹鄉民知道有位尋找雲豹的莊造嗎？當然知道。莊造相當低調，像個病人一樣不想被人知道自己的情況。但他不是天生的獵人，甚至不曾務農。他最初的、還稱不上職業的工作是當個和尚，現在則是大樹鄉「莊記鴨頭」的老闆。因此莊造不得不向村裡的原住民們、鄉民們，請教製作捕籠和入山打獵的技巧。

做陷阱幹嘛？

誘餌？什麼都可以當誘餌啊，你滷的鴨頭就可以。

這做籠子跟做鐵窗一樣，都是關一些會動的東西啦，只是對付有手的你必須焊接，沒手的用鐵絲綁綁就很堅固啦。

這獵槍不能借你。

當大家知道他勤於發問是為了抓雲豹之後，免不了在傳授技藝的同時順道發洩些鄉愿。比較有知識的鄉民會勸他：

那澳洲人找的是死恐龍，不是活的啊。你應該正確學澳洲人，在你的山裡要挖到一副雲豹的骨頭，比踩到豹屎容易多了。

要賭運氣抓隻活豹也應該到屏東的大武山才對，據說那裡看到最後的雲豹。

你那座山，海拔肯定不會超過三百公尺。山上見過山豬嗎？沒山豬，雲豹吃什麼？棄嬰是有沒錯，但不是固定的食物來源。你得先放養些山豬，才有可能出現吃山豬的雲豹。

沒知識但善心腸的鄉民會說：

規氣轉去眠床頂佮越南新娘生一个囡仔！

現在莊造又想起那些鄉民半年來給他的眼色了，嘲諷、懷疑、瞧不起，啃鴨頭啃到腦殘、沒事幹的大地主……什麼樣的眼色都有。一團綠色的火焰在他面前燒開一條路，他一邊拿開山刀往他的陷阱走去，一邊在嘴邊啐罵：

山老鼠、高山農業、登山社、建商、遊客、饕客、獵人、死人，濫墾濫伐濫耕濫建濫殺濫葬！連臺灣雲豹都被臺灣人逼到絕種，問問石虎、黑熊、長鬃山羊、櫻花鉤吻鮭想不想移民啦！不要只會關心流浪狗。流浪狗住在大都市，受委屈容易被注意，雲豹該死，住在連棄嬰都丟不到的深山裡，絕種了也沒人知道。

莊造氣得將那些害雲豹絕種的罪犯都當成路上擾人的枝葉給劈了，剎那間植物迸出了大量汁液，莊造幻想自己被噴漆成綠色。換速說，他身上有一種素的土味，不同於她所熟悉的海騷味。

他常想乾脆變成植物吧，沒聽過植物有那可怕的業障。

他來到山溝處一個被遺忘近半年的陷阱。平常這樣的機會不多，忘了的就是忘了，再遇到只得碰運氣。木條已附滿地衣，鐵絲鏽蝕斷裂，鴨頭無翼而飛。莊造的合理解釋是，籠子壞掉後，裡面腐爛的鴨頭才被動物叼走。

不可能聰明到先破壞籠子，再叼走誘餌吧。

幸好沒有雲豹困死裡頭。

籠子放在一株碩大的菩提樹下。這是莊造的一個習慣，雖然他不是每個陷阱都放在菩提樹下。

有一天，師父來到我家，和媽在客廳討論布施、供奉的事。我為了撿二哥丟下樓梯的玩具跑下樓，師父看到我，過來摸我的頭，這一摸摸好久，我好怕頭就這樣被他提走。最後師父跟媽說我有佛緣，建議我出家，對我對家裡都好。

頭髮嗎？年輕的時候剃太多，等到還俗不用剃了，反不長了。

相親的時候，換速說莊造看起來像出家人，吃東西也像，莊造便說了這個故事。原本換速還以為莊造在逗她，但見他行房前唸經的習慣，換速也就信了。

雖然我們的工作是買鴨頭來滷，但我們絕不能親手去殺鴨子，這罪孽差很多。光就居、居虛略、桑居都、樓、房卒、草烏卑次、都盧難旦、不盧半呼、烏竟都、泥盧都、烏略、烏滿、烏藉、烏呼、須健居、末都乾直呼、區通途、陳莫，十八層地獄每多一層，不是只多了一劫苦難，而是多了八十一劫苦難。

你的奶仔舔起來是豆漿的味，真好，不腥。

換速嫁給莊造快十年了，始終不懂莊造選擇她的原因。當初她守寡且有一對兒女，雖然那年只有二十歲，和同來相親的女孩們，一樣正享受青春做作的折磨。而莊造不怎麼愛說話，但眼睛總養著些感情，這和他喜歡看著自己的手和別人說話有關吧。

沒人知道他喜歡怎樣的女人，我明白自己機會不多，所以也省了和別人一樣力求表現，頂多當作是來賣一次春，感情也不用賠進去。原本我不敢啟齒的育有兒女之事，他聽了後卻開始正眼瞧我。我的眼角像被他的嘴角含著，羞澀低下頭，他似乎想馬上上我，我雖然怕，但好高興。

也許我比起她們衰老的只有子宮吧，換速當時確實是這麼想。後來她懷疑，莊造之所以選擇她，是因為她已經用身體證明她能生育，而其他少女還未經過那段證明。

林間的飛蟲誤入莊造嘴裡，莊造吐了個口水說：早知道不能生就選個處女！

三月的山像塊石頭涼爽，莊造感到三月的沉重。看著籠子再次落空，他擔心雲豹會不會真的絕種了。清晨五點上山的莊造，到了八點還沒流一滴汗，是自己補獵的過程一向太輕鬆了，以致於天公不讓他稱心如意？莊造的籠子並不是從來沒收穫，只是他只想要雲豹。

換速，早上有一籠抓到兔子，妳猜怎麼，雞爪那層油厚厚的皮竟然被兔子啃光了。沒想到兔子也吃肉，是不是昨天妳加入越南香料的關係？

我在村長的大厝後面也放一籠，反正是我的地。剛剛收籠子，竟然看到鄉民代表劉什麼的他老婆，臉擦得水水粉粉，爬牆進村長的大厝。

今天有個小孩被關在籠子裡，靠馬路邊。

莊造常把這些上山收籠子的趣事說給換速聽，他有點想家裡的女人來。

大概在陪那隻貓玩吧。

度咕是莊造陷阱中落網的小貓。莊造第一次從籠子外看到牠，牠正窩在籠子內安穩地睡著。換速越南的生肖屬貓，下龍灣的娘家靠海，常有漁獲，也因此養了很多貓。到臺灣後，或許是思念寄養在娘家的兩個孩子，她常喊著要養貓。

那天莊造將綠眼的度咕帶回家，換速隨即露出貓性，開心地抱著莊造直舔他的脖子。換速覺得度咕聽起來很可愛，命名上沒意見，但莊造還是花了很多時間向她解釋這個閩南語名字。

最近度咕似乎正發情，常在貓砂盆外不該撒尿的地方撒尿，昨晚還喵個不停。莊造疲於應付，沒什麼睡，算一下今天已經看過四籠，並發現一個舊的，也都放入新餌。他想到山頂的菩提樹下很久前放過一籠，打算看完那籠後就回家休息，下午還得趕著做些鴨頭呢。

莊造往山頂走去，路較好走，卻容易走到過去。從山腰可以看到舊家，十一年前被徹底碳化後，現在是大樹鄉青色山脈下顯眼的黑色殘骸。那把火沒有燒光莊家的家產，卻帶走莊造的父母兄嫂姪兒，只有在臺東出家的他逃過此劫。

出殯後，我把心中的苦果向師父說。

如果我不繼承，家產就會落入那些可能是凶手的親戚手中。

如果我繼承，想全部捐出來幫家人積善德。

要是莊家斷子絕孫怎麼辦？

師父讓我自己選擇，幾天後圓寂。他來不及知道我的決定。最後我還俗回到大樹，繼承家裡的一切，譬如這鍋鴨頭。

他回答換速為什麼要幹這行，原來是家業。他聞到一股濃濃的滷味，右手突然有第一天拔毛、去管、拔舌，連鴨鼻孔都得清理乾淨的感覺。幾百隻脖子像海參養在滷水裡，他每天打撈別人的脖子。

莊造提著一袋的家業，獨立在春山的波濤中。他們常到臺東看他。爸開車，媽會做好吃的素菜，大哥好談政治，二哥對我聊女人的好處，兩位嫂子圍著老師父算命，姪兒則喜歡摸我的光頭。

也許這一切幸福，真實得像花像月，卻又像在水中鏡中般讓人無法握留。

莊造的腳步急了，他得快點找到雲豹才行。

那一年往生太多人，莊造也在那年迎娶李氏換速。因為莊造，下龍灣娘家的經濟狀況也好了起來，每月有許多盈錢寄回越南。換速雖然欣慰，但十年吐不出一個籽，每寄一次錢就讓她心裡多虧欠莊造一次。

醫生明白指出問題在男的身上。換速早猜是莊造，她像一個讓男人對照自己能否生孕的機器。但她愛莊造，她不會說出要丈夫把兩個越南的孩子當成自己孩子的蠢話。雖然也會為少了一段懷著莊造孩子的甜蜜十月感到可惜，但沒差，她只要兩人能平穩幸福地白頭到老。

可是莊造似乎對生育有股執念。一次看談話節目，說吃全素會導致蛋白質來源稀少，使精蟲量大減、活動力不足，不利受孕。莊造從此大葷大肉，並為自小吃素這件事感到懊悔。

夫妻倆從姿勢上的調整，再到風水、偏方、人工受孕，臺、越兩地的註生媽，能試的都試了。換速不曾抱怨過，人前人後都溫柔地鼓勵莊造，陪他試試。

造孽也得生。

生了也許會再出家吧，不過娶妳以後我就打消念頭了。

換速對這些話感到不安，她不是不知道他尋找雲豹的原因，但在道德上、感情上，她都不能去掀開莊造這層豹皮。起初，她在丈夫翻書時偶然瞄到臺灣雲豹的圖片，一隻好熟悉的大貓，她才知道自己的男人最近迷些什麼，被冷落好久，她以為有共通的話題可聊了。

越南山裡很多這種貓，北邊的中國也有。小時候家裡養過兩隻，一雄一母，母的比雄的小很多，雄的還會咬母的。大人餵這種貓是直接把活雞、活魚丟進籠子。住涼山的舅舅現在還養了一隻斷尾巴的，是去邊境買賣的時候向中國的哈尼人買來的，很貴的啊，五十萬盾。

對，妳有，妳什麼都有，妳還有兩個小孩！

我沒有那個意思。

換速第一次在臺灣哭，但她也會想到，莊造不知道在臺灣哭過幾次了。

此六眾生譬猶六根，悉繫一處，所樂不同，嗜慾各往，以繩繫故，終依於柱。

你記住，人的眼、耳、鼻、舌、身、意，就像狗、鳥、蛇、狐、猴、鱷，被拴在同一根柱上。牠們有自己喜歡的獵物，牠們都想去自己喜歡的地方，卻被拴牢，永遠徒勞無功地在原地打轉。

師父，是七眾生，我多拴了一頭雲豹。

莊造想，這是今天最後一個機會了。他來到山頂的菩提樹附近。大樹鄉有許多菩提樹，聽說是山上的大寺四十年前開山種的，為了讓所在的鄰里有種佛國氣象。不過寺方駁斥這個說法，因為當地許多菩提樹的樹齡都在七、八十年以上。

他按習慣，在靠近陷阱前二十尺，就得放輕腳步，像禮佛般要求全身做到不動聲色。籠子裡的當然跑不掉，但萬一有剛好在籠子旁徘徊的呢？

莊造會這麼想，表示他只想看一眼，只要一眼，只要證明雲豹真的沒有絕種就好，抓到與否都在其次。甚至有時心中也會暗喜雲豹沒被他抓到，雖然這樣的體會久久才一次。

一個清晰且充滿生殖力的早晨，莊造的空籠子上頭，雲豹趴臥在菩提樹的大枝上，垂下長尾，以慈悲的深黃的眼俯視莊造。如同莊造所希望的，牠凹陷的公狗腰依舊充滿繁衍的爆發力，野性的爪以血染。

雲豹身上的塊狀班點，一定很像師父的袈裟吧。

黃色的眼睛，像師父那雙患肝病的眼睛。

我好想回去當和尚。

莊造沒看見樹上那件袈裟，他錯過了一次穿上袈裟的機會。仔細檢查籠子後，他發現只要換掉發臭的鴨脖子就好。轉身，一如往常無功而返。不過今天有些許不同，他第一次為山裡的風感到舒暢，青色的山巒像吸進他肺裡。走到山腰時，他沒看向舊家，只是偶爾抬頭看天上的雲。

我在一片雲下面，這個陰影，籠罩我好多年。

耳邊響起大衛．艾登勃羅的聲音，他該趕回去看大衛的生態節目了。

有一次我在莫三比克河邊看到一個小孩在喝水，他的眼窩爬滿蛔蟲。有觀眾問我，為什麼要播那麼殘忍的畫面，譬如黑猩猩吃掉自己的同伴。我回信他們，這就是地球，我的節目不是來歌頌造物者，他創造最美好的，也同樣創造不幸。

醫生，我小時候得過腮腺炎，這跟不孕有沒有關係？我也曾經撞到睪丸，有關係嗎？還是因為疝氣？不會是性病吧？我只和太太做過。

你去過洛來馬峰嗎？我下一個和植物有關的節目要去那拍攝。你問我最想去哪拍攝？中國西南的森林、西藏，我從沒去過。

怎麼都不是？那我到底為什麼沒有孩子？

蒲公英沒有香味，蒲公英飛向遠方尋找失去的花香。

順手摘些花回去吧，反正都是自己山裡的東西。

莊造經過山腳的花海，是兩年前租給花農的。他想到從來沒送花給換速，也沒問過花農就開始摘。他摘了很多，多到捧在胸口，像這些花因他而繁衍，像這些花原本就長在他身上一樣。他好想快點看到換速，讓換速看到這些像插在他靜脈、淋巴、神經結的繁花。

我回來了。

莊造隔著門聽到另一邊濃厚的越南腔。

我們閹掉度咕好不好？

外行星篇

盛夏盛開的亞細亞

Midsummer in Siraya

她懂緣分的矛盾與新鮮，推不出因果的時候，
她會用阿秋的一番心得，簡單了這個現象：
洗過的牌一張都不會少，但沒人會記得上一副牌多悽慘，
努力玩好下一副就對了。

雅農等著搭上最後一班公車，原以為嘉南客運停駛了，幸好趕上六點半。人們舉著黑色的傘，雅農頂著購物袋，問婆婆們「能一起躲雨嗎？」一位很矮的婆婆高起傘，雅農躲了進去。她清楚身子虛，不能再著涼了。

婆婆們上車後認出她，漸漸，認出她的聲音變多了。車上沒人撐傘，她好想再躲回傘裡。一開始她敷衍，接著聽到許多阿嬤的事，像去年祭典摔破阿立母壺、如鬼般消瘦的身軀，和秋伯走很近等等，繼而逼問她是不是回來取代尪姨？村人認為是遲早的事，血脈就像所有串起珊瑚潭的大小湖泊。

她生來就是個女巫。婆婆們盯著她的眼睛嘀咕。「和妳阿嬤同款，尪姨少年時目珠淡得多水啊。」這就是神通的眼睛，眾人總這樣打量她，從小就是。雅農急忙推辭，解釋只是要回來照顧阿嬤，不是回來接祭典。她起身讓座，以敬老為由，一個人坐到最後一排靠窗的位子，迴避自顧自說話的人們。

望著雨點淅瀝的窗外，她看到一些車子的遠燈，打在烏山頭的湖面上，像有很多個月亮轉呀轉，製造了漩渦，又把光吞沒。蜿蜒的森林，像綠色的珊瑚將枝椏伸進湖中。她想到要坐直，摸了自己的背，卻什麼也沒摸著。

陰雨的傍晚，多久年前的事了，她和秀雄撐著傘沿湖走回村子。柔軟的雨勢帶出秀雄清朗的聲音：「因為我總是孤獨地看著別人，有一次看著妳，發覺自己不再孤獨了。」一些聲音使她又看回車內，許多黑傘在車上流淌，她忽然下腹部冰冷，水像是從她腿間流出一樣。她墊起腳尖，怕沾到那些像是自己血崩的雨。

斑芝村內唯一的公車站牌立在尪姨家門口，這暗合村人們的敬意。有人在那等著雅農，撐的傘敧了，像拿著芋頭葉，葉下是瘦不成形的塊莖。房子只住著一個人，還有很多鬼，該說是祖先吧，先死的都是祖先。雅農想像這個人是阿嬤，下車後，她才從對方的眼珠子確定了這個想像。乾癟，沒有人生在世不腐的光澤，卻有以少女骨架支撐的體態，記得幾年前阿嬤還是個臃腫微駝的老婦人。她急忙問：「阿嬤怎瘦成這樣，都沒吃晌？」一旁的眾人倒是搶著回答。

秋伯斗笠簑衣，本和一群年輕人要去開水門，見站牌前聚了眾，要小伙子先到水門那看情況。他被老君會推為今年的爐主，第一次扛下籌辦祭典的大任，從去年祭典結束就經常出入尪姨家。在他看來，神明的事沒有一件可以馬虎的，但也因為過於熱心，有些他思慕尪姨的荒唐謠言在。

他一到就聽說，「舊年前尪姨還肥嚕嚕，這陣怎跟雅農一樣瘦？現在人都愛女人瘦啦，女人瘦又不容易有身，喜歡女人瘦有什麼用？」秋伯自覺是個機會，嚴厲附和，劈頭就罵衛生所前年調來的張簡，醫術失敗，害尪姨越吃藥越瘦。他不敬！不敬神明！大小祭典從沒一次參加過！

討論張簡的人多了起來，還算正面，頂多數落他孤僻的個性讓大剌剌的村民感冒。幾次秋伯勸尪姨去柳營的大醫院看病，不要被張簡衰死，尪姨卻只懂推託。想起去年摔破壺的事，秋伯真怕今年他的祭典也搞砸了。

雅農覺得見笑，這些無一不是她的責任。如果阿嬤不是尪姨，只像一個幫她撐傘的婆婆般平凡，村人還會這麼關心嗎？不關心的話，或許她到北部的這幾年阿嬤已經……她不敢想下去，再想就是不孝。

雨落個不停，像一個陰翳的女人撥不完她的頭髮，村人的嘴巴也隨雨勢息了。尪姨是話少的人，覺得心煩，做手勢要大家回去，逕自拉著雅農走進廳子。

屋內的氣氛如同以往，簡潔，無塵，牆邊擺了幾個壺。回憶裡阿嬤訓斥：「蜘蛛會咬死鬼神，所以公廨內不能結蜘蛛絲，壺內尤其要常清洗。」阿嬤除了要求村人按時打掃公廨，自家也是一絲不苟。那麼，怕誰被咬死？

一同拜過牌位後，阿嬤回房拿了幾封錢出來，直塞給雅農。她不知道孫女何時會離開，先給她總是沒錯的。雅農知道這些都是自己寄回來的錢，信封袋上清晰的假地址，這些不存在的巷弄，確實存在一個房間，她在那毀了好幾個小生命。

她和她的男人都不想讓人找到她，她只給阿嬤電話號碼。阿嬤說，問過鬼神，大概清楚了。她從未要求雅農回來，每次通話，只說：「在外面要好好照顧自己。妳大學沒讀畢業，偏偏愛往大城市走從，妳哪有那邊的男人、女人聰明，他們說什麼妳就信，信得像神，連自己的神都不知道怎麼拜了。」

這幾年雅農有求過一次自己的神，但同其他神一樣，讓她失望。她虛弱，灰色的眼睛更為黯淡。她開心完成身為女人的使命了，舉起發抖的雙手，告訴醫生她想看，快拿過來，但醫生一直沒有動作，她沒聽見孩子哭。她緊張了，問醫生到底怎麼回事，她雙手將自己撐起，看到血紅的腿間，黑色嬰兒的脖子被臍帶勒住，像繩子綁住一塊木炭。醫生和護士正想開口善後，她扯著床單吶喊，「醫生！不是產檢都說正常嗎！為什麼！為什麼！我詛咒你！詛咒那個男人！每個人都去死！」接著她唸出沒人聽懂的話，不斷地唸，護士們害怕，醫生馬上診斷她因承受不住死嬰的打擊瘋了。她第一次覺得自己有女巫的樣子，驕傲地流淚。

雅農跪在地上，靠著阿嬤的大腿，悶著臉。雨下進了屋子，在牆角滲著，下進雅農身體裡的，從眼睛出來，沿著阿嬤纖瘦的肌肉線條向下，再次輪迴到土地上。她抬起頭，似乎想到什麼，急忙問阿嬤。「秀雄，秀雄最近有說什麼嗎？妳找他出來好不好，我想跟他說話。」阿嬤聽了凝濾，倒還能體會她的心情。

「最近沒看到伊，看到還不就是個學生模樣，你戇想伊會長大成人？明載咱去江家坐一會，你自己去看秀雄，不要老是問我。這幾年冬妳要是好好住在六甲，無定著早就能跟秀雄講話了。」雅農累了，想先回房。

該去嗎？逃離村子，不就是為了逃離江家對她的責難？為了圓心而逃離整個圓，卻又要回去被釘死在圓心上？她摸了摸腹部，或許秀雄一直在家等她。雅農早掩了房門，阿嬤還在客廳，隔著牆，她聽到雅農說過幾天再去吧。

幾年前，江家是雅農再熟悉不過的。她想到秀雄偷偷教她鋼琴，拿著她的手指一鍵一鍵地按。雅農躺在床上玩弄自己的手指，她只是在指尖轉個圈圈，卻稍微掀開了指甲，一些血滲出來，她沒擦掉，就這樣睡了。

她幫幼稚園的小孩洗手。「小朋友，下次不要拿毛筆畫同學，也不要將墨水亂甩，知道嗎？」雅農面帶微笑，怕弄濕衣服，她不得不挽起袖子，孩子們注意到她手上密密麻麻的菸疤。她感覺孩子們在害怕，小手粗糙起來，墨汁卡在鱗片裡，怎樣都洗不乾淨。她回頭看，還有更多長著鱗片的小孩排隊等著她洗，像魚。

她喘息醒了過來。「媽媽，老師的手有很多黑點，還有皺紋。」失去幼稚園的工作沒多久，阿嬤就說身體不舒服，要她回村子。

豔陽下的珊瑚潭，波光拍打她們的眼，灰色眼珠顯然是為雨天而生的。山頂上雅農不斷用白皙的手按住眼上的日光。一旁的夕子，看雅農幾次睜不開眼睛，不怎麼滿意那誇示青春的遮陽動作。

八月盛夏，雅農回來已近兩個禮拜。或許是和同輩失聯已久，沒人來找，小時候的朋友都待在城裡吧。段、潘兩家則請媒人來探口風，問的多是流言蜚語，要她答話，卻不敢看雅農冰冷的眼神。除非我被下咒了，不然不會做那種事，她說。媒婆安心回去，卻不再來提親。秋伯仍常來李家，有時還想試探雅農的能力。那沒分寸的男人，好歹是夕子五十幾年的朋友，不好拒絕，來了就當作是李家的消遣。

昨天雅農忽然說想去看秀雄，夕子想，她大概心情上已有準備。那年夏天，雅農從臺南師院回來，月女的兒子秀雄隔年要考大學，請她暑假到家中幫忙補習功課。

「是阮兩人對不起月女。」夕子到江家門口時提醒雅農一聲。她只好先拿下頭上的灰色髮夾，雖然不是當年的那一個。

從江家的落地窗，可以遠眺辯天島上的白色行館。山頂是富者的領域，大多從外地來購買企求已久的人生，別墅的主人們很少參與祭典。雅農凝視窗外，整座水庫像雙顫抖的綠色的手，捧著的是誰的臉？

月女是當地人，兒時是尪姨的厝邊，長大到國外念書，認識了從事鋼琴買賣的美籍先生。雖然婚後她加入教會，但對尪姨始終有些情感。夕子想起初次為月女收驚的情景，她溺水，過了幾天還無法說話，夕子用向水洗她的腳，嘴裡唸著，她發現這女孩兒很聰明，肯說話了，才聽一次就背起來，之後她便常教月女背頌這些古老的聲音。兒子一直排斥不學，起碼把會的教給另一個孩子比較保險。不過後來她很後悔這麼做，直到看見月女失去秀雄，她才平復一點。

三個人的見面，像是感情與仇恨的對決。月女本將雅農拒於門外，經尪姨勸說才勉強放行。進門後，月女也只顧著關心尪姨，從養生食品到推薦名醫，她怎可能理會雅農。雅農不介意，反正她是來看秀雄的，對方不理會更好。她起身去洗手間，赤腳循著木地板走道，獨自來到琴房。第一次與秀雄相遇，他穿著高中制服，彈著一架黑色的大鋼琴，有木質的瞳，一雙細長的手。

說起琴鍵的顏色，秀雄邊說邊彈了起來。彈快一點的時候，黑鍵白鍵根本分不清楚，全部灰成一片，你只能靠手感去分辨黑白。每次獨處，他常看著她那雙眼。他很喜歡鋼琴吧，他說的灰……幹嘛一直看我？哦，他回過神，我爸是棕色眼睛，我也是，爸說過就算在國外也很少看到灰眼睛的人。雅農雙手滑過黑色的琴蓋，上面的灰塵很厚，她畫出五道指紋的河流，交會出了漩渦。她想打開琴蓋讓水流走，卻沒有勇氣。即便已回到琴房，他還是沒能見到秀雄。

琴似乎不再彈了。那，那個還留著嗎？她終於掀開琴蓋，在琴蓋內面找到當年貼的一小塊透明膠帶，黏著那年秀雄和她的指紋。她撕下來，貼到自己的手機殼上。她的眼睛早在昨晚哭腫，離開前用衣服的袖子拍淨琴面。在別人家裡弄髒袖子，究竟是主人不禮貌還是客人呢？

月女說出，我是少數能唱完牽曲的人，如果祭典不是尪姨主持，我以後也不會參加之類的氣話；但她偶爾也會說出雅農在外敗德之類認真的話。在雅農回坐後，這些話題仍無避諱。敗德，敗德什麼？

到臺北幾年後，她愛上一名有教養的男人。男人不抹香水，卻有著淡淡的香水味。他買灰色的玫瑰給她，買灰色的寶石項鍊別在她的頸子，還給她一棟灰色調的屋子。什麼都很好以後，她的野心只剩要一臺鋼琴而已，男人也買了。

一個人時，琴鍵隨興滑了幾聲。她不滿足，去學琴，買琴譜、唱片，雜亂地擺滿床頭。只有琴房，她清理得像公廨一樣，沒練琴時連椅子也拿走。一開始進步很快，但來到一些難過的地方，她無法突破，近乎崩潰了。男人看著她煩惱，餵她吃藥，隔天一灘血就小產在床上。她想男人是虔誠的信徒，教宗反對墮胎，他卻甘冒之大不諱，可見男人有多愛她。之後男人常餵她吃藥，一吃就睡好久，不然就高潮好久，有次她連打掉小孩心情也是快樂的。她考慮接阿嬤上來，即便已經墮掉第三胎，她相信這名男人可以給她們最好的日子。

月女知道雅農聽到了，切實聽到敗德的形容。她看著雅農鐵灰的臉，不由得揣測她的想法：「我懷著致歉的心情面對妳，妳卻更有把握地指責我，即使妳說的都是事實，有必要在長輩前面譴責我嗎？」

「我快樂就好。」如果對方壓抑不住回嘴了，月女想如此爽快回答她。

她真有尪姨年輕時的樣子，當然也像她爸爸，尪姨的獨子。月女想起許多年前這位自己第一個喜歡的男人，內心不由得多了一陣酸處。對了，那是因為雅農身上還流著那個女人的血啊！

月女頭一次聽到傳聞時，大感意外。一位曾在她家陪讀，在那年紀如同盛夏般盛開的少女，日後要與祖靈溝通的靈媒，怎可能犯下這些罪行？

屢次自殺未遂？介入他人家庭？逼死原配？墮胎？賣淫？她不知道自己的身體，甚至靈魂，是多麼特別且值得維持信譽？月女忌妒血脈與靈媒間的關連，更不敢猜想兒子與她到底有過什麼情愫。

「我快樂就好。」雅農開口了，她居然搶了她的話，她真是個巫婆！

兒子竟為這麼一個敗德的女人而死？該死的是這女人，是個賤人，她起身指著她，「就是妳害死秀雄，妳以為只有你們李家會咒人嗎！」思念兒子的婦人放聲哭吼。江宅二樓下來幾名新生命，是秀雄死後才有的弟妹。

夕子斥責雅農，回頭急忙安撫月女。每個人死前都可能到達一種境界，秀雄做到了，妳還有這些孩子，放下吧。祖孫倆知道該離開了。

數日後下午，夕子要雅農陪她去衛生所複診。雅農始終不清楚阿嬤患了什麼病，翻了幾份藥袋，似乎是婦科方面，一些內分泌的藥，更多是止痛藥，其餘不清楚。以前的男人是醫生，她多少耳濡目染。

阿嬤常在洗澡時喚她，說痛，彎不下身清洗。雅農打開浴室，只見到一條乾涸的魚，站在宛如故鄉的水盆前。一開始她很排斥，畏懼多於羞怯，除了無意思看阿嬤私處外，更怕觸碰阿嬤的手。夕子可能是村子同輩中最纖嫩的婦人了。她執掌靈異，從沒下田的必要，用了一甲子的手，就像病死急於埋入棺槨的公主，手最堪憐地最後放入。她早注意到，孫女回村子後一直穿長袖。

昨晚夕子確實以洗澡為藉口，等雅農沾濕的手一靠近，隨即揭她袖子。不敢相信這是一個女人的手臂，但想到雅農人還健在，夕子便回定了神。數不清的割痕，多橫在把脈處，幾條直的，沿動脈一直往上割，似乎有直切心臟的決心，菸疤像點在割痕上，又像割痕之前就點了。她看雅農的手比她蒼老許多，比一個將死之人先去過地獄。不，只有手伸進地獄過，她們的手這幾年被調換了。

雅農沒哭，堅強不說話，盡責地為阿嬤清洗擦不到的身體部位。夕子沒要雅農解釋，只是抹了些肥皂，試看看能否洗掉菸疤。幾次不能後，她嘆口氣。「妳不是在室了吧，但伊毋願娶妳，我第一次就給妳阿公。」如今夕子的乳房直挺得俏麗，往年臃腫下垂，也因病體的關係妙縮了嗎？她純白的手像用薏仁粉栽種出來一樣。肉體美的展現已經告訴她孫女，這就是不隨便的女人的身體。

現在夕子和雅農候診坐著。鄉下不是什麼都不會變，只要離開後回來，面對的都是新的村子。原本衛生所的姜醫生移民了，從小雅農都掛姜的病號。習慣等於有感情嗎？她發現阿嬤在緊張，是還沒習慣張簡醫生？還是擔心病情？她沒見過阿嬤這麼緊張過，究竟是什麼病，今天一定要問清楚。護士叫到李陳夕子，她拉著孫女手臂，急忙走進去。

是我孫女，和我年輕時很像，你仔細看。雅農不懂仔細的意思。他就是張簡醫生？本以為新來的醫生是年輕人。眼前的張簡，活得健康卻顯疲憊，髮鬢斑白，配戴方形的玳瑁色眼鏡，年紀恐怕還在阿嬤之上。

雅農終於懂秋伯不信任張簡的原因，以他的年齡，難保不是醫療疏失才被調到地方上。現在張簡不看病，卻死板板看著她。她想秋伯要是在場就好了。夕子開了僵局，也曉得適時收回。她找不到健保卡，說忘了在神桌上，要雅農回去拿，順便摘些澤蘭過來答謝醫生。

護士多在櫃臺，診間只剩他們倆。「阿秋時常來煩你無？」夕子坐著問，偶爾閃爍看著張簡。她的眼睛像剛剛雅農的眼睛，除了眼角的細紋，以及摺了三四層的雙眼皮稍微下垂，閃閃的不鏽鋼般的眼睛，如同下了場鑽石雨，說那是一雙看見鬼神的眼，張簡也深信不疑。活到現在，他沒在別人眼裡見過如此幽冥的世界。他看到她眼中的景，有個處在絕望深淵的他。

張簡雪點似的鬍渣，是夕子好奇的，總想起丈夫泛著青銅色的下巴。她曾閉著眼幫丈夫刮鬍子，沒傷著他，為兩人的默契開心好久。

一切都是初次診療後的反應，如果是年輕醫師，她相信不會有任何一方動情。內診時，一條細長的東西在前進，但好溫柔，那是丈夫死後不曾被觸碰過的部位，當她聽到自己的病症後，罪惡感才減輕了些。

張簡握著夕子的手腕，她轉動手之處。夕子壓低嗓門，這樣的果，我來受。她快哭了嗎？掙動手表示想走。「我們一起受！」張簡以近乎破嗓的聲音發誓。她感覺被握住的手腕，有些血液回流了，即便是這樣一個小小的血液上的不循環，他也不放過地表現。她眼睛充血，但乾澀流不出淚水，一根睫毛適時地飄落，沒有淚滴得快，悸動反而延長。張簡約她明晚，在土壩上。

是種截然不同的愛，丈夫生前對她粗暴直接，雖然善良，但不懂如何體貼地撫摸她；或許丈夫也懂張簡這種愛，可是來不及表現，就已辭世。

衛生所沒有其他病人，雅農想阿嬤還在診間吧，拿著事先祈禱的澤蘭，敲了門進去。她見阿嬤眼睛紅紅的，醫生也有點倉皇，難道病情已經……

張簡認為這是勸夕子到國外手術的機會，他早查到歐美哪些醫院擁有治療子宮頸癌的最新技術。他不明白夕子既然與他相愛卻不積極尋求治療的想法，現在也只能寄望她孫女說動她。

他展現專業，詳細解說李陳夕子目前病情，並拿出他帶夕子到其他醫院檢查的診斷書。夕子沒有插嘴或逃避，沉默聽著，期間，她幫雅農撥了幾次頭髮，還微微哼著牽曲，感覺上她似乎比張簡走得更遠，病情已經不在她的考量。

張簡看到雅農幾朵絕美的眼淚從眼角滑向臉龐的最深處，卻遲遲沒有墜落。他想幫她割開眼角，讓更多的淚水出來。多一點，再多一點啊！他不僅希望讓夕子心軟，更把雅農哭的舉動視為年輕的夕子對他用情至深的感謝。

雅農焦急萬分，她要阿嬤到更大的醫院詳細檢查，臺北，臺北的醫院好了，等結果出來，趕快決定到國外哪家醫院動手術。一切都得快一點。她還盤算到，先不用擔心錢，江姨肯定會出。

護士走進來，感受到凝固的氛圍，忘了手上拿的是有隱私的東西，她像平時對醫生說話那般。「張簡醫生，你的健檢報告寄來了。」

夕子推說祭典的時間近了，得先陪大夥練習。但雅農怎能放心，眼看魔鬼正逐步蠶食親人的身體，卻還想帶著魔鬼去祭神，難道打算拉魔鬼一起死？

雅農向統籌今年祭典的秋伯說了，討論有什麼辦法，強迫帶去醫院也好。程秋訝異離祭典剩不到兩個月，這對靈媒孫孃居然捅了個大簍子。要是尪姨死了怎辦？她孫女離鄉背井五六年沒參加祭典，她能成事嗎？初次上場可千萬給我留到明年！秋伯按農民曆選了一天早上去李家。宜：求醫。

雅農避開他們見面，獨自到市區各家大型醫院詢問。一方面怕阿孃離開她，另一方面就像秋伯懷疑的，她有什麼能力接下祭典？最重要的是，她看不到鬼，她就像村裡任何一個會唱牽曲的人一樣，只是保有民俗精神，卻喪失了能力。她不要這麼早接班，甚至希望永遠不要承擔，後悔回到這個祀壺之村，她無法同時做好賤人與聖女兩種角色。

「我講坦白一點，咱熟識這麼多年了，妳若是撒手，雅農怎麼辦？伊學會妳全部的經驗了？是不是還有什麼沒教伊？伊甘會曉用？」一秋伯來探聽雅農是否有足夠的能力。他愛賭，賭了一輩子，這時候只能大小通押了。他也曾聽過雅農一些傳言，認為是無稽的話，神選擇的人，怎可能有如此骯髒不堪的過去！

夕子的不滿隱藏在神性裡，她怕因為病情，自己和張簡之間的事連帶引起注意。她早懷疑一位護士了，那女人似乎偷聽成性，更處理醫生每天接觸的病歷、公文，難保感受到了什麼。

她也不懂雅農為何還看不到鬼，日本時代她就能見鬼神了。初夜，她和丈夫說有鬼盯著他們看，她還說，鬼……想要先來。丈夫不怕鬼，硬是得到了她。她一直懷疑是否那一次的不敬，導致他日後早殤。

我一輩子想像的女孩就是妳的樣子。前晚在土壩上，她和張簡，兩個人太瘦，擁抱還有許多空隙。你想要的女孩是我孫女的模樣。夕子若有所思，懷裡的她，看著夜裡的櫻花樹，夏季自然不開，回憶裡都是灰色的。八田先生剛種這些櫻花下去，丈夫就剪了她一把頭髮，偷偷埋在某一株櫻花樹下。他到死都沒說是哪一株，死後連鬼也沒見到過，又怎麼問。

夕子要阿秋別抖漏病情。她是要坐化，修行不成將無法變成小壺留在阿立母旁，「你會是罪人，阿秋，你甘知影！」看阿秋一時愣住，她轉趨平和。明年一月，藍色蓮霧結果子的時陣，我才成仙，不妨礙你的祭典。她回房取出一個壺，要阿秋拿給張簡。阿秋納悶？因為我怨他，隨後補上說他醫術毋好，咒他快離開村子。阿秋聽了滿意，要是張簡能在祭典前離開村子更好，答應下午就拿去。

死並毋可怕。妳秋伯來找過我，莫再找人苦勸我看醫生，不想讓外人知影我身體的狀況。雅農帶著疲憊與絕望踏進家門，卻聽到有人說不怕死。對，死對已死的人而言並不可怕，但對還沒死的人來說，妳知道有多可怕嗎？

許多年前，當夕子趕到嘉義，屋子裡還活著的人就只剩警察了。現場留有遺書，她不識字，由警察幫忙代讀：「媽，好好照顧自己，照顧雅農，我先去見爸了。」法醫只對兒子那雙灰色的眼睛感興趣，最後用研究的名義挖走。她降了靈才知道是那過門的女人拖著兒子一起死，兒子似乎一直為感情操煩。

「明載和我去公廨。放向、收向、安七星都忘記按怎做了吧，不要再去醫院問東問西浪費時間，多跟我學點物件，又毋是妳看病，時常走醫院無采工。妳要想著接我的工課，這才是應該做的。」

「妳守寡一世人，成就妳的道行，像我這種下賤查某，當什麼靈媒啊？」雅農說。夕子直覺想到月女和村人們的傳聞，他們又總含糊地講。

「什麼賤，妳幹了什麼？」夕子緊張問，又急口說：「不要管別人，妳灰色的目珠就是天分的證明！以後妳不管生男生女都會牽魂！」她害怕雅農說出可怕的事，難道她已經能看到鬼了？有鬼說了張簡的事？

「生男生女？早沒小孩了。」雅農突然背對她，沉默了一會。「後面揹了很多個吧，妳是怕我難過裝做沒看到？還是早看到了，只是想找個好時機問我？我看不到他們，妳幫我看看他們長什麼模樣。」

夕子空白了一陣，自從愛上張簡，她就看不見任何鬼了。刻意打破的壺，不止是去年祭典，她將打破的壺都掃到床底，看鬼會不會特地現身復仇，結果還是什麼都看不到。復仇或許有吧，她驚覺到這點，她真的快死了。

「妳怎不講話，那些孩子是不是都太醜陋了，沒有遺傳妳漂亮的灰色眼睛，他們或許像爸火化時一樣沒有眼睛吧。妳看得到死去的人，我卻連自己的父母都看不到。妳還看得到秀雄，那時候我難過，妳說他在身旁安慰我，還幫我別上髮夾，可是我什麼都看不到、感覺不到。既然別人都看不到，為什麼妳就要說妳看到！」

夕子想起雅農小時候拉著她的裙，問爸媽的靈今天在做什麼？吃飯的時候，爸媽一起吃嗎？夕子一陣心疼，但不懂孫女為什麼特別在意秀雄，即使他的死是她造成的。她會離開村子，是責任、道德等理由使然，但詭異的互動總可以在成為鬼的秀雄與活著的雅農身上看見。雅農坐到椅子上，仍背對夕子，夕子感覺她在哭，看著一個好像自己的背影，夕子忽然明白了。

「妳年紀比秀雄大，還是他家教，妳按怎可以……」夕子不忍說下去，難怪雅農一直看不到靈，一方面想見秀雄，另一方面卻又不敢面對秀雄，她根本不想擁有那樣的能力。逃避鬼就是逃避回憶。夕子一輩子感嘆靈媒可以預知未來，接觸鬼神，卻無法看透人的想法。

雅農的事似乎給了夕子推力，她認可了一個古老的理念。她懂緣分的矛盾與新鮮，推不出因果的時候，她會用阿秋的一番心得，簡單了這個現象：洗過的牌一張都不會少，但沒人會記得上一副牌多悽慘，努力玩好下一副就對了。

她過去安慰雅農。「可以的，妳會看到的，等我離開了後。」

「去一個跟伊在一起的地方。」夕子下了這個心願。

秀雄彈起德布西的Reverie，「姊姊的眼淚都在擦眼睛，那天我看到妳哭了。」

「所以，這首曲子是你特地為我練的嗎？」雅農不知不覺在椅子上睡著了。

下午程秋拿來一個壺。他平時就會來衛生所嘲諷一番：「較早以前姜醫生每屆祭典都會參加，怕村民吃生豬肉傳染寄生蟲，在現場阻止阮大家；但是你咧，你連村民祭典時喝到假酒中毒，嘛是隔天看報紙才知影。」

他直接走入診間，將張簡整個人壓在牆角咬牙地說：「你這個禽生，伊是阮這輩當中尚美麗的人，就要被你玩了了了。這是伊特別要我拿來的，你明白了無，為自己的無能去死吧，以後有得你受了，看你甘會下地獄！」

說畢，程秋對壺合十拜了一次，走了出去。

張簡要護士們別張揚。已屆八點，醫事人員都下班了，衛生所只剩他一位。幾個月來他不斷到大醫院做健康檢查，是最詳細的那種，好發現自己有沒有什麼足以致死的潛在疾病，但癌症指數每次都低於六。他就是自己少見的那種健康的人，死神連他的影子都不曾觸摸過，卻已經深入愛人的子宮。

他年輕時雖有過幾次論及婚嫁的戀情，但他看她們都是病人，只好像打發病人一樣打發掉。沒有妻兒的生活，你說他自在他就回答你寂寞，你說他寂寞他就回答你自在。他請調到西拉雅風景區養老，想為寂寞的人生一圓最後的自在。

初見夕子那天，她難以啟齒地形容腹部的感覺，有點像懷孕的陣痛，小孩在踢，張簡從她臉上看到幸福的紅暈，一度以為她懷孕了。她的臉不像一般的女人複雜，她只用鑽石光芒的眼睛捕捉你的目光，如同外頭，閃耀的，盛夏盛開的時節。他明白這是第一次也是最後一次的機會，可一不可再。

內診時他的手在顫。或許真是個孩子吧。結果卻是他到現在仍會噁心不止的畫面，腫瘤像一個胎兒的形狀。這年齡的愛沒有迎接新生命的狂喜，只是在一起製造絕望的感覺。他剛愛上一個女人，就得親口宣布她剩多少時間。他的白色巨塔應聲崩潰，但還想救塔裡的女人。

她終於默許他的追求，這不容易，村裡都是熟識，他們幾乎只能在診間曖昧。張簡想帶她走，她說不離開，她是村子的心靈。窗外的雨彼此打散彼此，現在他喜歡雨天，看著灰色的天空想起她，雨後她也將消散了嗎？還是像雨水蒸散後重聚成雲，到另一個國度再次落下？

程秋知道他們的事？他說得沒錯，自己救不了她，而送她到國外就像把責任推給外國人一樣。他習慣性地，用內視鏡往壺裡頭探，看見一張照片。他拿起壺開始倒，掉出一張尚未泛黃的學生照，那不會是他們的年代，才想到這是雅農。自從見過她，夕子年輕的樣子就不僅僅是有跡可尋了，他明白愛的是夕子，卻只能以想像雅農的臉孔和身軀來滿足體內的壯年。

前一晚櫻花樹下的擁抱，他觸診出夕子體內的敗壞，搖起來還是空的，她空洞得像個漩渦要把他給吸了。他不惜用公開他們的手段，交換她離開村子就醫。

「夕子，你有努力看到我們的未來嗎？」

會死。我沒辦法看到，真正會死，什麼都救不了。咱已經多少歲了，就算逃過這次，下一次呢，下一次也不遠了吧？難道要一直逃嗎？逃誰？死？還是害怕死了就代表變心？愛情對老人是奢侈品，他簡約了夕子的話。

是我孫女，和我年輕時很像。他反覆推敲雅農的照片，彷彿稍微能接近那女巫的意指。他有個可怕的念頭漸漸萌生，一個老套卻又能瞬間永恆的作法。他拿起一瓶藥，玻璃罐裡裝著一顆顆小小的種子，他吞幾顆了之後，胃像被人一手掐住的麻雀，用力地擰出血來。緣分的目的不就是要將人導向滅亡？「我是尪姨，醫生是魔術師……」他記得昨晚櫻花樹下握著她的乳房，她說的羞澀的話。

八田，八田夫婦，我看到他們現在正活著的幸福。

秀雄彈錯一個音之後停了，雅農在斷訊的琴聲中醒來。怎睡在椅子上了？她回房前看一下阿嬤睡了沒。孩提時曾懷疑阿嬤在夜晚跑出去吃人，她這樣想其實也只是要阿嬤能陪她睡。

天空像不斷被刨的冰塊。雅農在鄰近的巷子找了幾次，半夜一點會去哪？覺得不行，叫了秋伯、妗婆，他們又再叫了些人。秋伯驚覺嚴重，「透早明明還講笑話要咒我，伊身體不好，恐驚伊會在叨位不小心往生去。」

村人個個納悶尪姨的情況。祭典將近，或許是去麻豆、佳里等同樣平埔族的村子拜訪吧。雅農知道祭典前的準備，拜訪是秋伯的工作，祭典前尪姨更不該遠離村子。情急之下，她說了阿嬤生病的事。拜託，拜託大家今晚認真找找！

秋伯、老君會的長老們，把能叫的都叫來，警消也積極加入搜索，今天斑芝村的他們要去救女巫。大夥討論尪姨可能去的地方，雅農和阿嬤最親，但離開村子數年，對阿嬤平常時的生活，能提供的線索反而不如其他村民豐富。又要像秀雄那時候一樣了嗎？只能枯等，什麼也幫不了。

灰色的髮夾掉到大圳的邊坡上。「秀雄，不要撿了，再買一個就好。」「什麼再買一個？不要，這是我送你的。」微微的雨，她陶醉在秀雄的意志裡，直到秀雄上來時滑了一跤，她才感到人意志的可怕。她沿著堤防不斷叫人來救，明明沒下什麼雨，水卻像殺生放血般猛烈，圳裡的東西早汰換過無數次。

秀雄掉進裸露的血管，一直流，流向哪？心臟？可是沒有，嘉南大圳的水不會流回珊瑚潭，雅農笨到在水庫的土壩上等他。也許他會走路回來吧。

隔天秀雄在雨中被撈起。「姊姊，水裡好多葉子。」一個不斷的惡夢。江姨看到兒子手中握著灰色的髮夾，是那女人的，她扳開僵硬的手指，搶了髮夾丟向那女人，雅農蹲下來，兩手的掌根抵著眼窩，可以感覺到眼淚沿著手肘滴著。隱約聽到她說，「不是說長大要娶我嗎？」聽到的人不敢相信，沒說出去過。

為什麼我總在失去最親的人？

雅農不甘心，咬著唇直到感覺血味。烏山頭下著塵埃般的雨，不是霧，因為落太快了。李家的墓已有人看著，那是可能的地方，另外橡皮艇也穿梭在湖面上，做了最徹底的打算。更多人開車去找，他們沿著湖，像碗邊上來回的螞蟻。秋伯要雅農上他的農用貨車，萬一尪姨出事，他只剩這個女巫，千萬得顧好。

雅農能肯定一點，阿嬤真想死的話，一定是在水庫。

「水庫是八田先生蓋的，可是也是妳阿公蓋的，那時候官田、六甲、東山的人都來搬石頭，一天兩塊錢。」阿嬤提到阿公時，最常說搬石頭的事。「戇人，講要賺娶我的錢。」阿嬤拿著一枚大正年間的舊錢幣，對她說。

雅農問秋伯，「阿公阿嬤平時愛去哪？」程秋年輕時也問過夕子，會是哪？

「以我和尪姨交陪的經驗，這款代誌她只放心內，不會有人知影。妳問我這個，不如問阿立母，問鬼仔，鬼仔不講妳就跟他們交易，別忘記妳嘛是尪姨！」雅農聽完閉上眼，試著頌唸幾段從小阿嬤教她背的平埔族咒語，或許吧，或許能成。

一段時間後，她看到很多人在路上，原本以為是村子裡的人，但從一些姿勢和表情，她發覺那不會是人。終於她看到了那些，似乎是活在過去的人。秋伯見她眼睛總盯著奇怪的地方，和夕子一樣，他知道她看見了。

「雅農，把鬼仔當作是溫柔的人影。」秋伯說了和阿嬤一樣的話。

眾鬼們的指引很分歧，雅農不知道怎麼選擇。「找妳看過的人，快。」秋伯說。雅農看到一位很眼熟的年輕人，他們肯定認識，卻又像從未見過。秋伯說沒看到，也不敢靠近，要雅農自己下車問那個人。

她下車，那個男人有真實的形狀。真的是鬼嗎？對方一開口就要交換灰色髮夾。雅農不肯，他提醒，妳阿嬤就快死了。雅農看著手中的髮夾，看著看著眼睛溼了，她哽咽地拿給他。「快告訴我！」雅農喊道。對方手裡拿過髮夾，重新別回雅農的頭髮上。「她在西口等我。」鬼說。

有些事雅農來不及想，她要秋伯快開車去西口。幾位年輕人跟著秋伯的車，一七四縣道沒有路燈，雨夜沒有月光。雅農看到，許多鬼魅如同黑色布幔上點點的亮光，在閃爍、在浮游，深海裡的生命。

到了西口，果然見到尪姨在水裡，她慢慢走向天井漩渦，程秋認出那是她年輕常穿的白色衣裙，遠看模糊掉夕子臉的是滿滿洋溢著的幸福，她甚至像少女般俏皮地揮手再見。雅農的叫喚被水聲淹沒，夕子隨即成了一道白色的漩渦。之前程秋只見她揮過一次手，她開心嫁人那天。夕子想輪迴的，是向雅農要髮夾的那個人嗎？程秋懷疑是那個人，四十幾年前村子大家都認識的，女巫嫁的男人。

吸進水渦，害了害了。秋伯領軍，叫大夥趕緊到下方湍急的圳口處救人。巨大的水柱噴出，是自地底冒出的逆雨，人們被逆雨淋濕，手電筒微小的光芒照不見尪姨病垮到妖美的身形。秋伯坐了下來，怒打地面，直說流到水庫了。

四五點，天還沒亮，數不清的黑傘聚集壩上，彷彿十月底的夜祭提早開始。村民在進水口發現人浮了出來，臉仰著，雙臂垂在水裡，像一張平坦的白桌。

水警將尪姨移上岸後，一些人喊阿立母跪了下來。浸水過的夕子，原本乾癟的皮膚，浮腫卻顯光滑，也洗掉了皺紋，臉頰豐潤起來，老一輩的肯定這是年輕的尪姨。大部分的人呆立著，今晚的事他們不想和人提起，出去的人只想聽家鄉的傳奇，卻從不回來。「妳真正成仙了？」秋伯見尪姨衣服半透明，脫下外套遮擋，並領幾個人圍著，唱起悲傷的牽曲。

雅農驚訝，但沒哭。死了沒關係，我還是可以看到阿嬤。她照步驟為阿嬤祈冥福，另外暗自唸著別的咒，要喚阿嬤的靈現身，卻怎麼唸都沒用。她懷疑所謂的「見鬼」，單純只是腦海的幻覺，而不是真正的存在。雅農抱著冰冷卻年輕的夕子，原本的鎮定，馬上慌成了淚水。她發覺到現在的夕子像自己，於是她挽起袖子露出全部的傷疤，公開讓所有的人檢視和區別。

難道阿嬤一生說能見鬼都是騙人的？沒有人可以回答她的問題，她將逐漸明白女巫所明白過的。一個新祭司，就是一個新的時代。秋伯懂這道理，同老君會等人，在夕子和村民前認證雅農為新的尪姨。今年祭典由她主持。

她想起剛才那個人。是秀雄嗎？是他長大的樣子？雅農將手機上的透明膠帶撕起、對折，把兩枚指紋黏疊在一起，默唸了幾聲。不一會，透明反光的膠帶在黝黑的湖面漂著，如一顆明星。

ㄏ

不可思議的左手

Lefty's Old Guitar

我已經逐漸習慣與左手和平共處，接受自己成為左撇子這個事實。慢慢地我也發現左撇子的好處，比如寫直行的中文字不會弄髒紙，合理懷疑中文字是左撇子所發明。

像是一個不可思議的早晨，我發現了我不可思議的左手。

清晨四點半，拉開落地窗，仍舊是一片無法聚焦的黑暗。窗外的一切無聲地移動，事實上窗內也是沒有聲音的，每樣東西都站定在原本的位子上，靜靜過了一整晚。

妻子還在睡。我年輕的時候很懶惰，後來到了不得不照顧身體的年紀，發現只要以妻子為目標，什麼都不用思考，只要比她勤勞就可以達到養生的效果，就能活得更久一點，甚至活得比她久。從此以後，我比她早起，吃完飯比她早洗碗，任何事都搶先去做。可是我不會全部處理，我只是先做一部分，或者做一半之後就不做了，剩下的還是交給妻子去完成。

不過今早當我走到浴室盥洗，把冷水打在臉上的時候，我感覺遠方隱約有什麼東西在沸騰，慢慢地靠近，然後像巨大的蟬聲在天亮之前從窗外震動進來。雖然那聲音很快就平息了，但我連臉都還沒擦乾就趕緊走回房裡，問妻子有沒有聽到什麼奇怪的聲音？

她一如既往地說，你起床了啊，表示什麼也沒聽到，接著起身到廚房，為一家人準備早餐。稍後，她先為我端來一碗溫熱的豆漿，放在客廳桌上。我不停地以湯匙攪拌豆漿，沉思那個聲音。或許是地鳴吧。我拿起遙控器打開電視，緊盯著新聞臺，包括國外的CNN、BBC，然而都沒有任何關於地震的消息。

大約過了一小時，兒子和媳婦起床。像事先商量好的一樣，他們總是一起從房間開門出來。兒子高大又安靜，有他爺爺的體格，他照例在餐桌上打開他的筆記型電腦收信。媳婦則去幫妻子，不過通常妻子已經快準備好每件事。沒多久，四歲小孫子也起床了，他有早起的好習慣，兒子為他打造了一個專屬的夢幻房間，堆滿玩具和童書。但我還是覺得，這年紀的小孩就該跟媽媽一起睡，而不是爸媽每天睡一起。

我們開始用餐。自從小孫子出生後，一家人都過著這樣的早晨。

「爺爺好厲害。」小孫子看我用筷子夾起一顆土豆，「爺爺，你為什麼跟大家都拿不同邊？」

這時我才意識到筷子是在我的左手上，連我自己也不敢相信地看著自己的左手。全家人都是右撇子，兒子是醫生，他一定看到了吧，看到我用左手拿筷子了吧？果然他問我了。

「爸，右手不舒服嗎？是關節發炎？還是肌腱發炎？」說完兒子已經挽起衣袖要幫我看看。

我怎會懂得關節發炎跟肌腱發炎的區別？而且右手廢了，也不代表左手就可以俐落地拿筷子。關鍵在於左手，而不是右手，怎麼連這點邏輯都搞不清楚。

我將筷子換回右手，順便夾了幾道菜試試，並無任何不妥。

「沒什麼。剛才喝豆漿，右手有些燙到罷了。」

妻子和媳婦隨即繼續她們的話題，她們每天無話不談，反而更像一對母女。平時不太說話的兒子，也被她們聊天的內容吸引過去。此時我的注意力全在我的左手上，這個時候我還沒發現自己身上的變化，不曉得左手已經開始了無法逆轉的過程。我真正瞭解我的左手，也是從今天開始。

飯後我還是有點擔心，在客廳反覆做一些伸展動作。兒子出門到榮總看診前，我向他詳細詢問中風的症狀。

「會麻痺、暈眩、噁心、複視、視力模糊、走路困難、行動遲緩；一邊身體軟弱、流口水；說話不清楚或聽不懂別人說的話、喪失時間感和空間感；各種症狀不一而足，總之，因出血部位不同而有不同的症狀。爸，你是不是哪裡不舒服？」他站在玄關說，並提醒媳婦在家要注意我的情況。

「也不是不舒服，只是覺得年紀大了多少該注意點。」我說。

兒子像背書一樣唸了一整串症狀給我，還是覺得話不投機，但我好像聽到關鍵字了：「一邊身體軟弱。」我回到房間的桌子前，假裝伏案，右手和以前一樣能流暢地寫字。我放下筆，右手拿起一疊書，力氣也沒有減弱，告訴自己別太在意。

不過當我又看著晾在桌上的筆時，心想還是嘗試看看，或許會知難而退，結果卻極其自然的，我第一次用左手寫出我的名字。那感覺真是不可思議，雖然和右手的筆跡完全不同，卻同樣整齊、迅速，有自己的結構原則，就像是另一個人寫出來的字一樣。接著，左手寫其他字也都沒問題。

中午吃飯的時候，我還是不經意地用左手拿起筷子，當下發現後趕緊將筷子遞給了右手，這次家人則沒注意到我的異樣。我一邊咀嚼，一邊詳細推敲身體每個部位最近的情況，沒辦法專心吃飯，因此有些腹脹。

下午妻子和媳婦一起到復興南路的ＳＯＧＯ百貨，去逛超市，她們對琳瑯滿目的食材總有濃厚的興趣。我則留在家看小孫子，他在客廳的地板上玩一隻暴龍。原來暴龍一隻手只有兩根指頭，如果暴龍也會數數的話，大概是四進位的吧，只需要「〇、一、二、三」這四個數字，就能標記所有整數。ＤＮＡ的編碼就是四進位制。

我開始冷靜下來，終於有自己的時間可以好好處理左手的問題。我坐在客廳沙發仔細回想，從前陣子開始，似乎已經有徵兆。比如背上一個過去雙手都抓不到癢的地方，現在左手可以輕易抓癢；還有以前都用右手扭乾毛巾，現在用左手扭乾還比較順；今天也是左手拿湯匙喝豆漿，左手拿遙控器轉臺。

我的右手沒有退化，若真想用右手，還是可以正常使用。右手依舊維持過去的水準，只是左手變得更為主動罷了。這樣的左手就好像天上的什麼突然降臨到我身上一樣，當然不是我的一部分。我原本的左手被換掉了，被換成某個左撇子的左手。我得趕快找回我平凡的左手才行。甚至不只是左手，我感覺整個左半邊都不約而同有了些微的變化，身體的支點在往左偏移。

晚餐前家人陸續回來。妻子和媳婦今天從超市買了不少生鮮，逐一煮好端上桌。我左手舀起湯，看到了幾片肉；我把湯匙放下，肉片就又沉下去。

以前傳統市場直接陳列許多動物的屍體，雖然衛生條件堪慮，但起碼讓人知道食物是怎麼來的。現在動物都在一個不為人知的地方被一種高度文明的手段給仔細地處理了，超市架上只放著一盤一盤整齊乾淨的食材。也許正因為生活中缺乏關於死亡的啟蒙，我們變得不珍惜食物，也不珍惜生命，取而代之的是輕易的死、殘忍的死、數據的死、藝術的死，填補我們對死亡的想像。

小時候的雙連老家，還有整片的稻田和溝渠，我經常在那裡目睹生命的代謝。門口拴的老狗，破殼而出的小雞，田埂踩碎的蝸牛，屋簷下張嘴的燕子，天空下死去的老鷹。我曾送走了祖父母，送走了父母，現在我也要送走自己了嗎？我是否行將就木了？左手的情況也許是種迴光反照。整晚我都想著這些事情。

第二日，我照樣比妻子早起，天也還沒亮。我得盡快在家人都起床前瞭解左手「復原」了沒有。從盥洗、如廁、刷牙，簡單熱了豆漿，到最後決定一個人先吃早餐，整個過程左手都不斷採取主動，而右手就像是個安安靜靜的傢伙在一旁靜默著。於是我帶著和昨天一樣疑惑不解的心情，迎接家人起床。

他們吃早餐的時候，我站在客廳，看著落地窗外緩慢移動的車子。距離越遠，看過去就越緩慢。我回答妻子說，起床太餓所以先吃了。兒子聽到後，邊嚼飯邊肯定我說，「爸這麼做就對了，餓了就別忍耐，對胃比較好，尤其早餐，都空腹六七個小時了。」我不想回話，靜靜看著窗外。

下午到附近的仁愛國中運動。我一邊在操場走著一邊望向附近最高的一棟大樓。我順便問了幾位同輩的街坊鄰居，有沒有左手突然變得好使的情況。

一位綁馬尾，幾乎每天都來運動的高壯老漢，他一邊拿毛巾擦汗一邊說，年輕時做過粗重，那幾年操得吃力，老了神經發炎，右手的拇指無法彎曲，連綁橡皮筋還得用左手綁。他說自己現在也很依賴左手。

另一位臥蠶有疤痕的歐巴桑說，她洗肉粽葉，都要把頭尾剪掉，不然容易藏污納垢，但一直用右手剪，手會痠，速度也會越來越慢，所以想到換左手剪，這樣就可以剪很快不用休息。

可是這些都不是我的情況。我沒有刻意訓練左手，右手也沒有受傷或退化，唯一的變化就只是，左手現在也能做右手所做過的任何事。

我曾經從事相當倚賴右手的工作，很簡單，就是算數。所謂的「工程數學」就是一些連建築師、工程師都覺得複雜的計算問題，他們先填好數據，然後交給我們商社來處理。舉凡電梯、吊車、隧道的負重安全係數；建築物的建蔽率、容積率；或者車床、模具的精準對接；交通工具的流力、壓力、G力、摩擦力等等。總括來說，我的工作就是去找出物體的「臨界點」，只有知道了「臨界點」，才能去估量這個物體的實用性和商業性。在十大建設的年代，我們商社賺進不少錢，海內外很多知名的建築物，都曾經只是我們桌子前的一堆數字。

七〇年代電子計算機開始普遍之前，數學再好，也只能心算、筆算，再複雜點的使用計算尺、手搖計算機，或者選擇速度最快的珠算。之後，當我看到後輩使用電腦很快算出各個工程項目時，我知道自己該退休了。透過電腦計算確實更快速安全，我沒有理由占據位子。工作了那麼多年，對於「獲得」什麼正解我已經厭倦了，我想要的是無法估量的「感受」。有時候我獲得很多，卻沒有任何的感受；而有時候我感受到很多，卻什麼也沒有獲得。

我有自己對數字的品味，總之不是那種會說出「質數是不受任何支配的完全獨立的數」，或是「虛數是嚴謹的虛無」的那種算數者。我更在乎數字的實用性，而不是數字的哲學意義。數字就是數字，對我來說只是如此。

現在一家人所住的大樓，是我退休前接的最後一筆工程。這棟大樓也是我用最高標準去計算檢測的大樓，到現在還記得每個角落的向量、樑柱比、鋼骨結構的參數，一切都像是昨天才計算過的一樣。

回到家之後，我想著今天操場的事。也許就像一場運動競賽，左右手從我們出生後就開始較勁，都想勝過另一方主導對方。我目前的狀態，就只是左手終於等到它勝出的那一刻罷了。也許很多人的壽命，都還不夠等到這一刻的出現。

我試圖這樣安慰自己。

可是右手怎麼這麼安分，安分到都忘了它的存在。洗澡前我對著連身鏡，不斷往鏡子的裡頭瞧。左手右手，左腳右腳，左邊的身體，右邊的身體。除了老了一點，都還是我的身體。

一個禮拜後，我決定到大醫院檢查。這陣子不斷被迫去適應我的左手，生活上的左右失衡已經讓我失眠。我害怕左手會在我睡著後不自覺地活動起來，去做它任何想做的事。甚至手這種東西到底是用來做什麼的，都已經讓我產生困惑。我甚至悲觀地認為，我已經失去了原本的左手，現在是兩隻右手。

腦神經內科的醫生告訴我，有一種「異己手綜合症」，通常發生在大腦受損或者遭到感染之後，症狀是其中一隻手會做出不受意識控制的動作，甚至和意識的命令唱反調。就像右手正在寫信，左手開始把信撕掉；或者右手正在按電話號碼，左手就把電話掛上。醫生停頓下來，看著我的左手。他說，雖然我的左手因不名原因變得更加靈活，但由於我是「有意識的使用左手」，尚不能視為一種病理表現，必須詳細檢查之後才可以判斷。

我平躺在一張床上，被送進核磁共振的管狀結構中，類似烤竹筒飯發出的劈啪聲，機械的噪音如同經文纏繞全身，像正在進行一場驅邪儀式。我更篤定我的左手現在是個魔鬼，旁門左道的異類，我一定要想辦法把它從我的身上驅逐出去！

等待報告的過程相當難熬。如果突然變成左撇子是某種潛在疾病的徵兆，那麼現在的我其實已相當危險了。長久以來我都恐懼一種東西，死亡。除了阿爸、阿母很早就往生了以外，之後我的家人和周遭的朋友，每一位都還健在。也就是說，死亡這種悲劇性的東西，已經很久被擋在我的生活圈外了。可是，這就好像所有人都站在懸崖邊上，終究有人會先往前跨一步吧？懸崖本身什麼都不用做，一切就會持續進行。誰會先離開？目前誰最可能離開？這種還沒有人死卻又必然會有人死的設定，簡直是個恐怖平衡。

我持續睡不好。每當失眠，就會感覺到身旁的人活生生的呼吸著。如果對方是頑強地符合生命韻律般活著，那麼自己現在又是什麼情況？失眠就是這樣的狀態。看著妻子睡著的樣子，我憐憫我們兩個。

我在馬祖當了三年兵回來，進入前輩介紹的工程計算商社，因而認識了妻子。妻子一個人來臺灣，在大陸時她就已經是孤兒，三通後也從未回去。她曾對我說，自己是真的什麼也沒有的來到這個世界上。雖然苦過一陣子，但後來她很幸運地被社長夫人認作乾妹，在商社幫忙遞件還有「管紙」。不管是繪圖還是計算，商社每天都耗費大量的紙，那時候社內很多人追求她，由於我經常把算過的白報紙用橡皮擦乾淨後反覆使用，於是妻子開始注意到我。

剛交往的日子，我把每個式子都寫得很漂亮，算數對我而言變成類似素描般浪漫的東西。我想在那時候，數學被我放逐了，在沒有生命的地方沒有生命地自動運算著。可是結婚之後這些數字又全部回來了，從工作到家庭都緊跟著我，就像是組成我身體密度的東西一樣。退休後，我才有比較多的時間和妻子互動，大概除了新婚前後，就是現在兩個人感情最好。世界上最瞭解我的人也確實是妻子。

檢查的事我並未讓家人知道，打算等報告出來，有個結果後再告訴他們，免得妻子這段時間陪我操煩。幾次她半夜醒來看我沒睡，問我是不是哪不舒服。這年紀最常被問的，就是哪不舒服吧。可是妻子不會像兒子一副很有條理地設想好每一步，她只會在沒有開燈的房間，挪移身子靠近我，然後什麼也不再多說。

妻子睡著後，我的左手連同那些負面的想法重新熱絡起來。死亡是怎樣的一種東西？一個動作、一件物體、一塊地方，或者只是一堆數字？現代醫學確實使人類的平均壽命延長了三、四十年，可是這個漂亮的數據其實是大量減少了早夭的嬰幼兒，也就是說成年後的平均壽命，很可能只是有限地增加幾年而已。一想到這裡，黑夜就從遙遠的地方透過窗子進來，真正吞噬了我。

幾次我已經做好準備，等待最糟糕的結果。候診區內，我看著自己的掌紋，雙手極不協調，右手的生命線很長，左手卻相對的非常短。它總是在不斷加深我的不安。然而，隨著檢驗報告一一出爐，我反而疑惑不解。醫生統整各項數據之後告訴我，不管是腦部還是其他檢查，全都正常，左手的問題很可能只是心理因素。

可是為什麼左手的肌肉和骨架也有跟著調整的感覺？我急著問。心理因素的說法顯然說不過去。醫生拿下口罩說，人的身體還有許多醫學尚不清楚的機制，病患太有科學精神，對身體的每個現象都要追根究底，只是增添不必要的煩惱。

看來我試圖從醫院找出變成左撇子的原因，是行不通了。不過至少可以確定沒有立即的生命危險，這是現代醫學可以老老實實回答我的。從醫院回來後，我照醫生的建議，將左手的問題轉往別的方向尋求解答。

如果不是疾病，會是遺傳嗎？從小我身體較差，有氣喘的毛病，上小學才逐漸好轉。阿母講過，我對數學的興趣也是從那個時候開始。

雖然我有點年紀，但從來沒受過日本教育，是光復後第一屆的小學生。那時我發現只要數學好，即使國語不好，師長們也不會苛責你。逐漸地，我在數學之中，不需要任何語言，各種和語言有關的問題和紛爭，在我身上都不重要了。所以我的求學生涯，從未遇到什麼無禮或者不可忍受的事情。

身為長子，常要教阿弟們功課，我還記得他們右手拿筆的樣子。下午打電話給久未聯絡的三個弟弟，他們也都退休在家，很快就接了電話。一開始，他們都不太明白我想說什麼，最後我不得不說，是為了小孫子慣用手的問題在煩惱，這才聊開來。兄弟們仍然是右撇子。我又問，「家族中有誰是左撇子嗎？」但我們實在想不出有誰了，那些我不太熟的姪兒、姪女，還有他們更小的小孩，也都不是。

我們還聊了很多事，小時候彼此感情很好，遠比現在我和兒子之間的相處好太多了。只是建立新家庭，難免要淡出原本的家庭。我是家中最晚婚的，他們一個個結婚後，雖然還是常見面，但感覺彼此之間，已經在火車站說過莎喲那啦。

我們都記得阿爸是右撇子。他是火車站的聘工，總是右手拿著榔頭，在鐵支路上巡邏。當阿爸高大健壯的時候，日本人對他視而不見，警察和消防都沒考上。大戰開始後，即使戰事再吃緊，日本人也從未徵召過他。戰後第二年他就過世了，顯然日本人是對的，阿爸有肺結核。

阿母也是右撇子，我一直記得她抱著阿弟的姿勢，還有她右手拿菜刀戳米酒瓶蓋，邊炒菜邊和我們說這樣比較好灑米酒。為了把我們養大，阿母辛苦工作，在我從臺北工專畢業那年，她突然病倒，很快就離開了我們。我們四個兄弟各差一歲，差不多都可以開始找工作過活了。他們都和父親一樣擁有健壯的體格，也打拼出不愧對自己的人生。

兒子自我為中心的個性，可能和獨生子有關。他這方面像我，但沒有我和這麼多兄弟相處的經驗。讓兒子一個人長大，是我和妻子對他的虧欠。我也想過如果我們多生幾個的話，那感覺就比較像愛自己，而不是愛自己的子女。失去了一個孩子，幸好還有其他孩子，兄弟姊妹之間就像是彼此的替代品，這種補償心態是我難以認同的。所以我接受了只有一個孩子，然後只愛這個孩子。

正因為父母過世得早，當然我就不可能見過父母逐漸變老的模樣，也就不太清楚所謂的「老」是一個怎樣的過程。也就是說關於「老」這件事，我從未被教育過。人是怎麼變老的？我只能笨拙地透過自己身體的感受來理解。

現在我比較欣慰的，就是我的老化、我的病痛、甚至我的死亡，可以讓子女日後面對這些人生必然經歷的不幸時，有一個參照的前例。

可是最近他們夫妻打算搬出去，這讓我有些措手不及。

「能看著爸媽變老，好像也很不錯。」昨晚用餐時，兒子有感而發。媳婦沿著這個話題，提到他們最近開始到天母看房子。

她覺得住在敦化南路距離榮總太遠，先生每天上班不方便，希望能就近搬到天母，而且那邊的私立小學都是雙語教學，或至少加長了英語課的時數，對小孩的教育會比較好。她對我和妻子說：「一家人還是住在臺北啊，開車啦，或是搭捷運，很快就到了嘛。我們也會常回來看爸媽。」

我知道他們任何事早在房裡商量過了，媳婦的意思就是兒子的意思。他們大概也已經先問過妻子的意思，妻子也不反對，一直和我說確實見面還是很方便。

媳婦有一種新時代女性的自信，就像雜誌上刊登的那樣，一切現在認為好的事情，只要她知道的就會去做。兒子同樣西裝筆挺，任何一件穿在身上的衣褲，他儘量是自己處理，隨時隨地都像剛燙過一樣，可以明顯看到那條熨斗的褶線。他很細心打理自己。

他們都愛自己，絲毫不委屈自己，每次努力完都會犒賞自己。我相信他們會是同輩眼中最好的朋友、最好的傾聽者，有什麼活動都不缺席。也就是說，他們這一代的人吧，同輩之間的互動相當緊密，可是卻與上下年齡層的人切割開來。

過去我也對自己的穿著很講究。但是退休以後，我不再像青壯時那樣，把所有的錢都花在自己和家人身上。我反而願意拿出更多錢去幫助別人。以前覺得要幫助一個人，應該要給他釣竿，而不是錢，可是現在我會直接捐款。錢是一種中介物，不介入彼此的任何方面，對對方反而是一種尊重。教導別人一套謀生的方法，太自大了，每個人的困境只能自己去突破。

他們表示已經有看到喜歡的房子，現在又像在等待我的答覆，好像非知道我對於搬家的看法不可。他們也給了我和妻子一個小孫子，或許他們還年輕，只是想要有自己的生活空間，我想我沒有理由阻擋他們。

這陣子，我的注意力一直放在左手上。就像是身體內有無數的沙包，原本這些沙包放在右邊，但有一種極小的工人每天搬一點搬一點，從右邊搬到左邊，無時無刻地進行，終於在我七十三歲的時候，完成了左右對調的工程。可是，我忽略了兒子和媳婦，也每天一點一點地搬離這個家。偶爾我會注意到原本該在哪個位置的東西，怎麼不見了。妻子就會提醒我，兒子拿到新家去了。

家裡的擺設，我最喜歡客廳那臺dyson無葉片風扇，今年夏天整天吹著它。我常捏小孫子的臉頰，他也敏感地發現了我身體上的變化。小孫子說：「以前都是這邊比較痛，現在是另一邊比較痛。」他思考了一下。「現在爺爺左手比右手還有力氣。」事實上「捏臉頰」對兩手而言，都只要花一點點力氣就可以輕鬆做到，而小孫子的臉居然能感受到這麼細微的差別。

先有小孩才有父親，這比先有雞還是先有蛋的問題好解決多了。沒有小孩以前，我們都是孩子。我的兒子讓我成為父親，我的小孫子讓我的兒子成為父親，也讓我成為爺爺。

「爺爺我們來比腕力。」小孫子突然說。

「那你用兩隻手，我用左手讓你。」我頓了一下回答。

「好啊，爺爺跟我一樣趴下來。」

「那要開始囉。」我彎下身子，趴在地毯上。「爺爺不可思議的左手來囉。」

小孫子是真的想用全部的力氣扳倒我的左手，幾次之後他就累了，很快地躺在地上睡著了。更準確地說，是睡在十六樓，他從小在十六樓高的地方長大。

我站在客廳的落地窗前，眺望午後的臺北。十幾年前房價還沒這麼貴，當我接到這個案子，仔細計算過整棟大樓之後，決定退休，用退休金和一半的積蓄買下這裡。那時我認為這會是臺北最堅固的大樓，一個讓全家安身立命的地方。

這裡應該是比什麼都美好的地方才對。

兒子昨晚已經住到天母。他說新家還要布置一陣子，加上裝潢的各種異味還沒散掉，打算全部安頓好之後再接孩子過去。他一向認為居家設計使得空間的機能變好。我倒覺得，那就像是一個變得很肥厚的方程式。

妻子把小孫子帶回房裡睡。我和妻子說，想去附近的誠品書店走走，晚餐前回來。我很快下樓，沿著綠蔭的道路，花了二十分鐘走到那裡。

我已經逐漸習慣與左手和平共處，接受自己成為左撇子這個事實。慢慢地我也發現左撇子的好處，比如寫直行的中文字不會弄髒紙，合理懷疑中文字是左撇子所發明。不過我在家還是盡量偽裝成右撇子，避免不必要的麻煩。尤其是面對兒子。

我從口袋拿出老花眼鏡，想找一些關於左撇子的書。就這樣，我看到一位年輕店員，蹲在書櫃前盤點書籍，左手不停抄寫東西。我不自覺地模仿起他的動作，讓左手主動去做它想做的事，隨意地拿起書，寫點什麼在記事本上。我發現當我在人群裡，反而能自由自在使用我的左手。

平時是因為和家人互動，所以習慣的改變才讓我這麼不自在嗎？家人的眼睛像配了一副放大鏡，把彼此都放大了。我才想到一個月以來，除了小孫子以外，家人都沒有發現我的異狀，這其實是多麼累的一件事。

我覺得自己是個越來越堅強的傢伙。我得深呼吸，用身體的動作，去打斷內心的焦慮。我在書店裡不斷地使用我的左手。

我還記得以前右手的感覺，是如此的萬能，能靈巧地算數，能丟球，能搬運重物，就像現在的左手一樣。但我逐漸忘了以前左手的感覺。我好像從來不知道什麼是「左手」，左手的過去是一片空白。過去的左手，甚至不如現在的右手來得讓我關心。也許醫生說得對，我的左手的確是心理層面的問題。

我必須對自己有新的理解。每晚躺在床上，我就會開始嘗試瞭解自己。我想過時間是否加速了。我想時間只是一種腦中的信念，這種信念又使得腦對身體下判斷，然後我們全身遵照這個命令開始老化。如果能改變腦中的那個信念，也許能稍微改變我們身上的時間。就像「養生之道」也只是一種信念，而不是真的有什麼標準程序。我的養生之道一直以來只有一個原則，就是比我的妻子勤勞。

年紀大，夜間容易頻尿，常得起來上廁所。經過小孫子的房間，他還沒關燈，我注意他開燈睡覺有一陣子了。三歲起，他就有自己的房間。媳婦每晚九點準時哄孩子就寢，講床邊故事，等孩子睡著後，才放心回房，把門鎖上。可是，孩子總有半夜醒來的時候吧。任何人都有這樣的時候，可能做惡夢，或者被其他聲音吵醒。難道教孩子獨立，就是教他孤獨嗎？

「怎麼還開著燈？」我走到小孫子的房間問。

「沒有開燈我不敢一個人睡。」他看著我，「爺爺，媽咪和爹地這幾天住在新家嗎？新家的天花板好低，我怕跑到桌子上面跳一跳就撞到頭了。」他握著我的左手拇指說：「而且我的左手不會寫字，也不會拿筷子。」

「你有右手啊。」我用左手幫小孫子拉上被子，對著他的眼睛說：「還是隨時可以回來爺爺家住，就像有左手也有右手，以後有兩間房子可以玩，比只有一間房子還好，還要好。」

兒子的新家我去看過一次。他剛進醫院工作，經濟尚未穩固，所以選擇較低預算的老屋翻修。只是，他不能忍受和父母一起住，不能忍受通勤，卻能忍受挑高這麼低的房子，讓我感覺到他想搬出去的那股強烈的意圖。爸的房子再好，也還是爸的。他也許是這樣想。

當初他們花那麼多時間與設計師溝通，親手為孩子打造的夢幻房間，難道現在也不要了嗎？對我們兩老而言，許多暗藏巧思的設計就像機關一樣。但對他們夫妻來說，拼圖也好、積木也好，都不只是玩具，還可以培養空間認知。所以小孫子的夢幻房間裡，那些可愛的玩具、玩偶、故事書，都是有目的性的東西嗎？

我問過兒子，我怎不記得當初是這樣教育你的？兒子反駁說，因為現在沒有大自然可以當孩子的老師，只能夠以人為的教育方式來讓孩子學習。

我才意識到，一手將大自然給毀壞掉的，正是從我這一代的人開始，而我又該向上一代的人要回什麼呢？

隔天晚餐到一半，媳婦打電話過來，請我和妻子九點的時候準時說故事給小孫子聽。她直說這幾天事情太多，都忘了交代這件事。電話中聽得出她的忙碌。

九點一到，我按媳婦說的，先到小孫子的房間選擇一本故事書。其實我對童話是有意見的，裡面的老人大都是在作怪，而且常孤獨地出現又孤獨地離開。最後我選擇聖誕老人，除了那是一位老好人以外，我注意到繪本上的聖誕老人，他也是左手邊扛著禮物。

我開始為小孫子說故事。書的內容是改編過的，與平時的聖誕老人故事有所不同。然而小孫子幾次睡著了卻又突然抽搐醒來，連續好幾次沒有辦法入睡。我摸他的手臂，相當地燙。我趕緊叫了妻子，同時打電話給兒子。

我急忙抱起小孫子，搭電梯到地下室開車，沿著忠孝東路，載小孫子到臺大醫院掛急診。一路上我不時回頭，焦急地看著被妻子抱在懷裡的小孫子，但情況似乎越來越糟，到醫院前已經陷入昏睡。

急診室的醫生從口腔、手腳的水泡，加上我描述的症狀，等抽血快篩的結果一出來，就判定小孫子是腸病毒重症，必須送入加護病房。

我和妻子呆坐病房外頭。在我小的時候、兒子小的時候，我從來沒聽過這種專門找上小孩的疾病。不是應該是麻疹、百日咳、小兒麻痺嗎？不對，這些都已經被人類解決了。記得新聞上常報導，這是新一代嬰幼兒流行的傳染病，近幾年有很多的小孩死於這種疾病，或是終身留下後遺症，幼稚園常因此停課。簡直是像瘟疫一樣肆虐臺灣！我對妻子說。

半小時後，兒子、媳婦也趕到醫院。我起身指責兒子。「你是醫生，而且還是小兒科醫生，怎麼連自己的小孩得了腸病毒也不知道，還給他放到重症才被我這個老頭發現！」

媳婦突然說：「你們都說是你們發現腸病毒，我們都沒有發現；可是怎麼不說，腸病毒是你們從外面帶回來的？」妻子要我別怪媳婦說這些。我們是第一次看到媳婦這麼慌亂，她穿了不同雙的拖鞋，頭髮顯然才剛洗過。

兒子戴著醫療用口罩，冷靜地回我話。「我們先不要太擔心，今年腸病毒重症的死亡率不高，只有百分之……」我用左手重重甩了他一巴掌。「你給我住口！你都這樣回答別人的父母嗎？什麼是機率，機率我會不懂嗎？機率就是不能相信的數字！」

妻子覺得我失控了。她要我回家，說家裡也得有人待命準備些什麼才行。

我回到家。

小孫子的房間空了下來。雖然過一陣子他搬走之後也會空蕩蕩的，可是我就是不甘心。我走進這個夢幻房間，關上燈，再按一個特別的開關，天花板的星座圖微微亮起，而且依照實際的天象緩慢地流動。這是兒子體諒小孫子在城市看不到星星，特地請設計師從國外找來的。

我想起很多年前，一家人晚上開車到竹子湖，兒子跨坐在我的肩上，手裡拿著我買給他的星座紙盤，和我一一核對那晚的星空。兒子一直記得這件事？他應該比我更擔心小孫子。我有點後悔打了他。

我躺在小孫子的床上，看著天花板。小孫子每晚都一個人在這張小床上感受他遼闊的宇宙嗎？慢慢地我在小床上睡著了。夢裡我走在一條筆直的道路上，究竟是起點，還是在途中，還是已經要到終點了，我完全分不清楚。可是道路是如此地直，像一條幾乎不用定義的線，甚至能感覺到道路鋒利的邊緣。

我開始在那條道路上奔跑，恍惚的片刻，想起了關於左手最早的記憶。

那是終戰那年五月的最後一天。忘了是什麼原因，那天中午我在路上奔跑，拼命地跑，只想快點回家。遠方感覺有股像熱帶氣旋般令人窒息的東西不斷靠近過來，幾分鐘後轟隆幾聲，兩旁玻璃全被震碎。眾人高喊飛機轟炸，路上都是慌張逃命的人。

當時我才六歲，看到一個年紀比我還小的小孩。那小孩年紀太小了，看不出是男孩還是女孩，但他似乎與家人走散了，在路上無助地大哭。我伸出左手趕緊拉住他，跟著一群大人躲到附近的大稻埕天主堂避難。可是天主堂還是被炸彈命中，那一刻強大的衝擊使得我失去知覺，醒來的時候我的左手還牽著那個陌生的小孩，可是他已經沒有了生命。

如果不是我將他帶到天主堂躲避，也許他就不會死。我覺得我的左手是隻罪惡的手、不幸的手，我不想再去使用它，它應該像大家的左手一樣沉默。

我成了一個右撇子。

我覺得有一陣子，應該說好幾年，我失去了做人的樣子。也就是沒有一個做人的態度、做人的本能。我不過問別人的任何事，不介入別人的任何決定。那段時間，我處於一個無法定型的狀態。我覺得自己像蛇一樣，失去了左手也失去了右手，我總以為自己會這樣是因為懶惰。一直到我有了事業心，有了決心努力工作支撐一個家庭，才又找回做人的那種感覺。

一開始還很簡單地以為，只是身體經過一陣晃動之後，原本在右邊的東西，都跑到左邊來。就像那次空襲，全部從左邊躲到了右邊。但事實上並不是這樣，反而像是某個習慣左邊的生命，從我的體內誕生，然後逐漸主導了原本已經習慣右邊的我。已經不是左右平不平衡的問題，而是有兩個我的問題。所以某天我一下子就變成左撇子，然後我就是左撇子了。

醒來之後，我趕緊到醫院。小孫子還在加護病房昏睡。兒子和媳婦一晚沒有闔眼，我告訴他們舊家比較近，先載你母親回去，休息一會再過來。我睡過了，換我留在這照顧。

我到病床旁邊，左手握著小孫子的右手。

過去習慣使用右手的我，像活在一個封閉的幾何圖形，可是習慣用左手之後，只是從這個幾何圖形，跳到另一個幾何圖形罷了。等小孫子醒來，我一定要告訴他，不管用哪隻手打開瓶蓋，總有一隻手要扎扎實實地握住瓶子。這個的體會也許太過具體也太過簡單了，可是，真的就是如此。

一個月後的早晨，天還沒亮，我又比妻子早起了。先前被左手打亂的生活開始恢復。與其說是恢復，倒不如說我完成了新的平衡。左手依然主導我的每一天，如果身體是軸的話，我已經習慣這種逆時針方向的旋轉。在妻子面前，我不再避諱使用我的左手，她對於我這樣的改變，只是說「你有力氣就好」。

妻子把小孫子的房間收拾得很乾淨，星座圖依舊在天花板上，只要按下開關就會開始運轉。現在兒子一家搬到天母，小孫子康復出院後，也進入了那邊的雙語幼稚園就讀。

早上是我的讀書時間，尤其在早餐之前。一過早上，眼力就逐漸不行了，非得戴上老花眼鏡不可。不過與其說是看書，實際上我都看雜誌。書的排版太密，雜誌的內容通常會搭配圖片。

一個小時後，妻子起床了，天空像有隻巨大的貓緩慢地睜開牠藍色的眼睛。妻子見我坐在客廳沙發上看雜誌，一如既往地說「你起床了啊」，開始接手我洗好的生菜和水果，為我們倆準備早餐。

五福女孩

Shopping Cart

她一直沒有見過路的盡頭，
沒看到盡頭的時候，
人很容易想要探索。

小佟是個「五福女孩」，大家也都這麼稱呼小佟。

一九八八年五月，小佟出生於高雄。她的父母在五福路上開了一家清粥小菜便當店，截至目前為止，小佟絕大部分的時間，都是在這條五福路上度過。

她人生中第一個記憶來得很晚。

七歲時，小佟在五福路上的玫瑰聖母堂附設幼稚園，首次感覺到世界的存在。但過了好一段時間，她才慢慢發現自己原來身處這個世界之中。記得那天在美麗的教堂前，她穿上畢業服，第一排端正坐好，準備拍照。當時陽光很強，加上許多小朋友和她並排在一塊，她覺得自己好像看到五福路上柏油的熱度，就是看過去有點兒彎曲的空氣。她的幻覺正在冒煙。幸好一旁港口的風，徐徐吹來，小佟涼爽地看往港口的方向，卻忘了面對鏡頭。

幼稚園的畢業照就這樣拍了下來。

那年，她從愛河左岸的玫瑰聖母堂，改到愛河右岸不遠的忠孝國小就讀。

忠孝國小是一間小而精巧的學校。雖然國小的正門在大智路上，但她每天早上都是從五福四路九十九巷的側門走進去。她沒有從前門出入的經驗，也完全想不起那間學校大門口的樣子。六年的小學時光裡，她每天往返這條小巷兩次，對巷子內每一戶的車子、盆栽、招牌、冷氣，都記得十分清楚。這條小巷子裡，沒有哪件東西移了位子，能逃過她的眼睛。

由於巷子口的九十九號和九十七號，都是鐘錶行，小佟從小就把這條小巷看作是一條時光小徑。之後，每當她感覺遺落了什麼的時候，就會再回到這條小巷——只走一回而且不能夠逗留。

如同白駒之過隙。

將五福路連貫通過愛河出海口的，是高雄橋，也是愛河下游最後一座橋。兒時，小佟一直在橋的兩邊往復織錦，建構起她的小小世界。偶爾，她也嚮往一座橋以外的宇宙，然而父母從不休假的便當店，讓小佟鮮少有向外探索的機會。

那時候，小佟還沒想過這條五福路究竟有多長。她從未到過這條路的任何一端，每天放學，只會沿著馬路走回家。她一直沒有見過路的盡頭，沒看到盡頭的時候，人很容易想要探索。當這種心情萌生時，她會主觀地認為這是一條沒有終點、無止盡延伸的道路，可以從路的這頭向右繞了地球一圈之後，再從路的左邊出現，一樣都回得了家。也許這段旅程會花很長的時間，但理論上是這樣沒錯。

「為什麼沒有標出五福路呢？」

她第一次轉動小學教室裡的地球儀，心中不免這麼想。

又過了幾年，她進入五福國中。這是父親的意思，主要考量到升學率。

記得五福國中的第一堂課，老師請同學一一起立自我介紹。輪到小佟的時候，她說她家住在五福路，接著說自己讀哪間幼稚園，來自哪間國小。導師很快發現這些學校的地點也都位於五福路旁，反而沒要小佟坐下，而是問小佟：

「『五福』，出自《尚書》。」導師說完，轉身在黑板上寫下。「一曰壽、二曰富、三曰康寧、四曰好德、五曰善終。」她一停筆，就要小佟解釋五福的意思。

「長壽、富貴、健康，好德是，好德是，好德……」小佟的聲音越說越細。

「還有誰知道嗎？」導師請小佟坐下，改問其他同學。

小佟忘記後來是否有同學回答出這個問題，國中記憶就這般定格，持續停留在那說不出話的窘境之中。往後三年，如果得做個比喻，那也只能說她每天的生活就像在勉強地爬格子前進，且依稀伴隨著一些緊密的課業壓力。總之，日子也就這樣迷迷糊糊地過去了。唯有在離開五福國中前，她不負父母的期望，考上了高雄女中。

過了暑假，她的學校來到愛河左岸。

高雄女中是一間位於五福三路上的女子高中，這間高中離小佟家很近，只要沿著五福路，走過紅色的高雄橋就到了。若以小佟家為基準點，出門上學的方向好像也沒改變，不過她確實已經由國中生變成高中生。

記得國小許多鄰居都和她唸同一間幼稚園。到了國中，班上也還有幾位同學一樣是住在五福路上。可是現在，班上家住五福路的，除了她，沒有別人了。

高一那年，小佟的教室在五樓，教官規定學生不准搭電梯，所以小佟總是走樓梯上樓。高中的走廊不及國中的寬，教室也小了些。印象中這裡的每一面牆壁都像是褪了顏色，可是小佟特別喜歡這樣的感覺。那時，她身邊確實需要一些灰藍色的調子，來平衡過於華美的韶光。

她甚至覺得，自己就像店裡爸媽炒的菜一樣鮮豔。那是個想要更多更多顏色，有時卻又只想著黑與白的年紀。就在小佟開始感到有點孤獨的時候，她偶然發現班上通訊錄裡，還有一位也住在五福路上的同學。那天小佟才知道，原來鳳山也有一條五福路，和她所熟悉的五福路完全不同。

只因為路名相同，她們開始有話題可以聊，同學也喜歡把她們湊在一起。所以

「五福女孩」，實際上是大家對她們兩個的稱呼，兩人是一個小組。她們很快熟悉起來，每天都膩在一塊，就像開水加泡麵，泡麵加開水般，怎都不覺得無聊。

平日在教室上課，小佟的座位恰好能由房子與房子的中間，看見一道愛河的景色。午睡的時候，正是河面上波光粼粼的時候，她們倆常擠在同個座位望向愛河。那時電影圖書館剛落成，偶爾小佟會在假日向家人說要去學校自習，其實是和小蕳跑去電影圖書館看電影了。她們看了一部又一部的電影，在青春期累積大量的記憶，那也是整個高中時期最令小佟懷念的。

雖然每次段考完班上都要抽籤換位子，可是無論如何，小蕳總有辦法坐在她前面。她喜歡轉身找她說話，想什麼就說什麼。

小蕳告訴她，鳳山那條五福路的起點和終點，都是五甲三路。

「很奇怪對吧，為什麼起點和終點都是同一條路呢？這是因為鳳山的五福路有點像半橢圓形的。嗯，不對！應該說像船頭的形狀，由船的最前端向左右分出一路和二路，最後交會在五甲三路。」

按照小蕳的說法，小蕳家的五福路與她每天上下學的五福路有很大的不同。在小佟印象中，高雄市區的這條五福路，起點和終點都是鐵路。她的五福路是一直線的，被畫成半圓的則是鐵路。就因為這點的不同，小佟慢慢發覺自己和另一個五福女孩，其實是兩個完全相反的女孩。

小蒨來自一個司法官家庭，父母都在愛河旁的地方法院工作，一家人每年固定在寒暑假出國旅遊。小蒨對小佟說，她已經去過二十五個國家，但下一個國家，想和小佟一起去。小佟覺得，小蒨所知道的關於這個世界的知識，至少也是她的三倍以上。小佟甚至想過，也許「小蒨」這個名字，只是她遊走國際的眾多名字當中，一個適合在臺灣使用的名字罷了。

小佟走路回家只要十分鐘，小蒨回家則要轉三次公車。不過小蒨平時多半是由父母的其中一位開車接送，而小佟則陪她到校門口，等小蒨的父母來接她之後，再自己一個人跨過愛河回家。

兩人一直維持很好的友誼。到了高二下學期，五月某天放學，小佟照樣陪小蒨到門口等她父母來接，可是過了很久，都沒見到熟悉的轎車靠近。

學校固定四點半放學，她們已經等了一個半小時，就連對面國軍英雄館的燈都亮了。小佟依然保有耐心。又過了一陣子，她望了望愛河口，發現連橋上的造景燈也開始閃爍。

「我爸媽吵架了，很嚴重，我想他們今天不會來接我了。」小蕑說。

「要不要再打電話看看。」小佟說。其實她上課時，就已經注意到小蕑的異樣。

「妳不懂他們。他們每次爭執起來，就不會管任何人。他們有他們的堅持，他們的尊嚴，像法律條文一樣硬梆梆的尊嚴。」

小佟嘆口氣說：「還好我們讀理組。不過，也有硬梆梆的數學公式就是了。」

小蕑笑了出來，她看向小佟說：「送我回家好不好？我媽出國了，我爸為了堅持自己的立場，也另外找一個地方住，他們都一樣不想回家。」小蕑有些哀求，蹭著小佟說：「好嘛，妳不是說很想去另外一條五福路看看嗎？就來我家玩嘛。」

小佟看了手錶，思索這個時間家裡快開飯了，如果她答應了，這就是她第一次沒有回家吃晚餐。

「走啦。」小蕑一手拉著她，另一手攔下一輛計程車。

二十分鐘後，她們就到了鳳山的五福路。這裡只有兩線道，兩旁則是住宅區。下車後，小蕑還是挽著小佟的手。

「前面巷子進去就到了。」

小蕑長得像洋娃娃，也愛像洋娃娃一樣打扮。她的頭髮總是很有技巧地燙捲，稍微有點波浪而不被教官察覺；小佟則是從小留著男生頭，一直是俏麗的短髮。

「妳看我們牽手的影子，像不像男女朋友。」小蔺說。

小蔺不停地找小佟說話，小佟則是專心地環顧四周。走到了這一區已經不像剛剛的住宅老舊，都是新房子，可是她總覺得少了什麼。這些別墅給人一種樣品屋的錯覺。小佟很快察覺這裡沒有絲毫的商業氣息，一片新穎的住宅區之中幾乎沒有人在外頭走動。

小蔺家中很乾淨，尤其是客廳，只放了幾件像是從沒用過的家具，看過去好比在看雜誌上的旅館照片，空曠到說話還有回音。但小蔺的房間內，則堆滿從國外買回來的各種小飾品，還有數不清的外國卡片以及音樂CD，一切都和平時小蔺在學校所形容的一樣。小佟隨手拿起幾張CD，多是六〇、七〇年代的樂團，這個年紀的她，還不太瞭解這類的音樂。

「很多是之前一位英國阿姨送我的，其實也不常放來聽。不過Blondie有一首Heart of Glass，我還蠻喜歡的。呼嗚喔哦，呼嗚喔哦，很輕快。」小蔺躺在床上，突然又說，「暑假我們一起報名營隊，去雄中釣帥哥好不好？」

「無聊。我又不喜歡他們，去釣他們幹嘛。」

她和小南都躺在床上，頭靠得很近，但雙腳分別朝著不同的方向。

躺著往上看，小佟發現不少CD並未被收到盒子裡，銀色的手掌大的光盤，自軸心映照出七彩的光束，反射在天花板上。

「喂。佟千亞，妳以後會去考女警或者女軍官嗎？」

「有想過，可是又覺得自己不適合。應該說，還沒找到喜歡的職業吧。」

「像這樣，妳不覺得很帥嗎？」小南雙手舉起，做出指揮交通的動作。「我們一起看過幾部電影了？三十部有了嗎？」

「如果加上之前沒看完的《羅馬假期》，也才二十四部吧。」小佟扳起手指，認真數了起來。

「我說大概三十部不行嗎？幹嘛算那麼仔細。為什麼我們《羅馬假期》沒看完？」小南很快又說：「我想到了，因為妳說，一直看男女主角騎機車在羅馬繞來繞去，覺得頭好暈，就不想看了。」

「妳不會暈嗎？」

「不會呀，又不是自己騎。」

「如果鏡頭拍車子太久的話，我都會暈。」

「為什麼？」

「可能我習慣走路吧。」

「所以妳現在都沒有喜歡的人嗎？」

「什麼啊，幹嘛突然問這個。」小佟閉著眼睛說。

「妳就回答我嘛。」

「沒有吧。」

「是沒有，還是沒想過？」

「不知道。」

「怎麼可能。」

「我現在才十七歲。何況喜歡一個人，對我來說一定要很確定、很確定才行。」

「那妳之後確定了，一定要和我說。」然後她轉過頭來，親吻了小佟額頭，接著吻了她左眼的眼皮、鼻尖和鼻梁，似乎沒有停止的意思。

小佟下意識推開小蔺，下床的時候，意外踩碎了幾張ＣＤ。

她告訴小蔺，想回去了，家人還在等她回去吃晚餐。沒過幾天，小蔺就自動從學校退學，據說她被母親送到國外唸書了。

從此以後，五福女孩只剩下小佟一個。

高三開始，關於小蔺的一切也逐漸淡去，小佟全心投入了更繁重的升學考試。也是在這個時候，小佟覺得自己的人生像是一個轉圈子的遊戲。她並非不喜歡這間女中，但是日復一日行走於五福路上，讓她的整個人感到無比的束縛。

一個莫比烏斯環。

不論何時，教室的吊扇永遠在轉動著，既降下涼爽的風，也伴隨分貝不低的嘈雜聲。時間就這樣快速地轉動。

二〇〇七年初夏，正值高鐵通車期間，也是小佟求學生涯中，最用功的階段。她嚮往能乘著高鐵到異地的大學唸書，可惜未能如願。她希冀的，不過是稍微能夠遠離這條孕育她的道路。

小佟進入中山大學物理系就讀。儘管家人覺得離家很近，感到很滿意，但這次的大學落點，對她而言完全是場意外。高雄的學校，她也就只填了這麼一個科系。

到中山大學報到那天，小佟搭公車沿著五福四路到底，之後公車開過廢棄的舊鐵路左轉到鼓山路，再接到臨海路，又沿著壽山山腳的海岸，從哨船街進入蓮海路上的中山大學。儘管小佟喜歡這間臨海的學校，但她知道，如果不是壽山擋住，五福路就會一直線地延伸過去，而中山大學的門牌依舊會在五福路上。

因此嚴格說來，她並沒有真正離開五福路。

她隱約感覺到這條路的引力，猶如一坑埋在她生命裡頭的大漩渦一樣。

進入大學階段，小佟仍保有高中的規律作息，以及讀書習慣。她像過去住在家裡，與同學的互動不多。同學們大多住宿，娛樂多聯誼也多，而小佟只參加過一次班聚，之後就儘可能地避開這類活動。

小佟依舊在晚飯時間回家，用餐完就在店裡幫忙，沒有一天例外。如果勤勞一點，她也可以回到家後，再回學校去參加社團活動。當然她比較偷懶。

每天下午，她都在學校行政大樓前的廣場等公車。由於半小時才有一輛公車停靠，所以校內的滑板社，經常在廣場這邊聚集。

候車時，她不知道做什麼，就看著滑板社員練習。她其實不懂，這樣子不斷跌跤又站起來的樂趣到底在哪？她想，他們滑行時應該挺過癮的，那麼一直滑行就好了，為什麼又要做一些額外的動作，比如跳起來凌空將板子三百六十度打一圈呢？

那群人當中，有一個男生總會在她附近繞，有時也會向她打招呼，然後再順勢跨上滑板，又回去繼續練習。偶爾他們之間也會說幾句話，但不是很熟悉，就連彼此的名字也沒問過。大約從去年開始，這個男生就會每天在小佟等車時，溜著滑板出現。而小佟就好像每天非得看他跌個幾次跤才能夠回家一樣。

他是和她同屆的機械系男生，每天開車到學校上課，上完課就來溜滑板。

大三下學期，五月的某個下午。小佟已經在行政大樓前站了一個多小時，公車依舊沒來，這在以前可是從未發生過的事。她想起那次在雄女門口陪小蔄等車等了很久，就在記憶快要浮現小蔄模樣的時候，一塊滑板緩緩在她面前停下。

「公車不會來了。」

「你怎麼知道？」小佟反問。

「因為這號公車開的路程不會很遠，只到火車站。正因為路程不遠，妳等的時間都可以發三、四班車了，所以今天公車不會來。」

「真的嗎？」她覺得似乎有道理，但又不敢輕信。

「當然啊。」

「喔，好吧。」像是被說服了，她轉身準備離開。

「欸，妳該不會想走路回家吧？」對方叫道。

小佟沒有回答，她裝作沒聽到，不過她往前走了一段路之後，還是走回站牌底下。又過了十五分鐘，公車還是沒有來的跡象。

小佟確實開始思考自己從五福路走回家的可能性。

男孩又滑過小佟身旁。他突然急煞，從滑板上跳下來，打板將滑板扣在手臂內，擋在小佟面前說：

「要回去了嗎？該不會真的要用走的吧？」

小佟故意不作聲，她對這樣的問題，感到有點不悅。

「我開車來，還是我送妳回去？」

「不用了，謝謝。」小佟說。

「又沒差，順路嘛，共乘很環保啊，節能減碳！」男孩說。

明知是歪理，小佟卻不禁回嘴：「你怎麼確定順路？你又知道我要去哪？」

男孩遲疑了一會。

「我家在五福路上，就是五福一路靠近和平路口。」

「你也住五福路？」小佟真的嚇了一跳。

「怎麼了？很奇怪嗎？」

「嗯，嗯。我是說，你每天都開車嗎？」小佟支吾地問。

「是啊，每天。」男孩爽快地回答。

「為什麼？」小佟跟著他走到廣場旁的停車格。

「我不習慣住宿，家裡又覺得騎機車危險，就讓我開車來學校。」他走到一輛銀色的March旁，打開後車門將滑板放到後座說，「妳坐前面吧。」

「好。」小佟直接坐上他的車。她沒想到自己可以在大學認識一位也住在五福路上的男生。

「那妳要去哪裡？」小佟剛坐好，男孩就問她。

「回家。五福四路快要到愛河。」

「我就說順路吧。不過真近，本來想載妳久一點的。」

「喔，謝謝了。」

車子很快發動，她與男孩不再對話。

看著右側的窗外，這是她第一次搭男生的車回家，車上放著她從沒聽過的音樂。對方說是九〇年代西雅圖的油漬搖滾，然後提到了幾個代表樂團。小佟沒有仔細聽。因為擔心家人看見她搭陌生人的車子而被誤會，請對方在忠孝國小側門的九十九號巷子口停車。而男孩也確實讓她在指定的地方下車。

往後，小佟讓他載了好一陣子。兩人之間也形成一些默契，比如不會去問對方的名字，也沒有留下彼此的聯絡方式，有點類似計程車司機和乘客之間的關係。

「為什麼喜歡玩滑板？都不怕受傷嗎？」有一次小佟坐在車上好奇地問他。

他說自己從小喜歡玩輪子，買了很多玩具車。還有，像是為了想瞭解輪子而選擇機械系，也因為輪子而喜歡旅行、喜歡移動，總想嘗試各種和輪子有關的運動。「所以我喜歡開車，玩滑板、蛇板、直排輪、騎自行車。啊，還有手推車。」

「手推車？」小佟從沒想過有人會喜歡手推車。「並不是說手推車很討人厭，但平時只注意到手推車的方便，使用完就晾在一邊了。不會真的去喜歡吧。」

「嗯，是啊。不過我真的很喜歡手推車。妳知道美國詩人威廉・卡洛斯・威廉斯的〈紅色手推車〉嗎？」他握著方向盤，順手撥了左轉的方向燈。

「沒有。」

「那首詩很短，可惜我背不出來。下次把詩集送妳好了。」

小佟想像這首詩，彷彿看見了一次幻影。

她推著手推車逛大賣場，然後這個男生在一旁和她說著話。突然她感覺到自己和這個男生的距離，不過是一首詩的距離。

兩人靜默下來，只聽見滑板在後座匡啷匡啷的聲音。

「謝謝。」小佟對他說，前面就是她要下車的巷子口了。

「今天要不要一起吃頓飯？」

「我得在家吃晚餐才行，還得幫忙。改天再說吧。」小佟說。

往後幾天，小佟無論是上學還是放學，都會在站牌下多站一會兒。經過九十九號巷子口的時候，也會格外留意五福路上的車子。但等了將近五天，那個男孩始終沒有出現。隔天再隔天，小佟一如往常到行政大樓前等公車。滑板社的練習也照常進行著，卻沒有看到他。

一個禮拜、兩個禮拜，都是如此。男孩就這樣不見了。

「你說阿透嗎？他好一陣子沒有和我們一起練習了。社上有人和他同系，我幫妳問看看。」滑板社的人這麼回答。

不過沒有人打聽到什麼，只知道他沒來上課了。

她不清楚自己為何要賭氣，每天特意走過西子灣的隧道，到比較遠的渡船頭搭車。但即使她偶爾又回到校內的廣場搭車，也不曾再遇見那位男孩。

只是有時候，就在那麼一刻，她會想起他的樣子以及他們之間的對話。

過了一個學期，某天小佟走到行政大樓前要搭公車，一位她從來不曾見過的女孩坐在那邊。那女孩見到她，朝她走來，並開口說：

「妳應該就是那位每天在這等公車的女生吧。他想向妳道歉，但一直都沒遇上妳，才拜託我轉達。」

「妳是？」

「我是他學妹。妳搭過阿透學長的車嗎？」女孩的手機、背包、還有腰間都掛著吊飾。

「什麼車？」小佟表現得很疏離。

「可能我認錯人了，不好意思喔。」陌生女孩又補上說，「因為妳的外型，跟我學長說的很像。」

「我？」

「高瘦、短髮、可愛。」

「開銀色車子那位嗎？」小佟問道。

「是啊！原來真的是妳。」那女孩似乎鬆了一口氣。

「他怎麼都沒有來學校了？」小佟覺得這是個誠信問題。

「他早就都修完學分了，好像是想出國，我也不確定他到底要去幹嘛。學長來找過妳幾次，但都等不到人。如果知道今天妳會在這，他應該自己來的。他好像是搭明天的飛機。」

「他要出國？明天的飛機？」

「是啊。」

「所以他叫妳來，是想做什麼？」

「他只是說，對妳很抱歉。還有，他說這本書要送妳。」那女孩拿給了小佟一本威廉斯的詩集。

「就這樣嗎？」

「嗯。」

「喔，我知道了，謝謝妳。」小佟說。

那女孩離開以後，小佟無法消化這些對話。那是他女朋友嗎？他又去了哪？

小佟腦中一片空白，最終反覆地停留在「搭明天的飛機」這件事情上。

隔天，小佟一個人第一次踏入小港機場。坐捷運時，她對自己說，之所以來機場，是要感謝他曾經接送她一段日子。所以才想來送行。最後，她覺得自己真的很笨，她不知道他的全名，也不知道飛機的時間與班次，甚至不知道是不是這座機場。

那麼，她到底來這裡做什麼？

她在大片的落地窗前看著飛機起飛，以及收起機輪的那一瞬間。

離開機場後，小佟讓自己不再想起這件事。

大學生活就快要結束了。這段時間小佟和以前一樣獨自等著公車，在一樣的晴朗之下，在一樣的海風裡頭。就在畢業前一個月，她交了第一個男朋友。對方是班上一位天文社的男同學，已經追求她好幾年了。小佟也不知道自己是從什麼時候開始，是怎樣地被他說服。只記得像是被漸漸地滲透，她感覺這個男生有這種影響力。不過由於種種緣故，兩人在畢業之前，從未一起看過西子灣的夕陽。

小佟曾在滑板男孩車上看到的幻影，之後好幾年仍會不經意地浮現。

她想像對方在家裡按下遙控按鈕，打開車庫鐵門，開始倒車，然後從五福一路開到四路來接她。兩人可能接著去大賣場，投下十元硬幣，一起推著手推車，聊著一些無關緊要的事情。

畢業之後，她開始留意手推車。

不論到超市、大賣場，即使沒有購物，她也會推著手推車。雖然現在她身旁的男人，並不是當初她設想的那一位，不過她還是能和他開心地聊天說話。她不覺得自己真的失去了什麼，最多不過是失去一種想像而已。應該說，她也沒有失去那份想像，因為想像與她身處的現實，也幾乎完全相同，只是稍微有一點點的不同，很小的一點不同。

他們在一個美好的五月裡結婚。

小佟離開了自己居住了二十六年的家，還有五福路。她先生也是高雄人，兩個人搬到美術館附近一棟新蓋的大樓。除此之外，她和先生也出國好幾次，尤其是他們漫長的蜜月旅行，兩人整整在加拿大待了半年。

蜜月回來之後，高雄變了，小佟也不再是五福女孩。現在，她早已不用回家幫爸媽包便當。直到有次，父親電話中向她說到母親受傷的事情。

「媽在哪摔倒的？」小佟問。

「就在以前妳常搭一輛銀色車子，下車的地方。」父親回答。

「什麼銀色車子。」

「我不知道啦，你媽就說有看過妳搭銀色的車子啊。」

「那媽嚴不嚴重？」

「還好。妳要不要回來幫忙。」

「我還要問問看，不能確定。」

小佟放下電話，父親的話不斷發酵，她整夜都無法入睡，所有與他相關的記憶都甦醒。她一個人起身，走到客廳的落地窗前。

清晨的雨，打在小佟的臉上。正確地說，是隔著一片巨大的玻璃打在她臉上。小佟從高處往下看雨，才真正看懂了雨。原來雨是這樣降下的，雖然很輕微，卻是從很高、很遠的地方，不留餘地地用力墜落。

她記得有一次，雨也曾打在男孩的車窗，打在車前的擋風玻璃。外頭大把大把的雨將他們隔離在一個最小的世界。不知道為什麼，車內卻沒有一絲的曖昧。他們甚至討論起雨的物理作用。雨越下越大，完全沒有轉小的趨勢。車內持續討論著不可能有結論的話題。

「我們現在，只是看似擁有著各式各樣的東西。」小佟說。

「就像外面的雨嗎？」男孩看向車窗外，為安全起見，二十分鐘前他就將車子停在路旁。「這雨真的是從很高、很高的地方掉下來耶。」

「這個還有這個，這個、這個，我們宇宙所有的東西，只是來自另一個平面宇宙的立體投影，就像一張CD被播放出來。」她指著他車子的後視鏡、手排檔，以及後座的滑板，不知道哪來的螢幕和鍵盤。「而真正的我們，還藏在那個真實宇宙的某個深處。今天系上教授說的。」她看向他。

「所以黑洞與白洞，就是那個投影的出口？」他有點不敢想像。「宇宙真是太遼闊了，好像沒有邊界。問個更實際的問題，我們這樣算躲雨嗎？」男孩看著小佟。

「不管躲到哪，這場雨都還是會下的，不是嗎？」

「時間上確定的事，比空間上確定的事，難解決多了。」小佟說。

「所以雨根本躲不了。」男孩說。

「只有等雨停了。」

婚後的第二年，五月的某個下午，她的先生突然想帶她到西子灣看夕陽。

再過一個月，先生就要到美國一間國際級的研究室工作。一直以來，他用各種儀器觀察最真實的太陽，已經好一陣子忘記肉眼直接看太陽的感覺。他覺得一般人都是以藝術的角度看待萬物、處理生活的每件事情。但是他今天想帶小佟去看夕陽。夕陽是觀看太陽最藝術的角度，他想小佟會喜歡。

他和小佟在更衣室換好衣服，一起搭電梯到地下停車場，來到他們的停車格。先生按下遙控按鈕，打開車門。兩人上了車，先生開車載她。他們的藍色休旅車，就算發動後也靜到沒有聲音，從地下停車場出來後，沿著鼓山路開向西子灣。

他們將車子停在校門口的停車場，畢業之後他們就不曾再回來過母校。走在海岸的人行道上，小佟不時觸摸一旁的礁石。海風吹著她的短髮，吹亂了，又整齊了下來，如此反覆吹拂。她先生牽著她的手。

忘了是什麼原因，總之兩人再次上車之後，她對先生說：

「不如這樣好了，待會不要從鼓山路。我們開五福路回去，順便去看我爸媽。」

「好呀，也能和他們一起晚餐。」

「不過這段路我想閉上眼睛，我可以配合你開車的速度，說出整段路程，像是兩旁的招牌、路口、攤販，還有你可能停在哪一個紅綠燈。最後，到家門口時，我會說『請你停車』。」

「這麼厲害？」

她先生笑著說。雙手搭在方向盤上，雖然不明所以，只覺得她應該是睏了，便按照她的意思。他覺得，她剛被海風吹過的頭髮，特別好看。

「我們開始吧，你可以發動了。」此時，她已經閉上了雙眼。

她先生打R檔，倒車出停車格，再換D檔左轉開到蓮海路上。

「現在到蘿蔔坑了吧？左轉過『雄鎮北門』之後，後頭的陽光會直射你的後視鏡，不過只有幾秒而已，因為你必須左轉了。接著有一家水餃店，很便宜呢，一顆餃子才三點五元。」

他看她真的閉上了眼睛，雙手放在微微呼吸的腹部上。

「但水餃現在肯定漲價了。剛才的起伏，應該是經過五福路底的濱線鐵路。左手邊有好幾間傳統檜木桶店。」

「妳真的對五福路很熟悉，我都忘了呢。」

「建國路口剛過了喔。」她說。

「確實是。」前方紅燈，她先生將車子停下來。

「我們在等七賢路口的紅燈對吧。」

「是啊。」她先生說。

他們過了七賢路，來到瀨南街口。

「現在右手邊有一攤我從小就很喜歡的小籠包，老太太總是每天都穿著雨鞋，不管有沒有下雨，都推攤子來擺。一包五十塊錢。」

車子很快來到大勇路口。

「剛經過鹽埕埔捷運站，對嗎？」她還是閉著眼睛。

「是啊，真不簡單。」先生笑開懷說。

接著他們又過了莒光街，過了五福四路的派出所。

「這裡，請停車。請你停車。」

「可是到妳家不是還有一段距離嗎？」

先生還是按照小佟的意思，打了方向燈，謹慎有條理地把車子靠右，停在路旁的停車格。天色已經暗了下來，路燈也早就一盞一盞地亮起。

他們的車子就停在九十九號的巷子口前，他看小佟還未有張開眼睛的意思。

「現在可以讓我摸你的臉嗎？我是說，你會介意嗎？」小佟說。她仍舊閉著眼睛，但已經面向他伸出了雙手，而他的臉也主動慢慢地靠近她的手。

猴子米亞

Monkey Mia

她的每一步都不設防，
彷彿等待他跨入、跟隨，在星光下踩著她的步伐。
這種默契，來自於他自己願意，把一切交給了這個女孩。

現在是南半球九月。

又芳疲倦地站在伯斯機場門口，將罐裝的薰衣草氣泡水一飲而盡。

傍晚六點五十分，她走進機場大廳，只見上方的時刻表列出航班延後的訊息。她心想，四個小時？惠妍在新加坡轉機的時候，應該就知道誤點了，為什麼不通知她一聲？

走出大廳，環顧機場側邊的乘車處，旅人寥寥無幾。

又芳無聊踢了鐵罐，哐噹哐噹地響徹整個長廊。今天一下班，她就直奔機場，除了早餐什麼也沒吃，腹中混和花草香味的氣泡隨著胃酸衝出，喉頭或輕或重地發出咕嚕嚕的打嗝聲。

「等人嗎？」一名華裔面孔的青年靠過來，一邊問話，一邊剝開手中的潛艇堡，連同包裝紙分成兩半，將其中一份遞給又芳。

「來接臺灣的朋友？」他又問，見她沒有要收下食物的意思，繼續說：「吃點東西吧，飛機誤點了。」又芳看他一眼，順手接過潛艇堡，表面上專心撕開外層的包裝紙，實際上偷偷觀察他。他是個比她還年輕的男孩，灰領的白色Polo衫與合身的卡其短褲，外加一雙粉紅色的沙灘拖鞋，這些看來都是在當地賣場選購的。

「在這裡等多久了？」他問。

「剛來。」

「Taxi?」

「Bus.」

「這樣子啊。」

又芳沒什麼回應，刻意放大咀嚼之後嚥下食物的動作。她想，剛剛的氣泡水別那麼快喝完就好了。還要等這麼久，要不要先回家？

「妳是哪裡人？」他又問。

「臺灣。」

「我一看就知道了。臺灣哪裡？臺北嗎？我新竹人。」

「南部。」又芳說。

「台中？高雄？臺北以外都是南部啊。」

她不經意地抬頭，正好對上男孩的眼睛。又芳稍微挪移位子。

「南半球開始變熱了。」男孩伸出友誼之手，大方地說：「妳是高雄人對吧。真巧，我在高雄唸大學。伯斯感覺很像高雄吧，都是靠海的城市。」

又芳將目光落在機場外邊來往的車輛，身上蓄積了工作一日的疲累，實在沒有多餘的力氣應付這個陌生男孩。但她一轉身，卻發現對方貼得更近。

「靠我這麼近幹嘛？」

「用睫毛幫妳搧風啊。」男孩眨眨眼，趁又芳瞪著大眼睛卻還沒來得及反應時，又說：「妳來伯斯多久了？一個女生也敢吃陌生人的東西，應該對這裡很熟悉了吧？」他順勢咬了手上的潛艇堡。「讓我猜猜妳來機場做什麼。」看女孩完全不想說話，他才拉拉耳朵，將話題又扯回接機的事。「妳朋友如果搭新航，還要四個小時，半夜十二點才會到，加上入境也要四十分鐘吧，算快了。」他一副很有經驗的樣子。

又芳露出禮貌的微笑，但也許是太累了，目光不免有些渙散。只見對方伸出雙手調皮地在她面前揮舞兩下。「我是顏開林，大家都叫我Kevin，妳呢？」

突然，有一輛計程車的前燈打在兩人臉上，又芳停頓幾秒後，簡短地說出自己的名字。

「陳又芳。」

「我能叫妳小陳嗎？」他閉上眼睛大聲問，妄想用音量對抗光。

又芳看往他閉眼的方向，心裡嘀咕，難怪這邊的長椅沒人坐，舉起手試著遮擋強烈的車燈。她瞇著眼睛瞧他，見對方仍用力閉著眼睛。而他似乎以為她沒聽到，大聲再喊了一次：「我叫妳小陳好嗎？」

「都好。」

「妳的耳環，我很遠、很遠就看到了。」

「耳環？哦，那我應該叫你小林？還是小開？」她也大聲問他。

「是小顏啦！」他說。

在強烈的燈光之中，兩人面對伯斯常有的強風，彼此都不自覺地提高音量，像是吵架一般的吼著，直到迎面而來的計程車開走。

強光散去，他們自動恢復正常的音量對話。

伯斯機場的藍色字牌躍入眼簾，乾淨俐落的英文字，感覺就像又芳第一次見到它一樣。原本以為第二次來機場，就是要離開了，沒想到卻和陌生男子坐在長椅上吃同一個潛艇堡，在臺灣恐怕做不到這樣自在。

「我來伯斯快一年了，預計年底前回臺灣。」小顏開口，打斷又芳的回想。「不過有朋友邀我環澳，會再延一個月。妳呢？嗯，不說啊？不然聊聊妳朋友，是來打工還是自助旅遊？旅遊的話，我可以介紹很不錯的私房景點，有任何需要也可以問我。我在Backpackers工作，常幫臺灣人找住宿。加個LINE好嗎？」他拿出插在口袋的手機，很快打開QR Code。

「不用了，謝謝。」又芳看他一副熱心的模樣，原來是那種常來機場堵人替旅店攬客的傢伙啊，當然一次拒絕。

「不用客氣！不過要盡快，我下週就要辭掉這份工作了。妳如果有興趣，說不定能接替我的位置。工作不但悠閒，薪資也很不錯喔。老闆是白人很好說話，他們大部分都會照勞基法走，給合法薪資，還配車，而且只要能拉到旅客，還會給獎勵。對了，妳朋友呢？男生還女生？需要住宿也可以聯絡我，剛好知道幾間Share House。如果一時找不到工作，我也可以幫忙打聽哪邊缺工。」他講了一長串的話，好像沒有注意到自己早已經被拒絕了。

「不用了，我朋友只來三天，應該不需要。」

「三天！不會是男朋友吧，為了來看妳一眼喔？」小顏調侃地吹了一個口哨。

「以前的室友，一個韓國女生。」又芳補充這層關係。

「韓國來澳洲不近耶，怎麼只來三天？」

「可能就像你說的，只為了看我一眼吧。」又芳把他開的玩笑還給他。

「三天要去哪裡玩？尖峰石陣、波浪岩，遠一點的粉紅湖？雖然我沒走遍澳洲，不過西北角跟西南角，都去過三四次了。不管是伯斯以北，還是伯斯以南，我可以告訴妳們最棒的海灘、最棒的餐廳，還有最棒的旅館。如果妳們打算露營，我也有一組帳篷，雖然有點半舊不新的，但真的是很輕又很堅固的帳篷，睡四、五個大男生都不成問題。」

「沒有計畫去那麼遠，只打算在市區逛逛。」

「到國王公園看紀念碑呢？」

「白天未必有空。」又芳想想。

「哪兒也不去？」小顏先是不敢置信的表情，再叫道：「連要去哪裡，都不想告訴我？」

「我好不容易應徵到一份Royal Show的工作，頂多晚上陪她在園區繞一圈。」

「人家從北半球過來，至少要搭十二小時飛機吧。」

「那又如何？」

「哇，真的不帶她去伯斯以外的地方？妳對朋友好冷淡喔，我還以為是我們剛認識，妳才對我這樣耶。」

小顏嘴上嚷嚷著，又芳聽得心煩，獨自走進機場大廳內的咖啡店坐下。她見他沒有跟上來的意思，眼角餘光瞥見他的背影沒入了機場的另一頭。

大約半小時後，小顏手上拿了兩杯冰咖啡，再次出現在又芳面前。「又遇到妳了，怎麼沒點東西？吶，這杯給妳。」他遞上咖啡，自動坐到她對面的空位，直接喝了一口。和方才的氣氛不同，這次又芳完全沒有要動這杯咖啡的意思。她雙手抱胸，離桌子前的咖啡很遠。小顏一坐定，就開口問又芳：「為什麼不帶朋友出去玩幾天，不想花錢嗎？還是都去過了？」

「我得工作，」又芳停頓，她注意到小顏不僅加了一件薄外套，甚至換上一整套衣服，還有一雙白布鞋，又說：「Royal Show才短短八天，不會允許為這種事請假。」她見小顏沒有接話，再補充說：「更何況，園區賣東西很輕鬆，有供餐，還能和小朋友玩。」

「到園區工作，都是做什麼呢？」他努力用一些動作暗示又芳，繞圈灑了不少糖到自己的咖啡上。「妳不喝嗎？我知道他們工資給得很大方，而且很缺人，但應該很忙吧？」

「早上賣冰淇淋，下午負責旋轉木馬，就像在臨時的遊樂園工作。」

「要跟著Royal Show全澳巡迴嗎？」

「沒有，只有Perth這八天，暫時不打算離開這裡。」

「西岸的時薪確實比東岸高。」

「嗯。」或許又芳不想讓小顏繼續問下去，她拿起桌上的咖啡輕啜，味道出乎意料地苦澀，卻更具提神效果。

「聽起來不差，可是工作八天就結束了，不如等新工作嘛。」他也喝一口。

「工作不是隨時都有的，既然找到了，為什麼不先做。」

「那妳之前做過什麼？」

深吸了一口咖啡香之後，她細數道：「在郊區的農場採過草莓、紅莓、藍莓、黑莓。可是即便戴了手套，還是會對農藥過敏，後來改到工廠剝蝦殼。」彷彿找到共同的話題，小顏急著接話。「妳也去過海鮮工廠？我處理過這麼大的龍蝦！」手勢誇張地說：「我超愛海鮮工廠，不用天天和陌生人互動，還可以帶一堆海鮮回去吃。」

「會嗎？我不喜歡，全身都是腥味，好幾天都散不掉。」又芳冷冷回話。「而且，你不正好喜歡和陌生人互動嗎？」

「沒有啦，我英文不溜。」他見又芳不喜歡海鮮。「我也待過農場，很有趣的經驗，但每天都搞得好累喔。只撐了兩個月。對了，草莓車！」他想拿自己踩草莓車的照片給又芳看，摸著口袋卻落空了，發現手機不在身邊。

「草莓很麻煩。」又芳說。「採紅莓最輕鬆了，溫室比較不曬，也不用一直彎腰。」

小顏見又芳稍微理他了，繼續陪笑地說：「我家人都說臺灣也有草莓園，為什麼一定要去澳洲打工，可是我告訴他們那不一樣。世界各地也都有義大利麵，也都有拉麵啊。」他告訴又芳自己的Instagram帳號，繼續說：「妳可以搜尋，上面很多我在農場工作的照片。」

「說什麼沒有必要出國。」又芳想了一會，接著說：「因為沒辦法改變臺灣的環境，就想證明別人的選擇是錯的吧。」

「每個人都想擁有一塊淨土，可是沒人想當革命者，又或者成為太激進的革命者。這就是世界上，所有問題的所在。」顏開林說。「這是我之前想到的，一個電玩遊戲的開頭。」

「哪個遊戲？」又芳說。

「是我自己構想的game啦。妳看到了嗎？」

「看什麼？」又芳搖頭。

「啊，還以為妳加我Instagram了。」小顏故作失落地說。「嘖，真失望，感覺冰咖啡又更涼了一些。」他抹過杯子外緣冰涼的水珠。

「到國外工作才知道是怎麼一回事。」又芳完全不想理他另一個話題。

「真的，只是旅遊根本不算出國。」

「不管是在農場工作，還是剝蝦殼，用英文交談的機會不多，遇到的多半是亞洲人，反而學了一些韓語和廣東話。之後我去了伯斯市區工作，先在一家餐廳幫忙點餐及維持餐桌的整潔，後來在倫敦街找到一間花店，雖然與當地人互動的機會不少，但實際上，我的英語程度不進反退。」

「第一次聽妳說這麼多。」小顏雙手支著臉頰看又芳。「所以是，為什麼？」

「什麼為什麼？」她喝了口咖啡。

「英文啊。」

「哦，每天講來講去都是那幾句會話，你應該知道的。」

他看又芳似乎很煩，打起精神說：「但無論如何，收穫還是很多吧。在這邊能愉快工作，認識來自世界各地的人，空氣好，街道房子都很開闊，還有美麗的大自然。像我之前待的農場，雖然早上五點就要起床，但下午兩點後就是自由時間，時薪高，工時只有臺灣的一半。而且妳看花店——多浪漫的地方！」小顏先是一臉陶醉，卻又眉頭一擰，像是回到現實世界裡，他認真問：「那妳可以告訴我，送什麼花最能討女生歡心嗎？」

「玫瑰。」

「噢，又不是每個女生都喜歡玫瑰花。」

「確實如此，但只要你能感受她的不同，就能送出適合的玫瑰。」

「妳對花店的客人也都這麼說嗎？」

「沒有啊。不要小看它們都是玫瑰，像黑玫瑰是神祕、紅玫瑰是熱情、藍玫瑰是善良、白玫瑰是純潔，還有橙色、粉色、黃色、紫色……另外，不同的數量也代表不同的愛。」

「這樣玫瑰也太善變了，到底玫瑰本身是什麼，不就更模糊了嗎？」

「玫瑰的本質嗎？」她搖搖頭。「我也不知道。」

「妳直接從臺灣來伯斯嗎？」小顏瞧見一位拖著行李的旅客，隨意換了一個話題。

「來伯斯之前，我在墨爾本待了一年。墨爾本的咖啡店。」

小顏聽完，不由得多看了一眼手上的咖啡。「能夠在世界咖啡之都學做咖啡，那真是許多人的夢想！我以前讀教育大學，許多同學畢業就去當老師。現在來澳洲快兩年了，這邊很多朋友一回臺灣就到臺北開店。」

「開什麼店？」

「咖啡店啊，好幾個選在忠孝新生站附近。」

「高雄有教育大學？」

「其實我是讀屏東教育大學啦，哈哈，不過天天往高雄跑，也算在高雄讀書，妳說對吧？」為避免尷尬，他趕緊問又芳。「妳呢？一到澳洲就能去咖啡店打工，英文應該很好吧！我本來想找救生員的工作，以為不太需要英文，沒想到受訓都要和醫生、護士用英文溝通，馬上就放棄了。」

「以前我是麥當勞培訓的咖啡師。」原本又芳真的打算不跟他說話了，只因為是咖啡。「在高雄的McCafé待了好幾年。那時候讀產學合作班，平日除了上課，有五天要到麥當勞實習，也參加過全國麥當勞店員的『五星咖啡師』大賽。」

「那是什麼？」

「嗯？」

「比賽啊，比什麼？」

「沖咖啡的比例，還有奶泡裝飾之類的。」

「看不出來妳會沖咖啡，手沖嗎？成績怎麼樣？」

「拉花拿了冠軍。」

「第一名？全臺灣嗎？」小顏又問：「Wow，為什麼說得這麼輕描淡寫！」

「有什麼好說的，都來澳洲了。」

話說完之後，兩人都靜默了。外頭暗下來的天色就像沉浸在海洋之中，每到傍晚，伯斯就會變成這個樣子。過了一會，又芳聽見他把咖啡喝完了。坐在對面的他將空杯子拿在手上把玩，又芳偶爾看外頭的天空，他也跟著看了出去，機場外的燈已全部亮起。

「變成水族箱了。」他看又芳似懂非懂的。「我想過，天空就像一座海洋，人類其實都在深海中活動。」他說，「所以妳來澳洲存錢，是想回臺灣開一家自己的咖啡店嗎？」

又芳沒有回應，只是看著手中尚未喝完的深焙咖啡，反而問他說：「你知道咖啡真正的顏色嗎？這種黑色才是真正的咖啡色，一般我們說的咖啡色，反而是加了牛奶的淡棕色。」她伸手拿給對面的他看。

「真的欸。」小顏起身靠近一看，「偏黑，清澈中帶點紅色。」

「我不會回臺灣了。」又芳收回杯子。

他抬頭正面看向又芳，又芳也沒有任何逃避的意思。

「鼻梁的雀斑，是在澳洲曬出來的嗎？」

「什麼啊？」她不由得微笑。「嗯，是啊。」

「哦哦……」

小顏坐回位子，一副若有所思的表情，他不懂又芳那句話的意思。「我遇過的朋友，不是想來澳洲賺一桶金再回臺灣創業，就是單純來旅遊、留學，都嘛想體會國外的生活。」

「我知道。」

「可是妳卻說不回臺灣了？」

「是啊。」

「二簽快到期了嗎？已經找好這邊的學校，改成學簽了？」

「還沒找到辦法，但我不會回臺灣了。」

「為什麼？」

「你呢，你要回去嗎？」

「當然回去啊。」小顏覺得荒謬，「剛在機場大門口，我就說年底前要回臺灣，只是因為打算環澳，多留了一個月。」

「回臺灣做什麼？」

「我爸在新竹有間生意不錯的紙杯工廠，家裡一直希望我能跟著學。所以，不管我來澳洲做什麼，最後都得回家幫忙吧。」

「你真的想回去？還是沒有其他選擇了？」

小顏沒想到又芳會一直追問，明明是他向她搭訕的不是嗎？「我來澳洲快兩年了，也不知道以後要做什麼。但總覺得時間不會等人，得趕快回到臺灣，才有機會重返自己的軌道，不然永遠也只是到處打工吧。」

「那為什麼還要來澳洲？」

「人生總得冒險吧。年輕人要勇敢走出去，看些別人沒看過的。」

「你在Backpackers工作應該可以認識很多朋友，生活很多采多姿吧。」

「該怎麼說呢。」小顏聳聳肩，停了幾秒才開口。「這樣說吧，很多來澳洲打工的人不會要求伙食，也不太會要求居住品質，每個認識的朋友都在找最便宜的住宿和最高的時薪，得過且過就是了。反正目標都是存錢，旅遊也只是順便，我在他們眼裡，就是個會移動的情報站吧，也許妳遇到的人還比較有趣呢。」

「澳洲哪兒不有趣，看看你，新認識多少女生了？」

「都是朋友。」他覺得又芳沒有要停的意思。

「你不是喜歡找人搭訕嗎？」

「剛就看到妳嘛，對妳有點好奇。」他將空杯放回桌上。「不過，妳為什麼離開墨爾本？既然喜歡咖啡，又為什麼要去剝蝦殼？」

「不可以嗎？喜歡咖啡就不能做其他事嗎？」

「好好開一家咖啡店啊。」

「哪有那麼容易。」

「行走國際的拉花專家耶，搞不好還有白人老闆願意發妳工作簽。」小顏看她都不回話，又多補了一句：「噢，我知道了，妳打算嫁給澳洲人拿結婚簽對吧。早說嘛，不然妳要怎麼繼續留在澳洲。」換又芳不說話，別過頭去伸手抹了臉頰。他突然覺得自己太過了，不就是搭訕嗎？有必要搞成這樣？

「我說……」他開口。

又芳迅速起身，拿了背包轉頭就走，無意間碰撞到桌子，小顏眼睜睜看又芳那杯咖啡翻倒灑向自己，再滾落到地上。他沒想到對方的咖啡還剩這麼多，整個桌子、地上、衣服上，都是咖啡，覆蓋了那種黑黑髒髒液態的深褐色。幾名亞洲臉孔的店員還有在場的顧客，不約而同地看向他們。或許會被當作一般的情侶吵架吧，沒什麼表情的店員只是備好清潔用具過來，開始擦拭地板，其餘的顧客也很快地不再注意他們。

小顏遲疑了一會才追出去，正逢班機旅客入境，又芳瞬間隱沒在人潮之中。他感覺又芳似乎回過頭看了他一眼。他沿著出境大廳的白色圓柱，一根根找尋，來過伯斯機場很多次了，這是他經驗法則中找人最穩妥的方法，然而始終找不到穿白上衣搭深藍色牛仔褲的陳又芳。

該不會離開機場了吧？

小顏懊惱地坐在大廳的排椅上，看向前方不時更新資訊的告示板，時刻是晚上八點四十五分，他們認識不過兩個小時。

人潮逐漸散去，又芳站在機場角落的落地窗前。這裡遠離大廳中央，鮮少遊客經過，燈光較為昏暗。她想即便是白天，這個角落也是這麼黯淡吧。

「妳等的班機又延了，不過還沒公告抵達的時間。」

她轉過身，看見小顏站在後方，明明只有幾步之遙，在他上方就有一排明亮的燈光打在他的身上，輪廓極為鮮明。沒想到他還沒離開。

「妳不回去嗎？」他站在那問。

「你是說臺灣？還是今晚？」

「今晚。」

「ＯＫ。」又芳似乎認可這個提問。「我住的地方不方便搭車，也不想來回多花兩趟車錢。」說完她看向機場外的夜空，發現這個沒有太多光線的角落，反而能看見滿天星斗。

「打算看一整晚的星星？」

「對，不行嗎？」又芳徹底轉過身去。

「妳背包沾到咖啡了。」他走向又芳，站到她身旁說。

「你的衣服才糟吧。」她忍不住說，「整片咖啡漬，怎麼辦。」

「沒關係啊。」

「真的沒關係？不是才換過新衣服？」

「原來妳注意到了，」小顏無所謂地說，「待會再換回來就好啦。」

「本來的衣服呢？」又芳有些內疚。

「都塞在置物櫃。」他拿出鑰匙一邊說。「就在那個迴旋梯的轉角，要一起過去拿嗎？」

「嗯。」

大約十分鐘後，兩人走到機場右側底端的置物櫃前。顏開林仔細看了看鑰匙上的號碼牌，的確是H71號櫃沒錯。「你確定是這一格？」又芳再次向他確認。她看著身旁早已打開的櫃子，寬敞的空間內空無一物。

「妳在伯斯有報警過嗎？也是000嗎？該死，要打幾號？」面對這種情況，一時之間小顏也不知道該怎麼處理。

「問問服務台吧。」又芳似乎也只能這麼建議。

大約半小時後，機場的服務臺人員為他們找來一名負責置物櫃的保全。小顏出示皮夾內多張證件，證明自己的身分，再拿出保險櫃的鑰匙，保全也拿出備用的鑰匙核對，確定是同一把，承諾盡快為他們找回旅行袋，並讓小顏填一張協尋單。

一旁的又芳注意到小顏幾次拼錯單子上的英文，反覆塗改失物列表，突然覺得他像是個沒什麼社會經驗的大學生。不過也可能是太緊張了，今天如果換成是她，恐怕也無法輕鬆。

「你剛才不是說手機放在袋子裡充電？也被偷了，對吧。」又芳拿來小顏的協尋單，劃掉原本寫在Cell phone欄位的號碼，改填自己的手機號碼。

「你叫『顏凱』？」這時她注意到小顏的名字。

「是啊。」顏凱又重新嘻皮笑臉了。

「不是『顏開林』嗎？」

「來澳洲之前改掉了，那是小時候的名字。」

又芳狐疑地看了他一眼，停下手上的動作，有點後悔一時衝動幫他代為填寫。

「唷，這是妳的手機號碼？」顏凱眼睛一亮，一副準備記下的模樣，又芳立刻遮住號碼。「看什麼，離我遠點。」顏凱笑著舉高雙手，退後兩步。又芳寫好後，直接把單子交給櫃臺。

「都辦好了，就等他們聯絡囉。」只是又芳仍舊疑惑地說：「不過，你為什麼要換衣服？」

「因為要見一位重要的人物。」

「什麼重要人物？」

「妳猜。」顏凱神神祕祕的樣子。「有這麼難猜嗎？」

「不說就算了，那現在怎麼辦？」她指著他身上的污漬。「要不要買件襯衫？」

「都幾點了，店都關了吧。」他看向又芳背後一排打烊的商店。「別想了。」

「你還要接機，沒有手機怎麼聯絡？」

「在入境口等人就可以了，總不會從其他地方出來吧？還是到時候妳借我手機？」顏凱說完，見又芳微微點頭。兩人沿著大廳上方燈光的弧線走著，不知道要做什麼。顏凱不太能適應沒有手機的節奏，又芳則不太喜歡身旁有一個愛說話的人。他們陷入某種尷尬。

「現在是深海時刻。」顏凱面對巨型的玻璃帷幕。

「十一點多了。」又芳說完也看向機場窗外，卻沒有什麼興致想像。「外面當然都黑了。」

「真希望飛機delay久一點。」

「為什麼？」

「誤點才有妳嘛。」

又芳不禁翻了白眼：「你能說些別的嗎？」

「那妳喜歡什麼顏色？」

「最近喜歡藍色，前陣子喜歡黃色。」

「最喜歡的動物呢？」他試著問第二個問題。

「小藍企鵝。」

「妳來澳洲，最期待什麼？」

「想到咖啡店蒐集情報。」她轉身補充道：「看他們用哪一臺咖啡機。」

「那麼妳最想學哪種咖啡？」

「當然是Flat white。」

「來澳洲遇過最討厭的事？」

「黑工。」

「噢嗚，大家都是。在澳洲感觸最深的一句話呢？」

「Anything can be destroy from that distance.」她看顏凱的表情，似乎需要翻譯：「任何東西都會因為距離而摧毀。」

「妳覺得現代人最需要？」他似乎問出樂趣了。

「放棄書本。」她說。「為什麼我們會覺得自己的知識不夠用呢？」又芳突然停下腳步。「我想到了，二樓管制區外可能還有一些商店。」

兩人搭電扶梯上樓，又芳的視線有意無意搜索大廳內的人群。「機場內外有很多光源，卻一點也不溫暖；有很多旅人，卻一點也不熱鬧。」她想，在機場似乎沒有比誤點更無奈的事了。小顏見她發愣，手伸過來敲敲扶手「叩叩叩」地自問自答說：「有人在家嗎？陳又芳掛號，請在這欄簽收。嘿，臺灣不都這樣嗎？」他站的階梯比她高一層，由上往下嬉皮笑臉的。

「有時候真想K你。」又芳一臉反感。

「Kiss嗎，好啊！」他擠眉弄眼，指著自己的臉頰。

「揍你喔。」

又芳真的出拳抵住他下巴，他則繼續有一拍沒一拍地敲著扶手，像是小小的抗議。「怎麼樣，心情好一點沒？聽得出是哪首歌嗎？」又芳終於憋不住，被他手指輕扣的節奏逗得發笑。

兩人抵達二樓，然而大部分的商店也都關門了。一無所獲，只能折返。

回到機場大廳，顏凱拉一拉又芳的白色帽T，指著眼前的公共排椅說：「我們坐這邊吧，整個機場就是這個位子最舒服了，我每次都窩在這滑手機。」又芳並未認真聽顏凱說話。她環顧四周，原本人來人往的機場，深夜也罕見幾名旅客。

「人少了好多，難怪冷氣更冷了。」她說。

這個時候，他們都累了。顏凱帶又芳舒適地坐好，一左一右，兩人靠得很近，彷彿能感覺到彼此的呼吸。

「睡機場也不錯啊，我們一起作伴。」他偏著頭看向又芳。

「我、們？為什麼總是跟著我。」

「我能去哪？我的旅行袋，還在妳的手機裡呢。」顏凱看又芳似乎又要生氣了，就朝她眨眼笑說：「別別別，這個給妳。」

「這是？」

「眼罩。」他攤開。

「怎麼會有這個？」

「記得我說過的帳篷嗎？在戶外過夜很好用的，想睡的時候就可以拿出來，我隨身攜帶。妳試試看。全新的，還沒有拆封。」

「你常在外頭過夜嗎，你身上到底還有什麼啊？」

「錢包、眼罩，還有一隻麥克筆。」顏凱將東西一一掏出。「就這些了。」

「很矬欸。」又芳說什麼都不願意戴上眼罩。不過她真的累了，顏凱趁她不備很快地幫她戴上，又芳的臉頰瞬間紅了起來。「哎哎，別急著拿掉！」他說完，隔著眼罩問她：「妳去過中西部嗎？」又芳並不理他，手指勾著眼罩準備扯下來的時候，他按住她的眉心說：「聽過烏魯魯聖山嗎？想像一下，在澳洲中西部，那邊很乾燥，走到哪都是乾巴巴的土地，還有葉子很刺的草堆。不過，雨季來的時候，在理應沒有河流的地方，會突然出現河流。」

「真的？」

「當然，我親眼見過。四面八方的雨水，像透明的生命體，慢慢匯集起來，往大地的低凹處拼了命地集中。原本細小的水流，越來越壯大。一開始我以為，喔，大概會積水吧，形成大水窪。但最後我才意識到，那是一條河流。」

「不就是淹水？」

「是淹水啊，但有時候不僅僅是如此，一旦時機來了，就會出現河流。妳專心想像一下嘛。」

「哦，所以呢？」

「剛剛的事，我向妳道歉，妳肯定有什麼不得已才離開墨爾本，我只想說，也許事情總會水到渠成吧。」顏凱逐漸鬆開她的眉心。

「說這麼多，我都不知道你是為了那件事道歉。」

「我是說不了太漂亮的話，但就想鼓勵妳嘛。」沒想到顏凱正經不出三秒，又開玩笑說：「感謝飛機誤點那麼久，讓我可以用一整晚道歉。」

「不必了。」又芳摘下眼罩，拿在手上把玩。

「妳學咖啡的事，我是真的覺得妳很行。」顏凱輕輕拿回眼罩，也收斂自己的態度。又芳仍舊低著頭，看著交握的雙手。過了好一會兒，她抬起頭來坦然說：「那一個晚上，我瞬間失去了兩份咖啡店的工作。我明白是自己能力不足，可是因為喜歡，所以很難過。」

「妳別又撇過頭去哦。」

「你想太多了。」說完，她轉頭看向外邊。

「每天累積一點努力，未來就更多選擇。我們還年輕，只能這樣安慰自己吧。」

顏凱順著又芳的視線，看向又芳看的方向。「看著機場外，都在想什麼？」

「沒想什麼。」

「騙人，一定有什麼。」

又芳想想，說：「以前國文課不是有教嗎？太陽遠還是長安遠？第一次回答太陽遠，第二次回答長安遠。總覺得那些，現在都離我好遠。」

「想回臺灣嗎？」

「不會啊，伯斯很好，完全不會想回去。」

「妳為什麼不回臺灣？」

「才剛回答你墨爾本，就要追問這個？」

「我只是想到，或許我回臺灣之後，能幫妳做些什麼。」

她身子向前傾，一手撐著臉頰，靜靜看著顏凱。他覺得她的瀏海在深夜的燈光下很美。

「那麼幫我去喝一杯麥當勞的咖啡。」她說。

「就這樣？」

「嗯。」又芳說完起身。「現在不想睡了，要不要起來走走？」

凌晨一點，空曠的午夜機場，兩人沿著白色的圓柱漫步。黑夜與燈光所調配的化學作用，讓他們不再在意那些看上去像是背景般的警衛、客服，或是疲倦的。又芳的步伐輕盈起來，在顏凱眼中，她的每一步都不設防，彷彿等待他跨入、跟隨，在星光下踩著她的步伐。這種默契，來自於他自己願意，把一切交給了這個女孩。以前的你很看重自己，直到遇見了那個人，你會覺得，你的生命只是為了成全她。他忽然有了這念頭。

「只是陌生人，有必要，為我做到這樣嗎？」沒想到她突然停下腳步回頭問他。

他看著眼前的她，心臟蹦蹦跳得非常誇張。

又芳見他不說話，笑了出來：「你搭訕真的有成功過嗎？」

「沒有。」顏凱貌似認真地回想。

「那為什麼還要搭訕？」又芳不解地說。

「我不搭訕別人，難道等別人來搭訕我？」

「你就這麼想交朋友？」

「那妳又為什麼喜歡麥當勞……」顏凱納悶地問。

「你吃麥當勞的醋啊？」又芳繼續往前走。「從小我就很喜歡麥當勞，第一次去麥當勞，是在澄清湖大門口的旗艦店。小學一年級時爸媽帶我去的，到現在都還記得第一口麥香魚混著塔塔醬的味道。我也喜歡店內小朋友玩的球池呀，還有頂樓的小木屋呀，感覺就像一座城堡。不過幾年前，那個門市因為租金調漲，收起來了。」

「只是喜歡的店關門了，就決定來澳洲嗎？」顏凱覺得沒有被說服，「房租調漲的情況在澳洲同樣會發生噢。」

「當然不是。不過，這是我第一次對臺灣感到失望。感覺在那裡，好像不會有人珍惜你的回憶、你的生命，還有你曾有過的努力。」

「到底還有什麼原因？」

她走在前轉頭說：「換我問你。你最想做的，是什麼？」

「我？」

「嗯。真的想回臺灣蹲紙杯工廠嗎？好吧，除此之外呢，沒有其他想做的事？」

顏凱說，確實認真想過這個問題，也想過幾種可能，但他不知道這比較接近理想還是現實，或者什麼也稱不上，只是無聊打發時間的一個念頭。「這就跟突然想吃什麼、想見什麼人，或想去哪走走一樣，好像不做也可以。」最後他還是走到又芳前面，攔下她說：「我還沒辦法給答案。可是，妳就能保證，妳的決定是對的嗎？」

「正不正確很重要嗎？」

「妳在臺灣的家人怎麼辦？」

「他們可以來澳洲。」

「從小到大的同學、朋友，妳都不想要了？」

「對。」她非常明確地說。

「等我回臺灣之後，妳該不會也……」

「不會聯絡。」她補充說，「對麥當勞咖啡的感想不用和我說。」

「吼，腦子快被妳搞混了啦。」他說完，有那麼一刻閉起眼。「妳就那麼那麼討厭臺灣？為什麼？」顏凱將雙手搭在又芳肩上。「我想知道，因為這和我未來想做的事很有關連。」

「你的未來，干我回不回臺灣什麼事？」她抬頭看他。他是一個個子很高的男孩，或許在澳洲打工要理髮不容易，他的髮型給人一種不修邊幅的感覺，即便他的五官是秀氣、精緻的。

「至少今晚我們在一塊。」他沒有任何猶豫。

又芳不語，顏凱才意識到自己的動作過於冒犯，鬆開她肩膀。兩人剛好走到傍晚看星星的角落。又芳慢慢走近落地窗，那一刻，玻璃的另一端顯現了她的影像。

「已經搬走的鄰居留下兩輛腳踏車，一直放在我們家旁邊的巷子。從國小開始，每天上學、放學，我都會看到那兩輛被遺棄的腳踏車，經過了十多年，它們還是在那裡。後來，我到麥當勞工作，有天下班回來，經過家門口的巷子，看向陰暗的角落仍舊是這兩輛腳踏車，儘管生鏽了全是灰塵，但它們還是沒有被清走。那時候我突然覺得，未來二十年、三十年，那兩輛腳踏車還是會在那裡，什麼也不會改變，這就是我想離開臺灣的原因。」

「什麼也不會改變嗎？」顏凱屏氣凝神，看著眼前的又芳與又芳的倒影。

「嗯。」她將手離開了玻璃，但並未轉頭看向他。

顏凱就站在一旁，又芳不知道他是否和她一樣看著天上；就算他跟她一樣看著天空，她也不知道他看的是什麼星座。課本教過的那些天文知識，在她身上從來沒有真正實踐過。她在臺灣不曾見過日蝕、月蝕、流星雨，像五星連珠這種只在引力上有所牽扯的天文現象，她自然更不可能感受到了。連什麼是藍月，她也是因為伯斯的天空才知道。

「星星的位置都變了。」顏凱說。

「今天掉了東西，你應該覺得運氣很背吧。」

「因為和妳在一起，遇到什麼事，都覺得是好事。」

「你在說什麼呀。」

「如果今天我們沒有遇見，未來我們會是怎樣？」顏凱看向又芳。

「就算遇見了，也不會改變什麼。」星光照著她臉龐。

「妳相信愛情嗎？」

又芳停了半晌。「我不相信愛情了，因為沒有一段是開心的。」

這時又芳的手機響起，她接起手機，刻意迴避顏凱走到一旁交談。大約十分鐘後，她通完電話回來。「我朋友從新加坡打給我，說她的班機延誤了，兩點才會登機。她怕我在機場等太久，要我告訴她地址，她自己搭車過來。另外，你丟掉的旅行袋……」話未落定，又來了第二通電話，但她看到來電顯示後，猶豫了很久，一直到響鈴感覺快要結束前：

「喂。」她在顏凱面前接起手機。「嗯，還沒睡。」「我在機場。」「對，妳姊姊要來。」「說中文就可以了，你也可以說英文。」「我不累。」「暫時還沒有想去首爾，想繼續待在伯斯。」「嗯，好，我很好。」「晚安。」

顏凱看著又芳在他面前簡單答話。只是為什麼不像剛才避開他說話呢？他感覺又芳沒有想掩飾什麼，好幾次對上她清澈單純的眼神，發覺她沒有任何的心思。等又芳掛掉手機，他直覺又芳是不好意思讓他等太久，而不是怕他聽到什麼。這樣想來，上一通的迴避，同樣是出於禮貌，這讓他更討厭毫無作為的自己。

「男朋友？」

「嗯。」又芳還在想事情。

「怎麼認識的？」

「以前墨爾本咖啡店的同事，但他先回韓國唸書了。」

「抱歉我收回之前的話。」

「沒關係。」她說。

「為什麼不和他去韓國？」

「那就跟回臺灣是一樣的。」她想想。「嗯，是一樣的。」

「新加坡飛伯斯，大概要五個小時，得等到明早七點了。」顏凱停止了追問。

「對了，本來以為手機響，是你的袋子找到了。」又芳有些失落地將手機收入背包中。

「其實，我覺得不可能找回來了。」

「為什麼？」

「除非有奇蹟吧。」然後他們抬頭看向機場告示板上的時間，再同時轉向對方，很有默契地對彼此說：「你餓了嗎？」

深夜的燈光猶如深海之光。兩人站在販賣機前選購飲料和零食，對每樣東西指指點點。顏凱一度考慮現炸薯條販賣機「Mr. French Fry」。不過又芳說她只想看看油炸出來的成品，並不想吃。他見又芳用Apple Pay購買了一杯現榨的橙汁，接著又來到另一臺餅乾販賣機前。

「有Cheez-it耶，我來澳洲買的第一樣東西就是Cheez-it。」又芳指著起士餅乾。

「這個不錯吃，我室友們對每一種餅乾都很好奇，一屋子七、八個人常窩在一起分享零食、看足球賽。所以妳喜歡吃起司餅乾嗎？我也是耶！」顏凱說著說著，彷彿已經聞到餅乾的味道。

「那時候只想把錢找開啦。」

「現在為什麼想買Cheez-it？」他看她再次點開Apple Pay。

「第一直覺，想吃不為什麼，倒是有點猶豫要不要也買巧克力棒。」

「Mars嗎？」顏凱指著販賣機裡唯一一款巧克力棒。

「嗯。」

「說實話，澳洲的巧克力棒，甜到爆炸好嗎？」他表情有點僵硬地搖搖頭。

「還好吧，你肯定也不喜歡巧克力曲奇。」

「妳好像很喜歡巧克力。」

「小時候看過《巧克力冒險工廠》。」又芳喝完橙汁。「很喜歡那部電影，最喜歡看機器把每個不是巧克力的東西淋上巧克力醬的橋段，感覺像施魔法。」

「我也是，我是說電影。」顏凱決定好要買什麼了，卻沒有零錢。

「這次我請你吧。」又芳看向顏凱想要的Kinder巧克力說。

顏凱堅持自己付，在口袋翻找好久，最後掏出一張皺巴巴的粉紅色五元鈔票，幾次壓平並塞入鈔票口，卻都被機器吐了出來。

「太皺了，給它多吃幾次就平了。」顏凱尷尬笑笑，再次放入紙鈔。

「試了這麼多次，說不定是假鈔吧。」

「假鈔？怎麼可能。」

「有一些假鈔連驗鈔機也沒辦法察覺。」

「如果連驗鈔機都ＯＫ，那麼販賣機就更沒問題囉。」顏凱挑眉再試了一次。

「要弄到什麼時候啊。」又芳背靠販賣機，顯得無奈。

「Bingo！」兩人興奮叫道。沒想到這次販賣機突然亮燈，又芳趕快按下按鈕，顏凱立即將巧克力拿了出來。兩人開心跑回大廳中央的椅子上，享用機場販賣機的Kinder巧克力，以及Mars巧克力棒、起司餅乾。但不說話之後顯得太安靜也太無聊了，反而不知道怎麼度過接下來的夜晚。顏凱提議又芳用手機放點音樂，但又芳不好意思打擾其他旅客，哪怕整個C區的座位僅有他們倆。最後，她將左耳的耳機分給了顏凱，問他，想聽什麼？

「My Disco、Pond、Temper Trap、New Empire、Cut Copy，我都蠻常聽的，有時還會去看當地的樂團表演。」說完他打開礦泉水，讓又芳先喝。

又芳喝完還給顏凱，同時好奇問：「你怎麼會知道，這麼多澳洲的流行音樂？」

「都是一年來在賣場、餐廳、打工的地方聽到的，平時也會上網聽B105電台。」

「我也喜歡聽B105，但美國音樂很多。」

「Triple J介紹比較多澳洲的樂團，當然還有最棒的老團，」

「AC/DC！」兩人異口同聲。

「他們都不寫情歌。」顏凱表情滿意地說。「這才叫重金屬嘛！」

「哪有啊，You Shook Me All Night Long不是情歌嗎？」她說。

「真的？」他細想。「沒錯欸。Yeah you shook me, yeah you shook me…」

座位上，顏凱模仿起主唱Brian Johnson的沙啞嗓音，加上短褲吉他手Angus Young的刷扣動作。一旁又芳也被逗笑了，順勢在YouTube點歌。兩人跟隨AC/DC的節奏，對嘴哼唱，輕微擺動肩膀，看似不經意，可是其實雙方都輕輕將搖擺方向與力道控制在一定的範圍內，不讓聯繫彼此的耳機掉了下來。顏凱覺得坐著不過癮，搖頭晃腦地拉起又芳。

兩人踩著簡單的步伐，前後左右反覆跳著。音樂一再重播，耳機線的長度有限，儘管兩人已盡可能貼身了，耳機還是從又芳耳側滑落，顏凱乾脆也把耳機拔掉，讓手機播出聲音來。「反正沒人嘛。」他拉著她的手不讓她碰著手機，兩人再跳了半首歌。正開心的時候，偶然走來幾名旅客，讓正投入的又芳很不好意思，掙開了顏凱，關掉手機聲音。

「還是用耳機吧。」又芳堅持，雖然看顏凱一臉不情願。「你都聽這麼躁動的歌？常去Pub或Club嗎？」她先坐下，仰頭看著他說。

「很少去，得存錢。」顏凱坐下回答，並反問又芳：「妳呢？舞跳得不錯欸。」

「我也很少去，得存錢。」她說。

「存錢做什麼？」

「店租、咖啡機、人手，都需要錢。有了店面器材之後，採購、擬菜單、定價、算成本、設定配方、SOP帶訓、咖啡帶訓、甜點帶訓、服務循環，各種時間不夠、能力不夠、資源不夠、經驗不夠，什麼東西都沒有，一切從零開始。」她比手勢強調。「經驗零，資金也是零。」

「妳真的要開咖啡店！」顏凱恍然大悟。

「嗯，想開自己的店。或者複合式的，搭配書籍跟音樂。」

「我們可以合夥啊。」他突然說。「我負責外場和音樂，大學待過熱音社呢。」

「傻子，」又芳笑說，「你回臺灣吧。」
「如果我也不回去呢？」
「你自己想清楚。但是，這不關我的事。」她說。
像是不願面對這問題，顏凱故意扮了一個鬼臉，說：「那玩點別的吧，海龜湯跟腦筋急轉彎？有一名男子在一家餐廳，叫了一碗海龜湯……」
「這些網路都有答案啊。」又芳說。
「好吧。」顏凱收回這提議。「網路發明之後，世界好像就變得不有趣了。」
「大家都在搜尋正確的答案。」
「變得缺乏想像。」他突然想到。「對了，店名呢？」
「什麼店名？」
「妳的咖啡店啊。」他見又芳不說話。
「菓菓。」
「什麼？」
「菓菓。」又芳認真重複了一次。
「什麼gogo？」

「我的店名。草字頭的『菓』。」

「哦，『菓菓』，要開在哪？」

「Box Hill，墨爾本最大的華人區，在銀行街，一排銀行的對面。」

「墨爾本我不熟，開地圖給我看好不好。」他指著她的手機。又芳搖搖頭並嘆氣說：「剛剛我坐下，手機就沒電了。」

「行動電源呢？」顏凱驚訝的看著又芳。

「沒帶，出門時連充電器都忘了。早知道就不聽音樂了，一定是YouTube太耗電的關係。」

「只怪我剛才點太多歌……」顏凱洩氣說。

「不怪你啦，我還有一臺小的MP4，剛忘了拿出來。」

「我來想想辦法。」顏凱說完，起身到服務臺詢問，稍後他拿了借來的充電器交給又芳，並告訴她機場內距離他們最近的充電區。

又芳想想：「我知道在哪了。」接著她起身離開座位，顏凱跟在她後頭漫遊，一步兩步任意地走。他走得慢，與她刻意拉出距離，但他心裡浮現一種難以言喻的感覺。她的背影不曾說話，卻像一顆指引方向的北極星，讓他不管轉幾個彎，始終只有一個方向。今晚已經好幾次有這樣的感覺了，這讓他想一直這樣，一直朝著她走去。

兩人走回傍晚看星星的角落。

又芳把手機拿到靠牆的充電區充電，顏凱說：「這邊沒有座位，不然插著就好，我們回去原來那一區坐著。晚上沒什麼人，不用一直顧著吧。」

「所以你的東西才會搞丟。你知道買一隻新手機，我要打工多久嗎？」

「喂，我有鎖好置物櫃的門哦。我是說，真的要偷，鎖了也會被偷。」

「我想在這裡。」又芳瞧了一眼上方的時刻表。「現在三點五十分，至少充一個小時吧。」

顏凱與又芳靠坐在離充電站不遠的白色圓柱底下，兩人的外套交疊，依偎在一塊。又芳將MP4握在手中播放，並拉出一條耳機線遞給顏凱。「吶。」沒想到顏凱接過後，先溫柔地為又芳戴上耳機，自己再戴上另一邊。「謝謝。」又芳不好意思地說。或許是空間過於侷促，以致於互動過於甜蜜，原本計畫好好休息的他們，始終無法入眠。

「人生如果不是這麼累，躺著也不會這麼舒服吧。」顏凱無意間伸了懶腰，突然他一手調整耳機停下來問。「妳有聽到海浪的聲音嗎？」

「這邊離海有一段距離吧。」又芳看向夜空說。

「很遙遠的海浪的聲音，我在伯斯不管到哪都能聽到。」

「都戴上耳機了」她說，「還聽得到？」

「現在沒有，我是說有時候。」他說，「妳好像很喜歡看著星空。」

「以前不喜歡，來澳洲才喜歡上的。」

「為什麼？我倒是很喜歡霧。妳看過澳洲農場早晨的白霧嗎？」

「有啊，白色很涼很清新。」

「妳知道嗎？我有時起床上工，開門看見白霧有多開心。」

「為什麼開心？」又芳問。

「小時候走路上學，路上整片都是白色很乾淨的霧。但高中之後，就算再早起床，我都沒見過白霧了，就這麼消失了。喂，妳說，我們是被流放嗎？為了追逐一些已經失去的或從未擁有的，不得不像最早來澳洲的英國犯人，被逼著離開臺灣。」

「是我們做了選擇。我們很自由，真正的自由。」

「臺灣不自由嗎？」

「不管投票給誰，都無法解決問題。在臺灣不管做什麼，都是不會有任何改變的自由。食物和空氣都有毒，健保再好又有什麼用？」又芳有點疲倦了。外頭遙遠的黑色空間，讓她回憶起一件事。「我剛來澳洲的時候，在墨爾本，一次偶然的機會，看見粉紅色的極光，瞬間覺得好幸福。可是許願的時候，想著自己的願望，卻又難過地哭了。」

「哭什麼，這表示妳很幸運。」顏凱拍拍又芳的肩膀說：「上個月我到波浪岩，等了一整晚的英仙座流星雨，結果三個小時只見到兩顆流星。」

「是陰天嗎？」又芳因為冷，拉了拉外套與顏凱靠得更近。

「晴天，星星堆滿天喔。」

「可能時間不對吧。」

「特別算過時間才去的，不過有時刻意安排反而一事無成。」

「好像是。」又芳努力醒著回應。

「既然有好友來伯斯，多約幾個朋友一起去走走吧，人多一點比較熱鬧。如果沒去過西北角，那真應該去看看。沿途有個叫Monkey Mia的海灘，那裡的海豚餵食秀，可以跟海豚親密互動，碰鼻子，磨臉。真的，超不可思議。」顏凱打起精神說。

「你剛說什麼地方有海豚？」又芳已經非常睏了，沒跟上話。

「Monkey Mia。」

「m-o-n-t-i-m-i-y-a?」

「不對。」

「怎麼拼？」

「就是『猴子』啊，『猴子米亞』。」顏凱笑出聲。「幸好單字很好拼，換作別的地名可就考倒我了。」他拿出麥克筆，把字拼寫在她的右手臂上，忍不住說：「妳真是一個特別的女生！」

「嗯？」又芳看著自己手臂上的Monkey，本來想生氣卻也禁不住笑了。

「一般人就算聽不懂，也會I got it! I got it! 把話帶過吧，真的想知道再上網搜尋囉，像妳這樣追根究柢的人還真沒見過。」顏凱的眼睛笑成兩尾魚。

「這是吃很多虧才學會的。以前常裝懂，有時候，想避免尷尬，有時候，是不想讓別人瞧不起……」又芳越說越含糊，顏凱越聽越清醒，甚至覺得星星也明亮起來。

「這誰都會吧。」

「你吃東西習慣看著食物嗎？」她突然問。

「會啊，又好像不會。」他看向自己的手。

「Hi, how's going? 歡迎光臨。」又芳半夢半醒的。「想在喜歡的環境，做喜歡的咖啡。」

機場的警衛上前靠近他們，打算將窩在地板的兩人趕到公共排椅區。但顏凱朝警衛做出噤聲的動作，不願警衛打擾又芳。警衛躊躇一下，見他們不礙事便走了。

「『菓菓咖啡』，真是個好名字。」顏凱看警衛離開，這才溫柔地回答又芳。

「剛來這邊時，」她閉著眼睛回想，「擔心別人一眼看穿我的英文程度，常常什麼都裝懂，就這樣，做了好多糗事。」

「是妳太老實了。」

「很多當下裝懂的事，結果就是一輩子不懂。」又芳意識到自己快跨過閒談的界線，於是改口說：「怎樣，是不是有點像大姊姊在訓話。」

顏凱搖搖頭，也裝成一副大人的模樣，望向機場跑道外金黃與蔚藍交界的遠方。

「妳看，日出了。我說啊，伯斯的天空是這麼遼闊，就像是直接站立在宇宙之下。」他看又芳已經不太能回應。「這邊總有各種顏色的晴朗。妳想，我們生活在這裡，是不是有一種天涯海角的感覺？而且還是一個繁華的天涯海角。如果年輕時不多看看多走走，那才真是一輩子不懂，嘿。」

她睡眼看向他說的地方，是伯斯簡單又美麗的天空。

「海王星上都是海嗎？」又芳覺得自己快睡著了。

「都是哦。」

「這樣的話，那真是一顆美好的星球。」

清晨，世界像又活了過來。又芳睡著了，顏凱靠近她的臉頰淺淺啄了一下。

「你偷親我？」又芳睜開眼睛。

「我只是想叫醒妳。」

此時機場一則廣播打斷兩人對話，他們分別收回自己的外套，不好意思地起身整理裝容。

剛下飛機的旅客陸續從又芳身邊經過。他們的運動鞋、高跟鞋、行李箱踏在這塊土地上，發出一陣急促且刺耳的聲音。又芳拿出手機，看時間已經早上六點多了，才想到昨晚手機不是在充電嗎？原來，顏凱早幫她把手機放回口袋。再看一眼站在旁邊的顏凱，發現他正盯著自己瞧，她直覺低下頭躲避他的眼神。

「之後聯絡好不好？」

又芳沒有答應，時間差不多了，她確定上方告示板的班機，趕緊走到入境處。伯斯機場的出口不寬，她想惠妍一出來就能注意到自己。她看著前方人群不再理會顏凱，但他仍靜靜站在她身邊。沒多久，有三、四個打扮入時的女孩手上提著各種名牌包，從入境的閘門口出現，只見她們興奮地朝又芳的方向過來。

「喂，Kevin！我們在這呢，你手機怎麼都打不通！」

其中一位穿著貼滿水鑽背心的女孩，率先與顏凱打招呼。等她靠近後，眼神毫不客氣地打量又芳一遍。就在顏凱被她們包圍時，又芳看見惠妍的身影了。

今天的惠妍就像兩人初次見面那樣，一件輕便的小花連身裙，罩著她白晰且纖細的身形。

又芳朝她走去，接過她的行李，抱了抱她說：「見到妳真好！」她們愉快走出機場，很快招到一輛計程車，前往惠妍指定的飯店。

「有沒有想去哪裡玩？」

「這幾天我在市區逛逛就好了。妳打工要緊，不必陪我。」

「我想……」

「嗯？」惠妍收起手機。

「明天我會請假，如果不行，我就辭職，一起到附近走走。妳不是對設計有興趣嗎？我們可以去Fremantle。」又芳拉著惠妍的手。

「這是妳給我的驚喜嗎？」惠妍開心地答謝又芳。

下一秒，窗外響起喇叭聲，顏凱駕著一輛廂型車從駕駛座看向又芳。她不明白他的意思，只是冷眼見他載著那群女孩，從自己搭乘的計程車旁駛過。

「那輛車的音樂……」惠妍想到，「以前我們常聽的，Shook me all night long。」

「哦，也太大聲了。」又芳雙手撥了頭髮。

「又芳，妳手臂上寫了什麼？」惠妍好奇地問，仔細看著那行字又說：「好像是Monkey和一組數字，似乎是手機號碼。」

「有嗎？」

又芳紅著臉，舉起手臂想看一下，卻發現那組數字剛好寫在她看不到的地方。

P

深度安靜

Deep Quiet Room

所以這些被安頓好的東西，知道有一天會失去他們的主人嗎？
是主人離開了他們，而不是主人不要他們。
東西是不是被丟掉的，有很大的差別。

諭明一早醒來，身旁的妻子已經過世。

依庭整個人就像睡著一樣，但又有所不同，蒼白的臉孔如同被凍結了，身體特別冰涼，只剩額頭還殘留一點體溫，怎麼叫她都沒有反應。諭明立刻下床，奔赴客廳拿出自動去顫器，並敲打柯先生房門，要岳丈趕緊叫救護車。他快速回到妻子身旁進行急救，柯先生撥完電話後，也趕至女兒和女婿的房間。直到把依庭送入醫院，諭明仍在反覆確認妻子額頭的溫度。

火光在他們眼前一熱，天空開始落下大雨。諭明手捧依庭的骨灰罈，柯先生在一旁撐傘。雨滴仍不時打在他們肩上，兩人彷彿身處在一個集中雨水的坑洞。諭明覺得雙手很沉，以前抱起依庭，也沒有現在這麼重過。

他們為依庭選擇寶塔中一個最安靜的角落，合力將她埋進夏日深處。

葬禮結束後，賓客們移師餐廳用餐。諭明與爸媽、柯先生同桌。擺滿素菜的餐桌前，諭明拿出手機，將葬儀社安排的流程一一確認辦妥後劃掉。當他劃到最後一項的時候，不由得多看了柯先生幾眼。

「接下來我該做什麼？」

用餐時，這句話他差點就脫口而出，但這麼直接的話，說出來只怕相當不得體。雖然同住一個屋簷下，但他與柯先生並不熟悉，即使兩人並列喪家，只怕前來致奠的禮賓，都比他更認識柯先生。仔細回想起來，他鮮少私下與柯先生說話。兩人每次交談，總有妻子在場。

「待會客人離開，別對他們說再見，禮俗上不可以這麼講。」

柯先生耳提面命說道。平日總是穿白色長袖襯衫的柯先生，今天穿了整套的黑色西裝，並打上黑色領帶。面對喪事，他沉穩看似很有經驗，相較之下，諭明卻是第一次。諭明的爸媽不忍心，時時安慰諭明。不過更讓諭明懸在心上的，是他與柯先生的親緣關係，是否也在這一餐之後，等於結束了？

依庭是獨生女。她的母親在她很小的時候就離開他們父女。和依庭一樣的病，應該說，她的病就是柯太太留給她的。治喪期間，諭明不斷聽到禮賓將母女倆一塊比較，這些人都是柯先生的親戚。依庭母親一方，則始終沒有人到場，以往諭明在家也很少聽他們父女提起柯太太。他曾見過柯太太的相片，母女倆長得並不像。依庭略方的臉型，其實更像柯先生。

柯太太過世時，依庭已五歲。就這點而言，諭明是嫉妒柯先生的，他們在一起的時光不僅較他們夫妻長，更擁有了愛的結晶。依庭由於心搏過快，體重一直過輕，皮膚也白皙得毫無血色。心臟科和婦產科醫師，都認為懷孕會導致她病症加遽，危及母子性命。因此諭明沒有很積極地想要有孩子，但依庭想要有孩子嗎？她只說過，不希望生出來的孩子體質像她。

突然，柯先生拍了諭明肩膀一下。「我去公司一趟。你先回家吧。」並向諭明的父母致意。

「好，再見。」他還是和柯先生說了再見，柯先生只是又拍了他肩膀兩下。

諭明回到家，第一件事是洗澡。火葬場的味道，都沾黏在毛髮和衣服上。他蹲在蓮蓬頭前，低頭看著左腳。不知道從何時開始，他左腳大拇指的指甲，就是裂的。剪掉之後，也是長成裂開的樣子。依庭曾問過他，「是天生就裂了嗎？」他沒有回話，不知道怎麼回答。「天生不是這樣的，指甲天生不是裂的。」他說。然後他在浴室哭了起來。

離開浴室，他躺到兩人的床上，現在只剩他一個人了。

他看向依庭平時閱讀的書桌。每晚睡前，依庭都會將家裡的每樣東西收拾整齊，更列好每件物品的明細。所以依庭過世後，幾乎沒有一件事需要諭明操心，沒有什麼東西，是妻子去世後就找不到的，更沒有什麼是被妻子藏起來，而被他意外發現的。妻子所擁有的一切，他都毫無遺漏地繼承下來。所以這些被安頓好的東西，知道有一天會失去他們的主人嗎？是主人離開了他們，而不是主人不要他們。東西是不是被丟掉的，有很大的差別。

諭明甚至覺得，被依庭丟掉的只有他而已。

依庭過世的前兩天，他們剛從北海道旅遊回來。按公司規定，年資三年以內，年休假一律七天，三年以上則按年資累積。諭明目前十一職等，剛考過襄理，從大學畢業那年算起，已經進公司九年了。為了紀念結婚三週年，今年他特別安排十天的假期出國旅遊。

八月的第一天，兩人搭機從臺灣直飛札幌的新千歲機場。由於諭明考量到依庭身體能負荷的程度，參觀的景點不多，無論是小樽、洞爺湖、富良野，他們盡量在同一個地方待久一點，享受緩慢的旅程。

回國前一天早上，他們在星野度假村的森林餐廳用餐，一旁的巨型落地窗可望見整片青綠的杉樹林。出國前，醫生評估過依庭的情況，告訴他們不用擔心，沒有任何問題。這時，他見依庭只吃了一點就放下湯匙，側臉看向窗外。

「還好嗎？」他徒手剝著蓬鬆卻又綿密的北海道馬鈴薯。他知道依庭想冬天來，可是夏天的溫度比較舒服。冬天雖然有雪，但是太冷了，尤其還是北海道。他怕她的身體會受不了。

「為什麼不冬天來？」雖然她並沒有這麼說。

眼見妻子一直不說話，諭明循著她凝視的方向看去。「哦，啄木鳥啊。這樣子敲，頭還不會暈，蠻有趣的。」

他們在裡面用餐，其實聽不見外面的聲音。不管啄木鳥如何奮力敲擊，或是窗外風動的樹鳴，以及森林裡各式各樣應有盡有的聲音，於他們所在的位子上，一概都不存在了。窗外就像一部綠色的默片。

「等冬天一到，動物就都躲起來了。」依庭終於動了餐具，看向諭明說。「昨晚睡在飯店，我夢見自己被關在動物園，可是不知道自己是什麼動物。」

這是依庭告訴他的最後一個夢。

諭明起身來到書桌前，抽出依庭生前常閱讀的一本唐詩讀本。偶爾睡前，他會看到依庭在書桌前備課。他記得，依庭曾經看著某一首詩入神。她在一間家扶基金會工作，常帶小朋友讀書。諭明把書拿到床上翻閱，心裡試著唸出詩句，終於翻到了那一首，只見依庭在書上，圈出每句的頭一個字：

千山鳥飛絕，
萬徑人蹤滅。
孤舟蓑笠翁，
獨釣寒江雪。

諭明可以想像一名老漁翁頭戴斗笠，獨釣寒江的畫面，甚至將那畫面中的漁翁和自己的形象重疊。體會這首詩對他而言並不困難，只是依庭為什麼會對這首詩特別有感觸？想像的過程中，他完全無法將依庭和那名老漁翁的模樣相互替換。不論如何，他很快就睡著。喪禮太令他疲憊了。

夏夜最為短暫。連續幾個早晨，諭明醒來，都會驚覺妻子不在身旁這件事。或許是在廚房煎著荷包蛋吧。可是當他走到廚房，再走到客廳，都找不到依庭。又或者是先上班去了，手機裡應該有她留給他的訊息。不過幾天下來，都不是他想的這樣，依庭再也沒有回來過。這是當然的，他已經親自送走依庭，往後的生活，肯定是跟從前不一樣了。

有時他坐在冰箱前的地板上，望向大門，等依庭回來。柯先生走過，見諭明難過地坐在那，也只是不發一語地從冰箱拿出食物。他一向不太過問他們夫妻的事，即使都這種時候了，他仍是如此。這讓諭明的情緒有些彆扭。慢慢地，只有當柯先生不在家，他才能正視自己對依庭的思念。偶爾，柯先生一早會過來敲門說道：「早餐我放在桌上。先出門去公司，晚上才回來。」

柯先生請喪假的時間很短，僅五天。這幾天更是早出晚歸。諭明在家用餐的時候想，柯先生或許是要給他，也給自己，更多的私人空間吧。儘管柯先生表現得很正常，但諭明還是能從生活的細節，看出柯先生沉浸在悲傷裡。比如因為過分壓抑，以致於對周遭的敏感度大幅降低。柯先生將電視開得比以往還大聲，幾次也見他陷在客廳的沙發上沉思，沒注意到諭明。

原本由依庭包辦的家務，在停擺半個月後，重新由兩個男人各自打理。諭明與岳父，自然而然地清洗起自己的衣物。家中逐漸劃分成兩個區塊，客廳及前陽臺的花圃歸柯先生管，廚房及後陽臺則由諭明負責，兩人也有各自的房間和洗手間。唯有依庭的更衣室不屬於他們之中的誰。

儘管有時也會幫對方接電話，或是幫對方帶份餐點回來，但他們更像是合租房子的室友。生活上各自獨立，既不分享悲傷，也不相互安慰，雖然共處一室，卻一點依賴彼此的感覺也沒有。

諭明提著洗衣籃到後陽臺曬衣服，他第一次注意起柯先生的襪子。黑色、藍色、綠色、紅色，基本上都是長版素面，都沒有Logo，不像他的襪子拼色豐富。這些襪子是柯先生自己買的，還是依庭買給柯先生的？

「你和同事上班都穿西裝，沒有什麼變化。但坐下來的時候，褲管會被拉高，就會露出襪子。好襪子能顯現一個人的品味，即使衣服、褲子不是很好，只要穿上一雙好襪子，其餘反而讓人覺得不重要了。」依庭曾叮嚀他說。

她總是買給他最好的襪子，讓他穿到公司上班。雖然襪子並非依庭的物品，但他仍舊把襪子視為依庭的遺物。他不免猜測，依庭買襪子的習慣，會不會是受到柯先生的影響？

曬完衣服，他回到房間，將公司的業務報表拿出來看。能在家處理的文件和信件，休假前都已經處理完了，好像除了打電話向幾名客戶聯絡一下之外，沒有什麼可以在家做的事。他有點想回公司了。旅遊假和喪假，已經讓他將近三個禮拜沒去上班，眼看還有兩個禮拜的假，想到自己出社會以來，從來沒有放過這麼長的假期，何況在家還要面對柯先生。

整整休息一個多月後，諭明重新回到銀行上班，但此時公司的氣氛已經與他休假之前大為不同。為了減少營運成本，總行有意裁撤諭明所在的金山分行，但是員工們的去留仍然懸置，究竟是調到其他分行，還是資遣，公司始終沒有明確宣布。許多年資較長的行員，紛紛考慮要不要申請退休。雖然諭明之前就從同事的網路社群上，得知了這項消息，但那時正值喪妻，也就沒有繼續關注公司的情況。

下班後，幾位同事邀他到長安東路吃熱炒。

「總之吳襄理你不用擔心，就是被調到其他分行罷了。像我們這些辦事員，開玩笑講，真的就要上人力銀行打卡啦。」在公司一直跟著他學習的立夏說。他前陣子新婚，諭明拿起小酒杯，不免多估量他一番。

「可未必哦。調到其他分行，也只是溫水煮青蛙，之後又會找其他理由裁員囉。」負責存匯的老專員耀昌說。「沒發現嗎？現在客戶到銀行，連號碼牌都不必抽了，臨櫃的行員還比客戶多。以前單看分行，就能看出一家銀行的實力，挑最好的地點、用最好的裝潢，現在反而成為燒錢的單位。」耀叔厚重的眼鏡底下，視線正盯著諭明。「所以調到哪間分行，不都一樣。」

「幾年前，公司就開始裁撤中南部的分行，沒想到現在連臺北的分行也要裁撤。」諭明覺得自己也得說些話，才不至於冷場。

「唉呀，麥當勞都撤出臺灣了。」晏儀無奈地說。她是公司最年輕的一批新進職員，剛到分行不滿一年，就遇上這種事。

「我們是外商銀行，待遇和公股銀行差不多，所以也不是外不外資的問題。」耀叔推了眼鏡一把。「最先，就是從歐美開始人事精簡，高階主管也逃不掉。說是要削減開支，實際上你們也知道的。」

「知道？知道什麼？」立夏嚼著辣炒魷魚說。

「公司這幾年結算盈餘，根本就獲利！賺錢卻還要裁員，這是大勢所趨。」耀叔又說道。

「什麼趨勢？」晏儀抬起頭說。

諭明看向木桌旁的雜誌架。兩三年前，財經雜誌預測未來十年最不被看好的職業，都沒有提到銀行員，反而當時那些趨勢專家不看好的農夫、房仲、快遞、空服員，都逆勢翻轉了。沒想到衝擊最大的竟是他所在的金融業。

他也注意到，大家刻意不提他喪偶的事，又或許是不放心上，話題總圍繞在分行的存與廢。當初他和依庭結婚，就是在分行同一棟大樓的高級餐廳宴客，多位上司和同事也是在這裡完成終身大事。可惜餐廳一年前已吹熄燈號，沒想到現在連分行也要收起來了。

某家跨國銀行又裁撤了8000名雇員，

2000名派遣人員，

400名銀行經理，

150間分行，

員工總人數減少了35%。

這些數字，現在都已經聽到麻木。

因喝了點酒，諭明跟司機說錯了地址。太早從計程車下來，走在路上，好幾次要偏離家的方向，卻再次走回應走的道路。口袋裡一陣晃動。他接起手機，母親打來說：「你也別再打擾人家了。」問他何時要搬出柯家？

這件事在他看來，就像辦公桌上被放在「未決行」籃子裡最底下的Case。突然他想到這比喻不對，現在大都是電子報表，線上簽結了。

考量到工作，他說就算搬走也是留在臺北。「在臺北比較有輪調和升遷的機會，中南部就很慢了。」說完自己也笑了，屆時還有那麼多分行嗎？

柯先生在一家大型貨運公司擔任課長，工作近四十年，但還沒有要退休的意思。相反的，他們公司這些年對柯先生更加器重。當初許多運輸業者以為網路時代來臨，人們上網的時間增加，減少了出門活動的時間，也改寄電子郵件，因而紛紛縮減業務。但他們公司卻在那時決定擴張營業項目，增加服務據點。之後網路購物興起，社群上的自拍分享，更帶動旅遊的風潮，運輸業也因此賺進大把大把的鈔票。即便柯先生只是一名中階員工，不是決策階層，但在聽從上司的安排下，穩健地工作到現在。

他們都朝九晚五，即使假日在家也是各自靜靜地讀報、上網、看電視，極少交談。當然兩人每天見面還是會客氣地問候彼此，或者是聊一兩句天氣或工作的話題。但他們慢慢不太聊一些事，像是過去的生活，包括已逝的依庭。

「我回來了。」他開門進來，以為柯先生在客廳，不過柯先生還沒回來。

隔天，諭明並未跟柯先生提起裁撤分行的事。

偶爾下班回家，諭明會坐到妻子的書桌前，閱讀她讀過的書。多半是一些心靈勵志、以及親子教養的讀物。依庭需要這些書，她指導的孩子也需要。諭明翻到一本白色簿子，以前他就看過，是妻子畫的素描。那時候在學校圖書館，他就知道她喜歡用原子筆畫素描。

香港大學圖書館的自習室整整有一層樓，共分為四區。

進門的第一區，允許偶爾輕聲交談。往前進入到第二區，則禁止任何交談。再往裡頭走到第三區，允許使用筆電，但嚴格禁止手機。走到最裡頭的第四區，被一扇玻璃門隔開，門外上方貼了一條藍色的標語，寫著「Deep Quiet Room」。諭明推開門，走進了這個「深度安靜區」。那裡是絕對的安靜，他從未到過比那還安靜的地方。裡面僅有十個位子。除了基本的禁止交談，也禁止包括筆電、手機在內的所有電器用品，都必須放在外頭的置物櫃。翻書的聲音也不可以過大，不然會被請出去，當然更不允許睡覺和吃東西。

就是在這裡，諭明第一次見到依庭。她總是一身素淨的衣服，不論何時都穿長袖襯衫，兩側的長髮蓋到胸口，一個人坐在一張大桌子前，鮮少有人與她共桌。於是他坐到她斜對面。依庭身體清瘦，卻有一雙非常美的眼睛，她更喜歡把眉毛畫粗，那能使她蒼白的臉孔炯炯有神起來。在她身旁，就像進入永恆的安靜之中，他突然覺得自己人生所有的時間，已經被這個女孩子給占據。不過這些內心的感覺，他並未跟任何人說，包括依庭，更不用說是柯先生了。

如果和柯先生說自己可能會被裁員，他會怎麼想？諭明知道，柯先生從未對依庭選擇他有過什麼意見。究竟柯先生是否認同他這名女婿，或只是勉強順從女兒的選擇罷了？不過現在哪個答案似乎都不重要了。對他們而言，這些問題只有依庭還在的時候，能夠成立。

剛進大學時，他想過一件事，就是他人生的高峰會是在什麼時候？當初考上第一志願的高中，自己和家人都欣喜若狂。三年後，他更順利考上第一志願的大學，這比考上一間好高中更加榮耀。只是就好比現在每天下午一點收盤之前，他和同事們在銀行看盤，關注成交量、買的價位，還有整體上漲的指數，那麼到底什麼時候，他人生的K線會開始往下探？他本以為大學就是他人生的顛峰了，怎知出社會後，第一年就順利進入人人稱羨的外商銀行。儼然他將更進一步，踏上邁向下一座顛峰的旅程。這條事業之路他正走在路上。

然而當初在大學裡，他還不確定自己將來要做什麼。每個系、每個社團，總有數不清的期初、期中跟期末活動，年復一年周而復始。課堂所學的內容，他也沒把握是自己喜歡的興趣。諭明在最迷惘的時候遇見依庭。他開始固定到那間自習室讀書，大約持續一個月後，依庭終於注意到他。他總是坐在她的斜對面，即使依庭再怎麼不理人，也不可能不多看他一眼。

「你什麼系？」依庭用原子筆，寫在白紙的空白處問他。

「財金系。」他不小心開口說。

諭明進入銀行工作，從最基層的櫃員做起。不久放款部剛好缺人，諭明被調去擔任企業金融專員，經手的貸款金額動輒數十億元。銀行內部自然最看重企金專員，升遷也是最快。每當貸款金額愈大，銀行通常會採取聯貸，透過數家銀行的合作來放款給企業戶。諭明也因此結識不少欣賞他能力的業界主管。

裁撤分行的傳聞一出來，就有其他家銀行聯絡他，不過諭明還在觀望。有些人會在裁員前先選擇跳槽，不過他並不在意自己的人生是否有過那些不良紀錄。希望等消息確定之後再想下一步。

一個月過去，總行終於決定裁撤包括金山分行在內，大臺北地區的十家分行。看似經營規模逐年萎縮，然而公司的獲利卻逐年提高，這多仰賴資訊處所領導的數位以及行動服務，也加強公司調整經營方向的決心。

在調職與資遣的名單公告出來之前，由於諭明的職等較高，因此去留須由分行經理直接口頭告知。中午收盤之後，諭明走進經理室。只見陳經理坐在位子上滑著平版，背後是直立式的白色百葉窗。窗簾並未拉開，室內卻一點也不顯得陰暗。他見諭明坐定後，將平板放一旁，雙手交握說：「諭明恭喜你。」陳經理清了喉嚨。「你要調到資訊處了。」

「是網路銀行嗎？」他詫異地說。

「當然，這是我向總公司提議的，我們一塊過去。現在是大數據時代，當初總公司提出『數位轉型計畫』，我們整個分行的專員，只有你一個人報名參加研習。」陳經理看向諭明說，「在未來，銀行是一種行為，而不是一個地方。這趨勢，你是最瞭解的。我相信你能夠勝任。」

突然諭明的手機震動了一下。他拿起來一看，是陳經理給了他一個讚。

「或許同事還是比較習慣直接和客戶見面，瞭解客戶的問題吧。尤其是……」諭明不知道自己該不該說下去。

「你直說。」陳經理示意，「我想聽。」

「其實數位化，有些人工被電腦取代，相對的，一些業務就不是這麼好推展，人和人之間也就顯得冷漠，沒有所謂的『見面三分情』。」

「對，當然，但也不是每件事都要見面。」陳經理將身體靠回椅背說。「以前開戶都需要人工，現在根本不需要一位銀行員坐著告訴客戶，這要怎麼填、那要怎麼寫。長久以來，行員都只是存款放款的機器。你想想，你要在櫃臺這樣子過一生嗎？數位化也是我們的機會，我們可以去做更多創新的事。瑣碎的、枯燥乏味的、一成不變的工作，交給電腦就好。將人力更大效用地釋放出來。」

「陳經理，我……」諭明將手機放回口袋。

「唉，我知道，你太太剛過世，這段期間你一定很不好受。詳細的人事異動，會再發正式公文通知。到新單位赴任前，我會多放你幾天假，以免那情緒壓在心口喘不過氣了。」說完，陳經理又傳了貼圖過來，幫他加油打氣。

「你的私領域，我不多問。但你要盡快振作，以後我們多吃飯聚聚。」

諭明走出經理室，同事們紛紛瞧向他。大家知道他升遷了嗎？肯定知道了，好幾個人都正拿著手機。他不但沒有被裁員，還被公司調到新興的部門。他走回座位，內心確實有股雀躍。他想自己難道再次往上攀爬了？還沒到顛峰嗎？他以為依庭過世後，自己已經是個跌停的人。

他拿出平板，看著股市起起伏伏的K線。下班後，他想去一個地方。

依庭一直很喜歡動物，或許她覺得動物比人更有生命力也不一定，那正是她所欠缺的。她和同事常帶基金會的小朋友到木柵動物園，偶爾也會和諭明兩人單獨約會。雖然諭明看到許多年輕爸媽帶孩子一塊來遊玩，心裡有些許羨慕，但馬上就被依庭的笑容給安慰了。他沒有一定要孩子，況且步行對依庭的病情也有好處。逛完動物園，兩人都會走去搭貓空纜車。

「傍晚搭纜車最好了。上山可以看夕陽，下山可以看夜景。」

眺望遠方的林口臺地，諭明想起依庭說過的話。他一個人搭纜車上山，粉紅色的晚霞如同一層薄霧，相較於貓空清新的空氣，即使相隔這麼遠，仍舊看得見平坦的臺地上冒煙的煙囪。

「如果哪天我離開了，到南極幫我找一隻新品種的企鵝，用我的名字命名好嗎？」水晶車廂的厚玻璃，讓他們聯想到剛才動物園內四面都是玻璃的企鵝館。「我開玩笑的。」依庭說。諭明也不以為意。

可是依庭過世之後，他常夢見自己在冰封的南極大陸尋找企鵝。就他一個人，穿著探險家的衣服，面對整座白色的荒原，但依庭並不在那裡。後來在夢裡，諭明才發覺企鵝的眼神其實很無情，不管是畫了白色眼妝的阿德利企鵝、身材高大的皇帝企鵝，還是脖子有黑色帽帶的南極企鵝，牠們的眼神都很冰冷。醒來後，他確實埋怨過依庭，為什麼要把他帶去那麼寒冷的地方。

回想自己第一次進入依庭的身體。他能感覺，冰封在她體內一直被壓抑的慾望，彷彿被融化被喚醒。由於顧慮到依庭的病情，他的動作反而放不開，但依庭卻希望從他那得到更多的感覺。他意識到，她其實盼望往後能有更多幸福甜蜜的生活，這是諭明從依庭的身上確切感受到的。儘管她安靜得像一行文字，但他知道她不想這麼早就離開這個世界。然而她來了，又走了。

抵達山上的貓空站，諭明沒有像其他遊客找間店用餐，而是留在站內。不會太久，半小時後等夜色暗到星星都出來了，便搭纜車下山。

他的腳下是一片黑暗。

當纜車越過指南宮旁的稜線，緩慢往下移動，這一段是他與依庭一致認為最美的臺北夜景。黑暗中他看向窗前一個人的倒影。

「這裡距離臺北的位置剛剛好，不像陽明山，離城市太遠，夜景只是點綴而已。不像這，光點幾乎布滿了整個夜晚，每個光點都那麼清楚。」依庭說完，看他拿出相機，急忙制止他。

「不拍起來嗎？」他問。

「不用拍了。這些畫面，是手機與相機，都拍不出來的。」依庭看向臺北說。

「有些東西只能記在眼睛裡。」

現在懸浮的車廂外頭是這麼的美，而車廂內是這麼的安靜。也許世界上有其他更美的地方，但諭明見過的卻只有這個地方。

晚上諭明回到家，依庭的父親正坐在沙發上看電視。柯先生頭頂光亮，只剩耳朵旁白色的鬢毛，後腦杓整個露了出來。諭明簡單打聲招呼，並未提自己剛剛去哪了，但在柯先生面前，他覺得自己的表情說明了一切，涉世未深的人都有這種表情。連續兩三個禮拜，都是如此。

他開始到新單位工作，由於總行位在內湖，他回家的時間，慢慢比柯先生晚。不過柯先生似乎游刃有餘地應付這一切，即使他一時忘了出聲問候柯先生，柯先生也會照例從沙發上轉過頭來應諾說：「噢，你回來啦。」

這都讓諭明有些受不了。

被調到資訊處後，諭明越來越在意自己與岳父同居這件事。他想岳父應該也有自己的想法，會希望他搬出去嗎？還是覺得他忘記依庭了，又或者想要展開什麼新生活，才打算搬離。搬家之後他與岳父是否就毫無瓜葛了呢？這個家究竟要不要拆夥？分開不分開又要如何啟齒？

婚前，他就有工作，有固定的薪水與存款。打從一開始，就沒有一定要和長輩住一起。柯先生也表示過，依庭搬出去住，他不會說什麼，也覺得蠻好的。但偏偏依庭說：「我搬出去之後，就剩爸一個人在家了。」反而希望諭明能夠住進來。她像是以自己瘦弱的身軀打了個結，將夫婿與岳父綁在一塊。是依庭湊合了他們兩個男人，但現在依庭不在了，這些無形的契約，還存在嗎？

或者說，還有必要遵守嗎？

回到住處樓下，他抬頭看向自家公寓陽臺的小燈，不時可見到柯先生高瘦的身影，提著灑水壺在陽臺與客廳之間來回穿梭。這幾年，他從沒見過岳父在夜裡澆花，那是一早上班前才有的例行公事。柯先生是在等他嗎？

他重新想起第一次到妻子家拜訪的情景。他們父女倆住在瑞安街一棟雅致的公寓四樓。諭明穿著比上班還要正式的服裝，按下電鈴，是依庭過來開門，隨後柯先生也從那白色的沙發起身和他握手。他們家的擺設大多是白色的，像是窗簾、踏墊、系統櫥櫃，那時諭明尚不知道，自己將逐漸融入這間房子，成為這個家眾多白色當中的一種白色。他彎腰將伴手禮，一間知名蛋糕店的圓形長筒蛋糕，放在客廳桌上。

只見依庭突然開口說：「爸，諭明說他會搬過來跟我們一起住。」

當時他為何會接受這項要求，又那麼理所當然地就搬進了岳父家，難道都不害臊？他想再兩個月就過年了，是最好的機會。回雲林老家過完年之後，他還要回來嗎？現在他也開始留意起房價，規劃在臺北購買一戶新房。雖然捨不得這間和依庭有過回憶的房子，但他想，即使搬出去了，他還是一樣愛著依庭，也能和柯先生保持不錯的友誼，說不定比現在兩人的關係還要好。他甚至開始相信，最顛簸的時刻已經過去，將來到一個平穩的軌道上。

自從晉升為網路客服部的主管，現在諭明只要盯著下面的人做事就好。有天，他坐在總行對面一家每天中午都會去的便利商店，寬敞的空間，悠閒地品嚐超商的現煮咖啡，脖子上掛著識別證，等半小時後回到公司。

他瞧見窗外的郵筒，不免想到，現在還有人寄信嗎？回頭他從座位，看到了一個奇景。雖然這也是他平時都會看到的景象，可是今天這景象有點不一樣。過去要存款，都是面對一個有行員的窗口在排隊，但今天人手一臺智慧型手機，排隊等著他們公司的自動櫃員機存款，這是他們公司新推出的服務。

如今各家銀行的行動服務項目，包山包海，從申請開戶、申請信用卡，轉帳、繳費、定存、外匯兌換，到購買基金、購買黃金。客戶只剩下「操作性問題」，而網頁都設有Q&A，解答客戶的疑問。如果問題還是沒有解決，可以撥打二十四小時客服專線，將有人親自為您服務。但在電話那頭發出親切聲音的人並不是銀行員，取而代之的是一群毫無金融背景的客服人員。雖然這些客服人員，也嚴格培訓了兩個多月，但與他大學四年，出社會後在分行磨練十年的實務經驗相比，實在是短太多了。而現在這些客服人員是他的下屬，受他管轄。

「花大量時間去培養一名員工，對公司而言就是浪費。」已經是市場推廣執行長的陳經理，幾天前才這麼告訴過他。

正因為他們是大公司，反而有資金比小公司率先全面數位化，搶得產業升級的頭籌。從公司取消信用卡，改以雲端帳戶支付之後，諭明就有警覺。接著是紙質存摺的消失，下載銀行的APP到用戶端，他都認為這是一種進步，並支持公司的改革。然而興奮之餘，他還是會有所懷疑，畢竟行動銀行的概念，就是要淘汰銀行員。諭明也發現，手機的功能越多，他在銀行能做的事情就越少。

像是望見冰山一角所透露出的寒冷。他不禁打了一個哆嗦，隨手喝了一大口咖啡，卻被苦澀的味道給嗆到。

當初他會報名參加數位銀行的研修課程，來自依庭的建議。

「你就去聽看看嘛，別猶豫了。像我們基金會，平常也會用平板電腦教小朋友，很方便。現在小朋友整天上網、玩遊戲的。你別小看玩遊戲，這也是人類的天性不是嗎？」依庭專注地煎著荷包蛋。「好了，吃飯了。」她拿起醬油，淋了一點到盤子上。那時候柯先生也在一旁用餐，他習慣讓很多事情輕易地在他眼前過去。

沒有多久，諭明就在資訊處遭遇真正的挫敗。

由於這幾年分行的使用率快速下滑，只剩兩成不到，而使用數位銀行的客戶則上升到八成二。公司越來越重視網路平臺，也因此對資訊處看管得最緊，不但每個月要提出新的優惠方案，還得開發出更新穎、更便利的行動APP。

論明越來越有危機感。過去他以優異的成績考進頂尖的商學院，多年所學的統計、經濟、貨幣銀行學、授信實務，現在都不再有發揮之處。雖然領了更多薪水，擁有更高的職位，但每天面對的無非是軟體工程師、客服小姐，以及網頁美術編輯。這些人完全不懂金融、股票、期貨、債券，都讓他不免懷念起以前在分行和同事們看盤的日子。

這天距離五點下班只剩四分鐘，公司的網路平台突然大當機，包括銀行網頁、APP、ATM等全部停擺。客服瞬間滿線，幾位正準備打卡踏出總行的工程師，也都被叫了回來。

他站在玻璃隔間的主管辦公室內，看向外面。現場四、五十名員工，左邊的客服人員忙著接電話、右邊的工程師忙著搶修網站，唯有他在接完上級的關切電話後晾在一旁無事可做。他不知道接下來該做什麼，只因為他是這些人的主管，所以還是得留在這領導大家，卻什麼也使不上力。

剛好那天又是所謂的大日子——各家公司的發薪日。客訴的電話此起彼落，從未停止過，原本坐在最外圍的派遣人員，也加入接電話的行列。他害怕眾人的忙碌反而襯出他的悠閒，他必須為自己找點事情做才行，什麼事都好，不然大夥會看穿他。連工讀生都可以接電話了，都還比他有用處。到了七點，他終於想到他能做的事。他自掏腰包，一個個統計，幫大家訂購便當和飲料，並親自到大門口搬運上來，陪大家留守在公司。

直到最後由他打了一通電話，回報上級說：「可以連線了。」他才擦掉額頭上的汗，事必躬親的態度，得到部屬們一致鼓掌肯定。

然而，他真的做了什麼嗎？掌聲中他這麼懷疑著。

這時諭明看牆上的鐘，已經十一點半。想到自己還沒回家，馬上撥了電話，是柯先生接的。他急忙向柯先生解釋，因為公司發生了怎樣的狀況，所以才會拖到這麼晚還沒回去。說完他才意識到，其實可以不用打這通電話。

電話那頭，柯先生十分體諒地說：「你不方便的話，在外面過夜也沒關係，無須這麼拘謹。你不必一直掛記什麼，你還年輕，這樣對你也不好。」他覺得柯先生口氣上並無惡意，但柯先生肯定誤會什麼了。

「喂，爸，喂？」

凌晨一點，諭明獨自走在回家路上，越走越冷。黑暗的城市中心，人車已經很少。緊閉的鐵門與熄燈的招牌，熟悉的騎樓轉為陌生、不安與危險。今夜因為臨時加班而格外焦躁且疲倦的諭明，走了好久，心情都無法平靜。好不容易，他終於看見盡頭有一間點亮燈光的小店。他的注意力全被吸引過去。他加緊腳步，想從那光芒中取得一絲安慰。

直到看清楚那光的來源，他停下腳步，佇立在玻璃門前，又是疑惑、又是憤怒地盯著一臺在深夜中發光的自動櫃員機——是他們公司的自動櫃員機，一臺該死的機器。不對，現在它是公司的員工，是他的同事。

右上方的監視器開始盯著諭明。幾名在街頭打發時間的年輕人，也瞥見一名身穿黑色西裝的上班族，手中緊抓著黑色的公事包，僵硬地站在騎樓下十幾分鐘。他們停止嬉鬧，看向了這個方向。

只見他突然用力推開玻璃門，跨步走進提款間，右手高高舉起那臺公司送給他的頂級商務型筆電。正當他要砸向自動櫃員機的時候，在這一坪不到的空間，他感覺到一種異常的氣氛。

已經多少年，沒有感覺過這股令人快要窒息的安靜了。

外邊嘈雜的馬路，被玻璃門完全阻隔。意外的是，裡頭明亮的燈光非常適合閱讀，就像回到多年前，他第一次見到依庭的那間Deep Quiet Room。

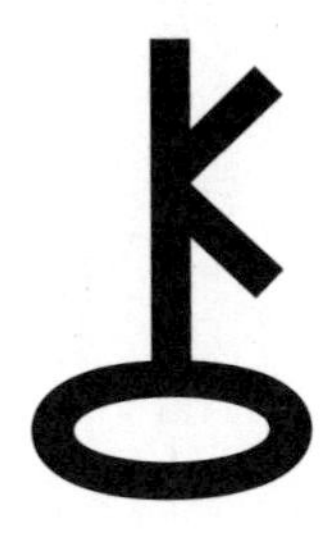

那時的風景 後記

The Scenery at that Time

最近火星上的洞察號錄下了一段聲音，
是人類第一次聽到其他星球上的聲音——
聽起來就像是風的聲音。

創作《深度安靜》的時間跨度很長，十年、十一則短篇，出版前的校訂盡可能維持小說原本的樣貌，避免用現在的語感、想法，做過多的修改。不以當下衡量過去，在於我相信人生的每個階段都有其意義，一旦過了某個年紀，就再也寫不出那年紀的作品了。這些故事和我的經驗有密切的關連，我的生活和體會就在當中，只是摻雜了一些想像，擴展了某部分的時空。小說中的世界更像是我人生的各個階段，蘊含那時的風景。

記得二〇〇六年九月下午，我行經二聖路，等紅燈時接到一通陌生電話。一名女士告知我獲得該屆的聯合報文學獎，她相當有禮貌，詳細說明整個情況並邀請我到臺北領獎。電話結束，我手握方向盤看向前方，馬路正對夕陽，兩旁略暗的建築，中間一條光的道路。高雄的棋盤式街道，造就類似曼哈頓的「懸日」奇景，至今這對我而言仍是一個重要的意象。我不知道自己能走多遠，也不知道接下來會寫出什麼故事。一切在摸索中前進，但又帶著微弱的光芒，或許有一天會釋放出巨大的能量。

這本小說的許多修辭，所描述的氛圍、人物的信念，都與天文學有關。從小家中隨處可見哥白尼、牛頓、愛因斯坦和伽利略等科學雜誌的人物封面，有些是家裡買的，有些來自圖書館或同學家，童年的客廳彷彿成了附近兒童科學讀物的集散地。父親送給我們的第一套書，就是科普百科全書。我還蒐集了各種星座盤，當金星於傍晚閃耀，其他星體也陸續就位的時候，只要望向天空，我就可以分辨出各個星座、星球，從不同的方位欣賞他們。

在那人生識字之始，我知道每顆星星都是某個遙遠星系的太陽，而最小的原子和最大的星系則有著類似的運動模式；我還認識了超弦理論、多重宇宙、大霹靂和宇宙膨脹、重力波、暗物質、反物質、狹義相對論、廣義相對論，也大概懂得愛因斯坦如何修正牛頓的力學定律，以及與量子力學之間的矛盾。因為是寫給兒童和青少年閱讀，書籍內容十分淺顯，卻是我真正接觸文學以前，早已經熟悉的知識。

國小班上有一位很要好的同學阿智，那時我常借他《蠟筆小新》，他則借我一些更深奧的天文書籍。中學起他開始製作水火箭，常邀我去操場看他發射，一次射得比一次遠。那年天空如此湛藍，我想總有一天他所造的火箭會穿過層層白雲，到達黑色不可知的宇宙中探索。當時的我對此深信不疑。過了幾年，電影《十月的天空》上映不久，他考進成大航太系，目前順利在NASA工作。而我則到高雄唸中文系，開始讀很多小說，尤其喜歡美國的小說家亨利．詹姆斯。

時間回到跨越千禧年的那場青春旅行。我和初戀女友離開團體夜宿的小木屋，走到附近一個空曠的花園步道。墾丁的星空下我們第一次牽手，但我剛好重感冒了，戴著白天臨時買的口罩，披著她給我的圍巾，兩人依偎在長椅上望向天空的銀河。雖然我知道那是因為地球位在銀河系邊緣，看向星系中央才呈現出河流般的帶狀，但是當親眼看見億萬顆星星於天空閃耀光芒的那一刻，我們真的以為自己被祝福了，會在一起很久很久。然而聯考後的分發，因為南北分隔很快走向陌生。我才體會到，自然的禮讚終究敵不過社會的作用。

本書所收的短篇多是得獎作品，也多與愛情有關。愛情並非文學獎常見的參賽題材，可是在那年紀我想寫的就是愛情，只因愛情中有我許多珍貴的回憶。一九九四年我用CD隨身聽播放的第一首歌，是張信哲的〈別怕我傷心〉；一九九六年我到電影院看的第一部電影，則是岩井俊二導演的《情書》。我曾在她的房間、我的房間，任何能夠讓我暫時抽離的地方，聽完一首又一首的情歌。

現在我還是習慣看向天空。

宇宙那遼闊無止盡的空間，是人生中最大、也是我所知的唯一的背景。所有的故事，無論真實或虛構，我們的喜怒哀樂、悲歡離合，都在這「全幅背景」中上演。我只能盡可能的，體會自己所能觸及的那渺小的一部分。這裡的每則短篇都對應一顆太陽系的星球，寫作的時候，我可以感覺到彼此那種內在的聯繫。因此目錄不按創作時間排序，而是依照環繞太陽的軌道由近到遠排列。

〈太陽王〉是本書的中心和開端。故事以子宮內的胎兒為敘事者，給予胎兒不可思議的知性，將胎兒的想法、曾經與母親一體的這段經驗和感受，透過故事表現出來，原來我們早已經忘記這些事情而獨立地生活著。相反地，〈不可思議的左手〉以一名老人為主角，融入我成長過程中從左撇子逐漸矯正為右撇子的經驗，至今日常生活的許多場合，我還是習慣使用左手。〈冰箱〉以二〇一四年臺北捷運隨機殺人事件為題材，同時也紀念我們家的獅子兔YAMI，整整在心中構思一年，但開始動筆，一天就寫完了。

〈房間的禮物〉靈感來自高雄新左營站後門（卻名為站前北路），總記得出站面對半屏山的那種開闊。有好幾年的時間我在高雄生活，寫這篇後記時，河堤社區的明儀書店，以及大統百貨十樓的誠品、舊漢神對面的永漢書局，皆不約而同吹熄燈號；回首離開高雄那年，政大書城河堤店也剛好結束營業。現在我書架上的許多書都曾是這些書店的一部分，過去的書店仍存在於我的房間嗎？買書的那一刻，是否彼此也交換了某些東西？

〈五福女孩〉同樣為高雄的故事，那時每天開車上學來往於五福路，交織出小說世界的雛形。這篇作品曾獲得蘇偉貞老師的青睞，後來我讀了她的回憶錄《租書店的女兒》，才知道她也是從小在一條街上長大的女孩。故事中小蔺的房間，散落的音樂CD、外國卡片、書籍，即是我在她那年紀房間的模樣；而小佟，她掌握理解這本小說最終祕密的解答：而真正的『我們』，還藏在那個真實宇宙的某個深處。

二〇〇九年我回到臺北，對一些事情也有了新的體會。

山佳是一座美麗純樸的小鎮，一直想為山佳寫一篇故事，因此誕生〈他們都去過羅斯威爾〉。國二生王超德的母親是名流浪教師，父親更遠在澳洲打工，這批海外工作潮世代已經是父執輩的人了，他們早已不年輕。〈猴子米亞〉的又芳，將自己放逐到天涯海角的伯斯，即使反覆做著枯燥乏味的工作，卻寧願凋零海外也不願意回臺灣。〈深度安靜〉靈感來自香港大學圖書館的深度安靜區，故事中的諭明、依婷實際上是就讀港大商學院的臺生。〈冰箱〉中困擾聿珊的耳鳴，恍若生命中一種如影隨形的干擾和不安。〈一個乾淨明亮的廚房〉那位偶然成為鉅富的青年發明家，卻只想要一棟空空蕩蕩的房子。

這些都只是臺灣年輕人集體挫敗的縮影。過去新鄉土小說那種對於家鄉土地的熱愛，以及私小說細數親朋好友，不厭其煩建立自身成長系譜的迷戀，如今在許多年輕人眼中只是沉重的包袱，早已將他們壓得喘不過氣。面對一個高房價、高工時，卻低薪、低成就、環境污染的臺灣，他們正努力擺脫上一代所操控的社會制度、經濟、文化和人際網絡。如果不離開臺灣，不和這裡的人分道揚鑣，如果不這麼做的話，人生實在毫無希望可言。

憂鬱的背後，往往是巨大的憤怒；憤怒的背後，往往是巨大的憂鬱。同樣為臺灣逃離世代的一員，對我而言作品的「現實感」非常重要，一旦喪失了現實感，對周遭失去真正的認識，筆下描寫的世界就會失真，變得沒有生命力，成為各種意識形態的命題作文。如何抓住現實感，與他者相互連結，創作出觸動人心，對生活有著深刻體會的「現實感小說」，在這本短篇集中，我想傳達的，即是這份現實感。

《深度安靜》是我出版的第四本小說，但收錄的短篇全寫於二〇一五年出版的第一部長篇小說《嬰兒整形》之前。就像〈他們都去過羅斯威爾〉，龔詩嘉對王超德說：「就把她當作，是比初戀更早的一次初戀！」或許大家也能這般看待這本小說，欣賞最初的風景。

感謝季季老師在聯合報文學獎的頒獎典禮上鼓勵我寫作。

還有何致和老師，我與他素昧平生，卻願意撰文推薦我兩本長篇小說。

謝謝悅知文化總編輯葉怡慧女士出版此書，以及企劃編輯柚均的用心製作、佳吟的行銷策劃。謝謝印刻的家鵬，他是第一位想出版我小說的編輯，當時的書稿，就是現在這本小說的雛形。謝謝詩人李進文先生，主持聯合文學期間出版了《嬰兒整形》，是所有人認識我的開始。最後深深感謝書中每篇小說的評審及推薦人，恕我因篇幅的關係無法一一具名致謝，因為有你們的肯定，支持喜愛寫作的我持續十多光年的旅程。

一九八二年生的我已經不算年輕作家。

雖然太陽誕生在五十億年前，但因為太陽每兩億五千萬年才繞銀河系一圈，所以太陽其實才二十歲。還很年輕。

這麼說的話，我已經比太陽老了呢。

2018年聖誕夜

《深度安靜》名家評論——

【蘇偉貞・評〈五福女孩〉】

〈五福女孩〉寫高雄五福路女孩小佟，自出生成長小學國中高中大學，輻輳出一張親情愛情人生及城市地圖誌，不僅豐富了這條路，也成為平凡人生最美好的注記。其中最關鍵的情節，五福路底中山大學時期，小佟認識了一位喜歡輪子和移動也住在五福路上的男孩，男孩後來搭最大的輪子——飛機離開，也導致小佟他嫁，改變了小佟永遠住五福路的命運。作者淡墨著色，觀察與文字皆細膩流暢，寫出了文學性。

【蔡素芬・評〈盛夏盛開的亞細亞〉】

故事複雜精采，敘述語言具風格，書寫巫性與人性的掙扎，在平埔族女巫文化的精神與現實的懷疑空間裡，鬪出一個感人的生活化故事。

【林黛嫚・評〈盛夏盛開的亞細亞〉】

本文情節豐富，藉由兩代祭師的生活與人生際遇，詮釋擁有處理族人生死問題的巫婆，卻不能操控自身的人生處境，全文濃濃的異族情，頗具閱讀趣味，對於巫婆面對感情糾葛的心理刻畫也頗深刻。

【王德威・評〈繁花僧侶〉】

它關懷的層面很多，且不斷在移動，從生態保育、外籍新娘到臺灣當下文化上劇烈的變動等等，但這裡面一個最嚴肅的課題——這個還俗的僧侶是有慧根的，我卻未能看到小說在宗教層次上的發展。雖然不得不承認，它技巧上處理得相當好，讓人印象深刻。

【季季・評〈不可思議的左手〉】

這篇小說寫得「四平八穩」，也就是它內容講的左右平衡。它的時代對比，角色、環境的對比與失衡的問題，小說裡頭的鋪陳過程都很有趣味。這個作者很誠懇平實的表現手法相當可取，不會刻意尋求某些詭異突兀的技巧，也具反省的觀照，寫到臺北或說整個臺灣的描述，有把現實提升到象徵的高度，是水準以上的作品。

【盧郁佳・評〈不可思議的左手〉】

我看這篇的時候，感覺快愛上這個主角了。我相信大家會投它，是因為它的意念很棒，它開展不同面向去寫老年，它不是要你去同情或尊敬，而是告訴你那是另一個生命，老年是你第N個青春期。作者把這個角色寫得好可愛喔，當他的左手開始「復甦」，整個對生命的、生活的全部，總體的覺察都出現了，那被封閉許久的自我與情感，經過那麼長時間，終於來跟他本人相認了，非常動人。

【來穎燕・評〈不可思議的左手〉】

寫小說的高手，需要有讓讀者自動放棄懷疑的能力，自願地進入他所營造的世界，即使明知虛構。此刻，讀者需要這個特殊的氛圍讓自己觸摸某些在清醒時無法感知的生命線。普魯斯特說：「小說家的創舉，就在於想到用一個等量的非物質的，亦即我們心靈所能領會的部分，來替換心靈無法洞察的那些部分。」看不見的秩序支配著我們的生活，然而誰又能保證這些秩序一直如常運轉？一種深層的恐懼和無助暗藏在按部就班的生活背後。林秀赫恰到好處地將象徵的意味埋沒於生活的平實和瑣碎中。更重要的，他讓一種似有若無，卻無處不在的神祕氣息彌散在日常的生活中。

【郭強生・評〈深度安靜〉】

本篇作者相當深刻而細膩地處理了悼亡後的悲傷與憂鬱這個主題。伴侶親人的死亡，讓活下來的人不僅得面對失去之痛，還有整個生活開始失焦，甚至對原本相信的生命意義也產生懷疑。〈深度安靜〉呈現了這個複雜且深層的療癒過程，看似平鋪直敘，卻在安靜平穩的文字中揭開了現代人無法言說的某種困境——當生活中人與人的關係被數位科技一步步代換，在最需要人性溫暖來療癒的時刻，恐怕只能陷入無言的「深度安靜」。而這篇作品的成功之處，便是避開了直接的心理描寫，而是以主人翁仍得面對的「正常」生活，反拓印出他在壓抑隱藏的孤獨悲傷。尤其是以職場數位化後面對的工作性質改變，對照著喪妻後與岳父仍得同一個屋簷下的尷尬，更具深刻的倫理啟示。上司曾告知主人翁，「銀行是一種行為，而不是一個地方」，是不是也同時可做為「家是什麼？」的某種反思？

這一篇描寫人遭遇伴侶死亡後，漫長的哀悼過程。表面上看起來沒事，心的底層卻有一塊從此消失。作者把那種孤寂感以細膩的方式寫出，日常各種小事中忽然竄出的對死者的回憶，也穿插得非常美且毫不刻意。太太是小說主角生活的「錨」，所以她死了，他的「空」是很合理的。此外，他們與岳父同住，這一點也設計得滿好，喪妻後，和岳父的互動便成了兩難，作者很有技巧地透過細節點出人跟人之間並非有意的傷害。另外，主角職業本來是面對人群的金融專員，後來被調去面對電腦的資訊處，也扣合了小說主題。台灣社會充滿基層的努力打拚，但生命哲學的照護卻往往是缺乏的。這篇很真實反應出一個看似經濟發達的社會，在倫理上卻有極匱乏的部分。寫實小說寫到這個程度，值得鼓勵。

【林宜澐・評〈深度安靜〉】

作者的文采很內斂，沒有「腔」。第一次看完時，真的很喜歡這篇。它讓我想起法斯賓德一部極枯燥的電影，在最後五分鐘以爆炸性的方式收尾。電影前頭的低調，跟這篇敘事的壓抑很像。

深度安靜

作　者　林秀赫 Shoher Lin
發行人　林隆奮 Frank Lin
社　長　蘇國林 Green Su

出版團隊
總 編 輯　葉怡慧 Carol Yeh
企劃編輯　陳柚均 Eugenia Chen
封面設計　木木 LIN
版面構成　譚思敏 Emma Tan

行銷統籌
業務處長　吳宗庭 Tim Wu
業務主任　蘇倍生 Benson Su
業務專員　鍾依娟 Irina Chung
業務秘書　陳曉琪 Angel Chen
　　　　　莊皓雯 Gia Chuang
行銷企劃　朱韻淑 Vina Ju
　　　　　蕭　震 Zhen Hsiao
　　　　　許家瑋 Jia Wei Syu
　　　　　鍾佳吟 Ashley Chung

發行公司　精誠資訊股份有限公司
　　　　　悅知文化
　　　　　105台北市松山區復興北路99號12樓
訂購專線　(02) 2719-8811
訂購傳真　(02) 2719-7980
專屬網址　http://www.delightpress.com.tw
悅知客服　cs@delightpress.com.tw
ISBN：978-957-8787-72-8
建議售價　新台幣350元
首版一刷　2019年01月

國家圖書館出版品預行編目資料

深度安靜/林秀赫 著. -- 初版. -- 臺北市：精誠資訊, 2019.01
面；　公分
ISBN 978-957-8787-72-8(平裝)
857.63　　　107020242